賴維仁・著

無敵天下

【上卷】

1

「你倒是有沒有聽見我的話？」桂馨側著臉問一旁的侍月，一張細緻小巧的臉，在八月的朝陽下，透亮得白裡透紅；一雙大眼熱剌剌地瞅著侍月。

「怎麼沒有聽見？」侍月低著頭只顧往前走，半晌才應這一句。

兩人並肩走在一條通往正房的小徑上，一旁一溜種著一排齊人高的桂花樹。正是木犀花開的季節，幽香陣陣，夾道浮動。

「正合了你的名兒了，聞聞這桂花香！」侍月深吸一口氣，讚嘆著說。

「別打岔！我問你話呢！」桂馨狠狠盯著她，只是不眨眼。

「你這人也真是！主子們的事，咱們奴才瞎操什麼心呢。再說，我也弄不明白，你問我，我問誰去？」

「少跟我打哈哈！誰不曉得你侍月姐姐是小姐的心腹？老爺夫人跟前也只有你說得上話。這一晌我越瞧越糊塗，小姐到底是怎麼啦？往常雖然也使性子，不像如今全沒遮攔，連老爺夫人都得讓她幾分。說真格的，不怕姐姐笑話，我都不敢一個人進小姐的房呢！」

侍月偷偷覷了桂馨一眼，拉著桂馨的臂膀，在路邊一張石櫈坐下來。

「姐姐別掐我膀子，疼呢！」

侍月輕聲說：

「說你人小心倒不小，你倒說說你瞧見什麼了？不許胡說！」

桂馨吐了吐舌：

「也沒有什麼啦。不過，你難道不覺著小姐那日打翻那一臉盆水是故意的？還有前幾日小姐躲在屋裡不出來又是為什麼？後來好不容易老爺夫人千哄萬哄出來了，兩眼通紅，不是哭的是什麼？」

侍月不語。

「依你看，」侍月想了想：「依你看咱們小姐打哪時起便怪怪的？」

桂馨眨了眨大眼，黑眼珠骨碌碌滾動了好半晌。

「我看哪，」她眼睛一亮：「打上次小姐出門回來以後就變了啦，我說對了吧？」

她討賞似地，洋洋得意仰臉望著侍月。

侍月臉色一怔，輕聲斥責：

「胡說！我怎麼沒瞧出來？小孩子家不許瞎猜亂猜！這件事從今往後不許再提，聽見沒有？老爺夫人要是知道了，看不剝了你的皮才怪！」

說著她神情緩了下來，柔聲地：

「妹妹，你是好孩子，也因為你好才進得了孫府的門。這孫府閤府上下可都是冰清玉潔的。若有哪一起歪貨胡謅了些什麼，那都是他們沒安好心，你千萬不要聽信他們，你可謹記在心！」

桂馨委屈地點了點頭，將信將疑地睜著一雙大眼，下眼瞼盈盈兩汪淚水，活像水晶盤托著一枚黑珍珠。

「你這手裡不是夫人要你送去給小姐的夾袍子嗎？還不趕緊送去？」

桂馨百般不情願地起身往屋裡去了。她嘴裡答應著，心裡卻不服：既是沒事，偏偏大驚小怪，明明有蹊蹺嘛！捂著我的嘴倒也罷了，看你怎麼堵別人的嘴？

侍月獨自在石櫈上左思右想，沒來由地驚恐莫名。細細分辨，自己連日來委實沒有出什麼差錯，老爺夫人最近雖然愁眉深鎖，對自己依然一如往常，從沒有一句重話，自己還是主人跟前第一得力的幫手。

然而這惶惶不安的感覺竟是驅之不去，彷彿大禍臨頭似地，連帶臉色也病懨懨的。這就逃不過小姐的一雙銳眼了。昨兒晚膳之後，她為小姐送桂圓湯去，才一掀簾，小姐陡地一轉身，雪亮一雙眼刀子一般只在侍月臉上打轉，像是從沒見過自己。這一眼著實嚇倒了侍月，她連忙低眉垂目，避開那刀鋒；心中慌得打哆嗦：這個人又哪是平日的小姐？一雙原本笑意盈盈的鳳目直吊向額頭，常含甜味的嫣紅兩唇煞白鐵青，斜斜地歪向一邊。整個人像是張翅立了起來，又像是乍然撐開的一把傘，凶狠蠻橫，殺氣騰騰。

還好那只是瞬間的事。就這一刻，小姐倒似已經把侍月看了個通透。她淡淡一笑：

「侍月哦，我當是誰！我看你整日戒慎恐懼，嚴嚴整整，就怕出差錯，今兒怎麼鬆了綁了！你也會愁眉苦臉，你也會失魂落魄！」

她回過頭去，極安慰的模樣。侍月不由自主摸了摸自己的臉，暗想小姐果然厲害！侍月側身跨前一步，這一步應證了她當時的心境：就在瞧見小姐無心洩露的安慰時，她覺得她也抓著了小姐的短處。抵不住女孩兒家的爭強好勝，她放膽說：

「我是為小姐愁！」

「這就奇了，我有什麼好讓你愁的？」小姐以手托腮，歪著臉來端詳侍月。

「我們做丫頭的，原不敢放肆多言，伺候老爺夫人小姐是正經！不過主子們心頭悶，悶壞了身子，不也是因為我們沒有盡心伺候的緣故嗎？如今只承望小姐想著老爺夫人上了年紀，不要白糟塌自己的身子才好！」

小姐凝神望著侍月，才回過一點血色的嘴唇，微微顫抖著。

「是我在糟塌自己嗎？」她緊緊咬住嘴唇，奪口而出，隨即又使力忍住：「我倒是有些話要跟你說，只是還不到時候！」

侍月垂首不敢仰望，更不敢出聲，肚子裡卻翻天攪地，千願萬願地盼著小姐多少說出個緣故來，偏她再也不言語；偷眼覷去，只見小姐已轉身以背向她，連臉色都不露給她瞧了。

這是昨兒夜裡的事。一念及此，她頓然腦清目明，如釋重負。是了，是了，這苦惱之源原來要回溯到小姐身上去！然則，這一切與自己豈不是毫無關聯！果然如此，我豈不是庸人自擾了？

侍月一身輕快，起身邁步便行。她雖較桂馨略長幾歲，肌膚的潔白細緻不在桂馨之下；其成熟的韻味則遠非桂馨可比，而雙眸瑩澈端凝，唇角微抿，永遠保留幾分的含蓄，在在都有令她難以自棄的獨特氣質。

這一日侍月忙上忙下，總不讓自己閒下來，總覺著要牢牢抓著什麼，生怕一鬆手就煙消雲散。至於自己要抓住什麼，不暇細想，也著實茫然。老爺夫人的日常所需，仍如平日，無需吩咐，她早早打點妥當，老爺夫人自是滿意，只是她自己猶如虛懸在半空，一切都是假的：她的慇懃體貼是假的；她聽人使喚，她使喚小丫頭，是假的；她把自己一盆水似地盡數潑出去，一滴不剩，轉眼也是假的，總之就是不踏實。

而入夜之後，剩得自己一人，身子一閒，便覺烏雲四合，全然排解不開。前幾日的驚疑悚懼，一一在她腦門重現。然則，她的苦惱之源仍隱於匿角，伺機而動。她索性不掌燈，倚枕而臥。

「我這是何苦來？」侍月一雙眼在暗中瞪得好大：「明明事不關己，我偏一個勁往自己身上攬。你當別人領你的情麼？我是生來的奴才命！」

侍月平日何等沉穩莊重，進退之間但見其落落大方，從無一念之私。此時為了莫名的苦惱竟然自悲身世，宛如自己汲汲經營的那一座殿堂無端毀於一夕。思前想後，無法開解，一任淚水濡濕了半邊枕頭。

*　*　*

桂馨磨磨蹭蹭好不容易挨到小姐房門，打定了主意撂下夾袍就走人。未掀簾迎面先掩來一陣暗香。於桂馨，這是奇特之香，在她心中喚起不知是畏、是敬、是怨、是愛，百味雜陳，無從分辨的感覺。桂馨寧可離得小姐遠遠的，不為她的奇香所襲，反倒會想到她的許多好處。

由琥珀珠子串接而成的珠簾原綴有一枚小鈴鐺，一掀簾子便叮噹作響。桂馨常想，這是繼異香之後的第二道關卡，用意就在不許人親近，不知何時這小鈴鐺竟給摘了，一掀簾子，除琥珀珠相觸的鈍聲，餘皆寂然，桂馨反而心虛起來。

不知那異香來自何處？桂馨只覺身處異境，雙腳不敢使力踩踏：那是由於小姐繡房絕頂潔淨精整的緣故。那潔淨精整非出諸於人手，而是快刀揮斬而成，絕無因循猶豫苟且其間。

居中一張紫檀木小圓桌，顯得頗為突兀，必然是小姐的獨斷獨行；桌上擱著一柄白瓷青花小茶壺，配著一個細白瓷的小茶杯。右側倚牆橫著一張大床，雪白的細紗羅帳，由一對黃澄澄銅鉤高高掛起，銅鉤吊著一串艷紅纓絡；床上一色艷紅鋪設：紅白相映，說不盡的一種既冷清又喧鬧。正面與左側各有一長排窗，雪紗窗帘鑲著殷紅滾邊；正面窗前一張紫檀木書桌。小姐以手支頤，坐在桌前，雲鬢未挽，一任它如一彎墨瀑，斜斜由肩一瀉及腰。半邊身子浴在一抹由窗口竄進屋內，鮮麗奪目的晨陽中。

桂馨屏息站了會，才待開口，只聽小姐冷冷在前面說：

「是桂馨麼？」也不回首。

「是我，桂馨，小姐！」桂馨趕緊回答。

「有事麼？」

「是夫人見小姐前兒略有些咳嗽，怕是著了風寒，特地開箱撿了件夾袍子命我送來給小姐早晚披著，還叫桂馨問小姐這早晚可好些了？」

「不過咳了幾聲罷了，沒什麼大礙。」小姐懶懶地回：「你去回老爺夫人，就說小姐不咳了，好得很呢！」

「是！」桂馨垂首說：「小姐還有什麼吩咐的？」

小姐隨口說：

「你把袍子放著就下去吧！」

桂馨答應著，放下夾袍，欲待轉身離去，小姐又說：

「你去稟告夫人，我雖是不咳了，可身子還懶怠得緊，今兒就不過去陪老爺夫人用膳了。我只想清清地喝他幾口粥，你去叫侍月送幾碟醬菜，一碗稀粥過來就得了。」

「是，我這就去回！」舉步欲行。

「慢著！」小姐忽然想起什麼，卻又不言語。

桂馨侍立後面，一聲兒也不敢吭。

小姐慢慢回過頭來，掠了桂馨一眼，就像是在她臉上刮去了一層油皮似的。這是小姐第一厲害之處——一對利刃般雪亮的眼睛。猶不止於此，小姐似乎無處不是尖尖的：尖尖的瓜子臉、尖尖的纖纖十指、高挑身子看去就是尖尖的。凡此種種集於她的一身都為了便於瞬間滿足她窮幽究極的好奇之心。因而只需小姐一雙妙目向你逼射便如置你於一枚光彩奪目的火球之下，無處可以藏身。

這熠熠火光盲了他人之目，也掩盡了她的俊美。單言那一雙大眼，若非其點污不沾的黑白分明、盈盈波光的活潑靈動，如何能襯托出它一往直前的執著坦蕩？然而這孫府閤府上下，除了侍月尚能窺得小姐一二分的真貌，竟連老爺夫人也悉遭女兒迷炫了。

桂馨如遭雷殛，半步兒也不敢挪移。倒是小姐救了她：

「我問你，老爺夫人這幾日可安好？」

銳光一撤，和風徐來，桂馨腦袋瓜也活過來了。她原是個聰明伶俐的女孩兒，要不怎進得了孫府？趕忙回答：

「是，小姐！老爺夫人很好，只是著實惦念著小姐！」

小姐閒閒地問：

「老爺每日仍在臨帖麼？」

「可不是！往常到晌午都還不得閒，寫完老爺兩手合掌一搓，哈口氣，唸唸有詞，什麼『……青天浮雲……浩浩蕩蕩……』也聽不明白。」

小姐微微一笑：

「『臨帖如雙鵠并翔，青天浮雲，浩蕩萬里，各隨所至而息』，可對麼？」

「誰說不對？」桂馨喜得拍著手：「到底兒小姐是唸過書，有學問的人！」

小姐輕喟一聲：

「老爺聰穎過人，臨什麼像什麼，可惜少了一份……桂馨，你方才說老爺往常臨帖總要臨到晌午，如今不了麼？」

「不得閒呢，」桂馨說：「老爺這幾日可忙著呢。」

小姐頎長俏麗的背影微微一動。

「桂馨，你去桌上把那新沏的茶倒一杯來給我。」

桂馨巴不得這一句，連忙倒了茶，雙手捧著，碎步趨前，侍立一側。小姐微微一歪身子，伸手接過瓷杯，就唇輕啜一口。

桂馨難得跟小姐貼身而立。她恍然大悟，原來那奇特之香來自於小姐頸項與衣領之間那一段她目光不敢欺近的潔白細膩。彷彿溜趟於其滑膩無法自制，桂馨一對大眼骨碌碌既怕又奇，中了蠱似地沿小姐的頸項順著下頦完美的圓弧滑向尖潤的下巴。朝陽下，小姐這一邊面頰映得白皙透紅，絲絲血脈清晰可見，血流奔竄湧動，這真乃一段無聲而驚心動魄的旅程。

「你倒說說，」小姐右手食指在桌上隨意劃著：「老爺這幾日為哪樁事在忙？」

「好多人在求見老爺呢！」桂馨一驚，奪口而出。

「哦？」小姐以指尖擎杯，又啜了一口茶，眼角飛快掠了桂馨一眼：「老爺平日也常接見一些清客，那就連臨帖的時間都沒了呢！」

「這可不同！」桂馨說。

「怎麼不同？」小姐索性偏過頭來，目注桂馨，眉眼含笑，意在鼓勵。

「都說這位老爺可是大有來頭的，老爺也不識得……」

「是這位老爺親自求見麼？」

「聽說是這位老爺的管家……」

「都說了些什麼？」

「都說是……」桂馨一心只想討好小姐，有問必答；此刻驟然想起什麼，滿面驚慌，不由自主伸手捂住嘴。

「怎麼不說了？」

「桂馨該死！不該聽信那起嚼舌根的人瞎說……也不知是真是假……」急出兩眶眼淚，臉都嚇白了。

小姐微微一笑，柔聲說：

「不用怕，儘管說！我不怪你……可說的是我麼？」

桂馨一雙眼只管偷偷打量小姐，著實不曉得她惱還是不惱，囁嚅著一句話也說不出。

「你儘管說，不說我倒惱了！」

桂馨又偷覷了小姐一眼：

「可不是在說小姐！……桂馨也是聽說……說是……說是那老爺是來向咱們家老爺求親的……」

說到這裡再也不敢往下續說，下巴緊緊抵著胸口，不敢仰望。

「這也沒有什麼大不了。」小姐淡淡說：「那咱們家老爺呢，總聽講他是怎麼回那管家的吧？」

「是！咱們家老爺說這可是樁大事，得要商量著辦！還說，咱們雖不是官府人家，小姐也是金枝玉葉，自小兒嬌生慣養的，萬萬不能一開頭就把事兒弄擰了……說他也做不了主……得先跟小姐您從長……從長什麼的……」

「從長計議吧？」

「就是這話！」

「剩下的不用你說了，我都知道了，」小姐冷笑一聲：「老爺自那日起就唉聲嘆氣，茶飯不思，不到我這兒來也罷了，連夫人那兒也瞞著，是吧？」

「小姐再明白不過！」

「哼，老爺到如今還是不改這畏首畏尾的習性！」小姐以指輕敲桌面：「好了，這兒沒你的事了，下去吧！」

桂馨應了一聲，如獲大赦，垂首慢步出了房門，轉頭拔腿就跑，一溜煙直奔上房。老遠望見侍月，可不正要尋她！

「侍月姐姐，侍月姐姐！」一迭連聲喊著。

侍月聽著聲兒便知是桂馨，一旁站了候著。桂馨喘吁吁尚未站住腳，先對著侍月吐了吐舌。

「可了不得，姐姐！」

「怎麼著?小丫頭片子闖禍了不是？」

桂馨上氣不接下氣，把在小姐房裡的事一五一十，一字兒不漏全說給了侍月。

「原來是這麼著！」侍月沉吟了一會，點頭不語。

「怎麼著，姐姐？」桂馨楞楞地：「你倒說說！」

「一時也說不清，」侍月說：「不過，好妹妹，你倒解開了我心裡頭一個疙瘩，我很感激呢！」

「你真是越說我越糊塗了！」桂馨楞著眼，噘著嘴說。

「不急，不急，趕明兒我一準把女媧鍊石補天的事兒都說給你，可好？」

侍月越說越喜歡，大異平日的沉穩持重，眉眼之間都帶上了喜色。

「不說就不說，我才不稀罕！」

「桂馨，你不許惱!我自有不說的道理，」侍月說：「耐著性兒，不定這幾日便水落石出了呢！」

桂馨扭頭不理，半晌才說：

「小姐要吃粥呢，你趁早兒吩咐下去吧，我可不敢……我可再也不進她屋裡去了！」

侍月微微一笑：

「這可由不得你!你多學著點，不定小姐大喜的日子，你跟了去呢！」

桂馨狠狠瞅了侍月一眼，拔腿飛奔而去。

侍月依然嘴角含笑，漸漸自個兒都驚疑起來：何以自己竟然無端如脫韁之馬？連日驅之不去的愁緒何以說散就散得無影無蹤了？

苦思無解，索性拋開一邊，一心一意去打理閤府上上下下。這又見出了不同：一般的瑣碎雜務，平日她做得一樁便如除去一樁，彷彿留著就礙眼，心中空空蕩蕩；今日倒像做了一樁便得了一樁，心中扎實飽滿。這是一失一得的差異。

晌午時分，侍月親自入廚為小姐煨了一鍋糜粥；另備了幾色醃漬小菜。小姐嗜鹹又嗜甜，用食盒盛了，提著逕往小姐房裡行來。這小姐的繡房與老爺夫人的正房有一園之隔，園中種得有老榕數株，翠蔭蓊茸，園雖不大，倒也有庭園深深的氣派。青石板小徑蜿蜒其間，徑旁一色的桂花樹，碎花點點，暗香襲人。

侍月在房門前立足站立了片刻，見無動靜，輕咳了一聲說：

「侍月為小姐送午膳來了！」

裡面小姐略顯不耐地：

「不是交代桂馨送粥來的麼？」

「我這就是為小姐送粥來的。」

「進來吧。」

侍月掀簾進去。抬眼不覺一怔，卻不敢露出半點聲色。小姐端坐桌前，以背向外。

先是前所未見那頭上高高的一個髻，把侍月心中小姐原有的形貌一一拆解。前日小姐的驚怒只是讓侍月覺得不一樣，小姐還是小姐；此刻端坐窗前的則徹頭徹尾是另一個人——纖肩以下，緦地一襲新衣，也是侍月首次所見。這瞬間的陌生，彷彿把她與小姐分隔在兩地，無所關聯了。

侍月把食盒內的小碟一一安放在桌上。

「小姐請用粥吧，趁這粥還滾燙著……」

「知道了，」小姐冷冷地說：「不必侍候了，你去吧，」

「小姐還未……」

「我現時還不餓；我自會料理。你回頭叫個小丫頭來收拾就得了，也不必親自來張羅。」

侍月正左右為難，小姐已將臉微偏，有逐客之意。

那一張臉真是美艷絕倫，卻冰冷遙遠；高高聳起的髮髻，把雙眉高吊，彷彿把人也逐漸抬了上去。侍月不敢多言，告退出來。

極其怪異的是，原來奔騰侍月心中的脫韁之樂，倏忽之間，竟然絲毫也不存了。她長吁一口氣，步履輕盈，自去上房侍候老爺夫人去了。原來這一類的快樂也是另一種羈絆。

*　　*　　*

木犀的雋雅，存於似有若無之間。浴朝露之濕冷而迷離飄逸的晨香最是魅人。越往後，秋陽的霸氣漸顯，逼盡了花的馥郁，其香漸老，筋骨盡露，那香氣遂毋庸尋覓，俯拾皆是，易得而廉了。

日影西斜，濃香滞濁，疲態越顯，如凝脂重膠，流入屋內，沾附於一切之上，竟連竟日端坐桌前的小姐，此刻也似乎為其黏膩所擾，打起精神來抗拒。她一時抬抬肩，一時扭扭腰，卻總不見她離座。

碗碟早已為小丫頭收拾乾淨，桌上仍是一柄瓷壺，一只細杯。先時，侍月吩咐小丫頭可要仔細問清小姐晚膳是否仍要送粥來，不料才問得一句，給小姐劈頭斥了回去：

「沒見這碗裡還剩得大半麼？晚膳什麼也不許送！你們也不必過來掌燈，容我一個兒清靜清靜吧！」

然而這無奈又無處不在的花香卻由不得她清靜。攤在前面的那冊義山詩集久未翻動，觸目皆是「……小園花亂飛，參差連曲陌，迢遞送斜暉……」

餘暉斂去，天光漸晦；日間為摒去烈陽垂下的重簾迄今未捲起，是以屋內早已暗不辨物。小姐只是靜坐桌前，連掌燈一念都是多餘的。但是逐漸隨夜色的潛入，白晝沒來由的懊惱，在黃昏一瞬的龐然盤踞之後，正頹然消融，另一種沒來由的滋滋輕喜則以無聲之細，滋溼著通體上下。她抗拒之心不自覺地也在放鬆。

*　*　*

二更初過，小姐依然端坐桌前，雙目炯炯，時而投注窗口，時而逡巡在桌上那冊詩集。園中早已寂寥無聲，偶爾傳來野犬隔空互吠之聲，益增秋夜的淒冷。

一隻手臂不知從暗中何處伸來輕輕搭在小姐的肩上，掌心陡然送出一股粘熱，穿透小姐肌膚，直逼筋骨，硬生生把發自她骨髓之內的冷冷哆嗦鯨吸而去。小姐全身便如火烘，暖洋洋十分舒泰。她心中一驚，散去的抗拒之心迅即奔回。那隻手似乎對她的起落變化一觸便知，因此一搭之後便即鬆開。

「嗯，嗯，嗯，這裡面嘛，還待我花幾成功力催動催動！」

一個清亮壯實的男子聲音發自她身後，顯然有調侃的意思；隨即「啪」地一聲，亮光一閃，桌上的油燈已然亮起。

小姐一躍而起，奔向門邊，回身面裡，故作閃躲，左手在身後將房門輕輕掩上。

那男子對她花蝴蝶般的翩翩舞動全然不睬，一雙眼只在她燈光乍亮之下，嫣紅未褪的臉上，那是一層彷彿女孩兒家的羞紅，透著一點稚氣。那男子倒是偏偏不去讚賞鮮美如花的艷麗，只對那臉上淺淺的稚氣極感興味，眼角唇邊調侃之意越來越濃。

「斜暉既已送走，緣何仍臨窗眷戀？」他一瞥桌上詩冊，眼光重回她的臉上，一味上下馳騁；語聲故意放重，似是已然領會她掩門的用意。小姐臉色一沉，緩步回到桌前，低眉垂目，對他不屑一顧，其意只為要他知曉：他的猜測其實全然錯了。她指尖一撥，將詩冊闔上。

男子微微一笑，順口唸著：

「高閣客竟去，小園花亂飛。參差連曲陌，迢遞送斜暉。腸斷未忍掃，眼穿仍欲歸。芳心向春盡，所得是沾衣。」

「背得幾首李義山，算得了什麼！」

「果然算不得什麼！」他摸摸下頷短髭，瞇著眼說；兩眼精光悉數斂去。他有意如此，因為此舉出於他怪異的直覺：亦即每逢他斂去眼中光芒，她的防備之心便減了幾分，他便向她逼進幾步：「區區一介武夫，原不該附庸風雅的！」

「知道便好！」小姐白了他一眼。果不其然！他頓然貼肉感觸到她通體的柔軟；心飄飄然，便欲趨前一步；欲行卻又止，淡淡地：

「論詩說文，若無一個『才』字，以村學究終其一身，又有什麼好處？十年寒窗得以大魁天下，人人稱羨，然大唐以還，名相彥臣又得幾人？」

「依你之見？」小姐仰面向天，意頗輕蔑。

「依我之見，」小姐的鄙夷盡在他眼中，他毫不在意：「門閥之見不可有。以文鄙武，以武廢文，均乃下智。我的淺見，窮文究武，走至極致，竟然是一脈相通的……」

語聲一頓，似是觸動心事，只見他濃眉微蹙，目中精光暴射，神態十分威猛。

小姐微微一驚，心中翻騰不已，強作鎮定說：

「說到臨了兒，無非文飾不讀書之過而已！」

他凝目不語，她的話半句兒也不曾聽見。半晌，面容漸顯黯淡，如困獸般委頓。

小姐見他有輕忽自己的意思，怒聲說：

「你這人好不知進退！我們是何等人家，你竟說來便來！就憑你幾手村夫把式麼？說什麼文武一脈相通，真正好不知羞恥！」

他回過神來，卻不省她何以說怒便怒；而心中的大惑未解，一如近日所思所感，均如困獸之鬥，不得脫圍而出。

「你所言甚是，」他恍恍忽忽說：「若其道不能一以貫之，終究落得個村夫的把式！」

答非所問，小姐索性面窗，不再睬他。重簾輕揚，一陣微風穿窗而入，飄越一身錦服的小姐，一時之間，滿室異香浮動。那男子此時才如夢方醒。

「好啊，好啊！我道是什麼香來著，原來是你這一身薰了香的新衣！」

他撫掌而笑，十分歡喜。

「瞧你輕薄的！」小姐越發鄙夷，正眼兒也不瞅他：「你識得什麼！」

「怎麼？說得不是了？難道你這裡面還藏得有什麼異香丸不成？」

他忍不住欺近一步，右手食指遙點，一股指風拂得她的衣袖翻飄而上，露出一截雪白手腕。

小姐羞得滿臉通紅，慌忙以手來遮。

「你這是做什麼？」她又羞又怒，兩眼噙淚：「難道……難道還不夠麼？」

他卻已是一發難禁：

「晨思暮想，寢食難安，怎一個『夠』字了得？」

他又踏前一步，全身竟似吹氣一般，眼看著一節一節升高脹大。

小姐翻腕從屜中抽出一柄利剪，對準自己前胸。

「你這也奈何不了我！」他眼中碧光閃動，唇角含著微笑。

「你何妨試試！」她一動不動，持剪的手微微發顫，卻不偏不倚對準胸前。

話才說完，她眼前一花，手中利剪已被奪走，微風過處，聽得他在耳邊細語：

「已然如此，何必矯情！」

只見他已昂然立於原處，彷彿全然未曾移動，只是氣勢已消。他擲剪於桌，長嘆一聲：

「我自然不會為難你！」

這邊小姐玩味著耳邊的話，悲從中來，再也禁耐不住，一歪身跌坐在桌前椅上，雙臂伏於椅背，不敢出聲，哭得雙肩聳動。

「唉，你這是何苦來？」他急得抓耳撓腮，不知如何是好。

她雖然埋首椅背，見不著他的窘狀，但確知自己的哀痛為她搶回了先機。平日自己深惡女流輩恃弱為強，擁淚自重，無時不自我惕厲：堅毅不拔務必強過男兒輩，誰知此刻仍不免淪入低俗！想想自己也不過如此，其驚其痛尤甚於先前之悲。淚水越發決了堤一般，把衣袖濡溼了一大片。

那男子繞室不停走動，一心指望她住聲止淚；幾次欲出語相勸，委實不知如何啟口。不得已在她身側立住腳。說是身側，也足有二尺之遙，食指隔空點向她左肩，以精純內力向她體內灌入一股至細至柔的暖流，這暖流隨即奔竄她周身，無處不在，終於逼進了她腦門。

她微微一陣暈眩，彷彿就要睡去，然而又極其清醒，驟然之間，心中的愁雲慘霧已消弭於無形，而前所未歷的一絲甜美暢流於四肢百骸，身輕一如鴻毛，一點足就可飛騰起來一般。

她直起腰，起出一塊細絹，拭去眼中淚痕，只見三尺之外挺立著的男子乃是她從未之見的明白細緻。七尺有餘的身高，並非十分偉壯；一襲錦衣，頸繫方巾，肩胛甚寬甚深，似有無盡潛藏，一長臂便可進達於無窮遠；方形下頷略有短髭，這與他的一身潔淨頗不相襯，因而予人譏諷弄的感覺。鼻樑挺直，為他粗豪同字臉作了相當程度的調和。兩撇濃眉之下的一對眼睛，是她最不能解的：碧光暴射之時，那一對眼如匿於遙遠極深處的一雙豹眼，守備至嚴，攻擊至速，飽滿精銳，與任何人都絕無關聯；而迷離朦朧，光芒盡去之時，則慵懶怠懈，牽籐爬蔓，拖泥帶水，亦與任何人無關聯。而眼前此刻，她接觸的目光卻異於她所知的這兩極。那目光之暖，與她體內此刻之暖是一脈相通的。溫暖而專注，剎那間一股莫可名狀的危險與恐懼洶湧而至。

鼻端則浮來奇特而熟悉的氣味，宛如兒時為父親研墨時那忽濃忽淡的墨香。傷逝的劇痛混淆著危險與恐懼，一時之間讓她不知身在何處。

他見她雖然止了淚，卻神情不定；微微一笑，暗中把內力撤去。

「我實與你說了吧，」他說：「前日我已命余管家求見令尊，只在日內，我倆的事便可底定！」

她冷冷地說：

「只怕你這是一廂情願吧？」

他環顧左右，狀頗不解：

「何以是一廂情願？我已命余管家著手料理，一應物事，不過頃刻間便可備妥，不容稍有延誤的！」

「我父如何跟余管家說來著？」她冷眼目注於他。

「你父有話說給余老二？我如何不知？」

「哼，你是故作不知，還是不屑於聽聞？」

「慢來，慢來，」他手撫下頷短髭，茫然說：「我的好姑奶奶，咱們把話說個明白可好？不然，又是沒完沒了！你說你父有話交代給余老二，是什麼話？提個醒兒可好？」

小姐冷笑不語，半晌才說：

「長江大川奔瀉萬里，支流千百，可源頭只有一個。你不去追溯這起源，猶自瞎忙，你是太愚還是太傲？」

他細細咀嚼小姐語中含意，恍然醒悟：

「是了！余老二回來稟告，說令尊是個極好相與的老爺子，言語之間頗為鬆動，只是老人家瞻前顧後，語多不定，如今想來，原來如此！」

小姐只是冷笑。

這裡他已經一整青衫，跨前一步，一揖到地：

「我今夜原專為此事前來相懇，奈何要緊話還未說得，倒惹小姐生氣，是我的不是了！」

說畢，又是一揖。

小姐扭過頭去不理。他又說：

「咱倆的事，端賴你千金一諾！令尊老大人處還望早早透個信兒給他，他老人家沒有不首肯的！」

說著，不免喜孜孜的有輕狂之態。

她斜睨著他，冷冷地：

「如果我不允呢？」

他一楞，有如失足墜落萬丈深崖，習武之人的本能反應瞬間在他體內如萬弩齊發。但見他濃眉根根直豎，豹眼內碧光暴射，短髭如倒插的鋼針，針針見肉；寬肩隱隱起伏伸縮，全身如欲振翅飛起的巨鵬。

他長吸一口氣，暴起的氣勢又消了下去：

「此事攸關你我終身，非同兒戲！」

「說得好！倒不知究竟是何人以兒戲開頭！如今反責怪於我，真是奇了！」

他為之語塞；片刻之後，神情一整，盡收先前的輕狂，其後的霸氣，兩眉低垂，極誠懇地：

「我知罪！不過今日之下，也非論是究非的時刻，你我得加緊把要緊的事兒料理妥當才是正辦！」

她不作聲，只是胸前起伏，是極不服氣的表示。

時交三更，窗外沉黑，不時隨夜風送入脫胎換骨，極清極俊的桂花香，沁人心脾。夜涼如水，小姐的纖肩越顯見得楚楚可憐。他不禁又為之情動，趕緊收攝心神，定定神說：

「夜已深，你也該安歇了。我知你已數日未曾安眠，特為你配得幾服安神丸，睡前數粒，包你一夜安枕。」

從衣襟內掏出拳大紙包，置於桌上，又說：

「我兩日內再來與你共商大事。」

他語聲一頓，略想了一想，嘴脣微微掀動，改以傳音之術把話語直送入她耳內。她只聽得他聲如蚊蚋卻字字清楚地在她耳內說：

「事到如今，由不得你不依了！」

語畢，窗帘微動，他已失去踪影。她眼睜睜見他一晃便已不見，全然棄自己於不顧，竟是連他衣袖都扯不住，別說跟他使性子了。

她頓時如被抽乾、掏空一般，空洞洞，惶惶無主。咬牙狠狠地說了一聲：

「只知裝神弄鬼！」

腦門裡轟轟然全沒了主張。她在屋內來回走動，全身沒來由地瑟瑟作抖，而體內則燥熱如火。

「楊嘯天！你狠，你狠！」

她咬牙切齒地自語著，眼眶裡又蓄滿了淚水，她強力忍住，就是不讓淚珠滾落。

莫名的燥熱竟是燒得她坐也不是，立也不是，行也不是。她一口吹熄燈火，把纏裹了一整日的那一襲新衣盡皆卸下，只剩貼肉小衣，一歪身滾入艷紅絲被內；手足冰冷，心頭火熱，在被內直抖了一宿。

* * *

一月之後，孫府張燈結綵，為孫大老爺掌上明珠出閣忙得不亦樂乎。大喜之日原訂在半月之前，據說因為孫小姐感染風寒，才將日期延後。孫府雖非世祿之家，但書香門第，亦備受一方敬重；故此對孫大老爺獨女出閣竟未廣宴鄰里鄉親，一時頗多議論。府裡傳出來的說法是，小姐風寒未癒，仍在靜養，孫老爺愛女心切，一應禮俗能免的都盡皆豁免了。但亦有一說，說是孫小姐堅拒俗禮，行事規則悉由她自行釐定，老太爺老夫人拗她不過，只好一邊兒嘆氣，一邊兒聽著罷了。

無人得知孫府新姑爺的來歷。只知非本鄉人士，是鄰鄉某大戶人家的老爺。而方圓百里，鄉鎮何止百十個，究竟哪個「鄰鄉」，竟連孫府的熟客都說不上來。但眾口一詞，都說這位老爺出於鼎富之家。傳言鑿鑿，說光是文定之禮便是萬兩黃金，外加四色稀世珠寶。無人得見這位老爺，但前來求親的管家已足足彰顯了其主人的氣勢。管家年約五十餘歲，四個貼身隨從，前呼後擁。這位管家姓余，雖與孫老爺年歲相仿，但對孫老爺執禮極恭，而步履沉穩，態度從容，一雙鳳目從不仰視，恭謹內含，雖不見他四壁張望，孫府上下卻似無一處逃得過他的眼風。這門親事自始由余管家出面與孫老爺商談斡旋。不過這於余管家也毫無難處，因他已得主人授意，但凡孫府任何要求，可立即面允，不必回報。先時孫老爺猶面有難色，支支吾吾，一昧搪塞；數日之後，余管家奉命再往，臨行主人只交代一語：「此番必然不同。」果然孫老爺不待余管家細說，滿口應允。大事底定，兩老把臂言歡，十分投契。論及儀注禮節等，余管家說：

「敝上以為婚禮固宜隆重，唯似不必彫鑿細節，淪於流俗。老爺如另有高見，但說無妨，敝上無不從命！」

孫老爺大喜：

「正合我意！好極，妙極！我這就擬個章程出來，明日一準差人送來府上請貴上過目！」

是故，這原本鄉親引頸企盼的大事，到了迎親之日仍是無甚動靜，臨了兒只能隔牆遙睹府內彩燈，著實無趣得緊，瞧熱鬧的人見無熱鬧可瞧，也就一哄而散了。

庭園深深，孫府自此空餘黃葉滿徑，木犀飄香；而歲月如滔滔江水，悄無聲息向前滾動，永不止息。

2

楊君平打量眼前這以花崗石砌成的高牆，果然十分雄偉，而區區圍牆，老賊都不惜委以稀昂石材，足見其財富驚人。武功絕世，財霸一方，老賊是何來歷？父親如何結得這麼一門仇家？

時交三更。楊君平微一提氣，飛身越過三丈來高的圍牆，如一片羽毛輕輕落在園內，隨即掩入一棵巨樹下。夜色深黑，他的目力可在暗中視數十丈內之物，略一環顧，便知父親所言不假。十五六丈外是個池塘，十數尾錦鯉優游其中，池旁一座五丈來高的假山拔地而起。暗想父親必然對此地極其熟稔，或竟是先來此踩探過，不然，何以一山一石絲毫不差？而以父親的修為尚謹慎至此，難道老賊果真如此難纏麼？

楊君平警覺之心大起：是暗器近身的本能警覺；下一個本能動作應該是拿準暗器來襲方向旋身閃避，但他如一座山一般靜立不動，此乃他習武的直覺瞬間又識別出這乃是偽警。但又何以會驟然周身發寒？

楊君平稟賦異常之處在於他心細如髮，不僅僅限於他全身肌膚對體外的細微反應，這於修習上乘武功的人並不罕見，倒是他對人對己心中瞬息萬變的所思所感的瞬間通曉，立即追尋，細加琢磨，繼之反饋於他腦中，綜合調理之後，決定他的進退攻防，此皆成於電光石火的一剎那，楊君平這項天賦在其師其父眼中幾乎無人可及。

父親就曾慨嘆：

「平兒，為父平日自詡甚高，用功也甚勤，然而每每仰望巔峰，總覺有一線之隔，就在毫米之間，為父就只能望之興嘆。這是我稟賦所限，不可強求。不過，近十數年來，為父甚覺慚愧……唉，不說也罷。」父親把這看作他心中之痛，每一道及便顧左右言他：「平兒，你天賦不可限量，你師無念大師也是如此說來，你須好自為之！」

然而此刻示警的絕非父親這一席話，而是……他頓時腦中現出近日來父親濃眉覆蓋下，閃閃不定的憂慮眼色。這不解的哀愁與目中碧綠的銳光極不相襯。令楊君平大為詫異的，是其中竟宛如混雜著某種可憐的成份。此固不可解，卻因而減輕了幾分平日對父親的敬畏，增加了若干可親。

自始楊君平就在追尋解析父親眼中的謎而不可得，這遂成為隱埋在他心頭的一個結，不時就冒出來向他示一下警。

他攤開右掌，掌心向上，微一運力，丈餘高處一片樹葉刷然一聲疾飄而下，貼向掌心：果然是榕樹。這座宅第是老賊的住處，應是萬無一失的了。

他心中但覺精力凝聚，只待一聲令下。這諸事俱備的現象前未曾有，更何況，既然明知是老賊住處，為何還一再求證？

他暗叫不好，這是怯戰之像！這個念頭一生，周身上下肌肉賁起，一襲黑衫四向鼓脹，無風自動。他忙收攝心神，長吸一口氣，調勻呼吸，暴粟一般的肌肉才又漸漸平復下來。

他一弓腰，身形一矮，貼地向假山平飛而去，這十餘丈路足不沾地。越過池面，池中錦鯉絲毫未受到數寸高處貼水掠過的人影驚擾。到得假山，楊君平一昂首，如一匹長帛，沿假山弧度蜿蜒而上，右手中指輕搭山緣，全身懸空，如風中柳葉，隨風飄移。他探首向前張望。

就在他微一探首之際，遠方幢幢黑影之中忽地亮起一點燈光。燈光雖然亮得突然，但卻極盡慵懶柔媚的能事，一如嬰兒乍醒的惺忪睡眼，充滿欣喜和期待。那燈光時亮時弱，似在對他眨眼。

他心想：

「老賊果然厲害！我適才雖未盡全力，但腳未點地，僅借一指之力勾住全身，他竟能從這一指的微震，測知有人入園，這是何等功力！父親所說不差！」

於是，父親告誡的話一一在耳中響起：

「此賊武功深不可測，爹昔日與他對拆千招，雖不察被他掌中暗器所傷，但平心而論，即若他不使詐，我也未必便能勝他！平兒你要十分小心才是！」

也就是在這時，他從父親碧光閃爍的雙目，大為駭異地發現那一點可矜可憐之色。依他的性子，他就要窮根究底，但事關父親，多有尷尬不便。不過心頭另有一問，卻總也按捺不下。父親目光一閃，已知其意，不待楊君平發問，緩緩說道：

「以你現時的武功，天下雖大，倒也處處都可去得，不過，不過，不過……」

父親欲語又止，目注楊君平：

「不過老賊實在了得，你要謹記爹的話，不可鹵莽，見機行事為要！」

父親竟是無時無刻不在長他人威風！既然憂心自己不敵，又何必嚴令自己要為他報仇呢？父親的話語難道句句都另有深意？

他反覆思索父親重重交代的話——先是欺敵的方式。依父親的指示，池塘之後，應該以草坪上參差的石凳為掩護，步步為營，緩緩逼近長廊，然後一躍上廊，一逕欺近老賊窗口。這是夜襲的一般法則，毫無新奇之處。

他想起平日父親授藝時鄭重道起他自己數十年勤習上乘武功的心得，此時細細追憶，每個字倒都有如千斤之重的橄欖，餘味無窮。

「武學一道始以因襲，所以方能傳承大統，宗派因之而起。然而徒以因襲為能事，便落入尋常武師的作為，難成大器。平兒，為父以為，你要時刻從你的所學中去質疑；時刻反其道搏擊自己的專精，致力破除拘限，循此以進，你可成一代宗師，進可無敵天下。」

看來，父親是有意囿我以成俗，以測驗我的悟力。也罷，今日我便不妨盡拋平日所習法則，率性而為，臨機應變。對了，這「見機行事」不就是父親臨行交代的話語麼？

於是中指一鬆，渾然不提氣，一任濁力沉於兩足，噗通一聲，十分笨拙地重落於池畔草地。楊君平略整一整長衫，昂首挺胸，敞開門戶，大步走向長廊。到得廊下，這卻不得不施展輕功了，不見有任何提氣動作，人已飄然上了廊簷。他並非有意炫露，實在是習武之人的本性，不是刻意隱藏得了的。

燈光驀然一亮，似在示人以它的確實所在。老賊倒是過於費心了，其實楊君平先時於燈亮的一瞬早已看清燈是在左側二樓。他在琉璃瓦上大開大合，一逕踏向二樓。

距窗三丈有餘，他便止步不前，毫不遲疑地，全身盡浴在窗口投出的微弱燈光之下，長身直立，坦然而無私，豪壯且傲慢。

發出亮光的是桌上的一盞油燈，倚燈坐著一人，以背向外，皓首之下，白巾繫頸，一襲青衫長可及地。

父親的話猶如就在耳邊：

「老賊終年頸繫白巾，身罩青衫，十分好認。只是多年不見，容顏有無改變就不得而知了。」

那此人必然是父親所說的仇家無疑了。他清咳一聲，並不凝聚真力，以他的本音朗朗發話：

「在下楊君平，攀牆越瓦，夤夜造訪，自非前來致意，乃專為報母仇而來，請即現身決一死戰！」

慷慨陳辭，然而極可怪異的是，他竟絲毫沒有激昂悲憤之情。他突然發現自己與此行的目的有一重冷冷的隔閡——他是遵父命而來，是為「他人」來獻身。這突然的發現產生於他心底，秘藏於他心底，卻清楚明白得十分不祥，十分可恥。

那人對楊君平的一番話渾然不覺，身形動也不動。

楊君平又咳一聲，揚聲說：

「在下楊君平……」

欲待再說，已被發自屋內的沙啞低沉聲音截斷：

「年輕人，你深夜硬闖他人府第，不歛聲息影，吵吵鬧鬧的，真是大膽鹵莽得緊呀……」

燈光驟亮，滿室通明。楊君平閃電間急於尋思答案，並據而做出反應的是：小油燈如何發得出如此巨光？

低沉、沙啞，似在回答他的疑問：

「老夫的雕蟲小技，只需在牆壁略施手腳，米粒之燈也能照得如同白晝。」

然而楊君平已無暇細思老賊的話。這時室中被照得鉅細無遺；他鼻端無端浮起一股甜膩，直入腦門，心中轟地一亂，剎那間辨不出那是什麼樣一種滋味：是推託、是排斥；是羞辱、是逃避；是憤怒、是恚恨。剎那間，他幾乎立足不住。

居中一張紫檀木小圓桌，桌上一柄白瓷青花小茶壺，配著一只細白瓷的小茶杯。右側倚牆一張大床，白紗羅帳；黃澄澄一對銅鉤懸垂著一串艷紅纓絡。床上鮮紅奪目：一對紅枕，一床疊埒齊整的大紅絲被。

3

孫楊兩府聯姻之後，對女兒的遠嫁，孫老爺一無所憾，孫老夫人則始終不能釋懷，日日以淚洗面。孫老爺好言相勸：

「夫人，你無端日日啼哭是何道理？女大當嫁不是古今常禮麼？何況咱們女兒嫁得何其風光？有婿如此，理應歡喜才是，我不明你傷心所為何來？」

夫人一邊拭淚，一邊抽抽搭搭地說：

「你哪裡知道我心裡苦處？要我說，我也說不明白，只是我們從今就算沒了這個女兒了！」

孫老爺氣得背過臉去不睬她，直嚷著：

「胡說！瞎說！豈有此理！」

自去書房臨他的帖去了。

*　*　*

那迎親的花轎，直如一乘魔轎，轎一離地，孫小姐隨之精神百倍。自此，她與以往種種便如一橋的兩端，她在橋的此端，而千百種回憶，包括她的父母等等均留在橋的彼端，而橋身已斷。

對於這樣的變異，她自己毫無所感，在轎上她只是莫名地一個勁覺不夠。她徹頭徹尾是桂馨眼中那個什麼都是尖尖的小姐。

是夜楊府大宴賓客，大不同於孫府的冷清。她獨自在房中，冷然沉思如何應對她的新婚夫婿。她的念頭一碰及這個人，全身就無端尖了起來，如刺蝟般，充滿了敵意的防禦。這沉思逐漸成為憤懣的苦候。一旦憤懣侵入了她的腦門，她前此構思的毒辣招式，悉皆被破解融入了她的暴怒之中。

不知過了有多久，她豎起的雙耳聽見由遠而近的腳步聲，突然之間，她身子抖了起來，跟瞬時之前全然不一樣：不是狠毒，也非憤怒，而是在恐怖之極中，大無畏的昂然堅持。漫天蓋地的洪濤就將滅頂，唯有她一柱獨擎。

碰然一聲，房門豁然而開，這個人就在眼前——他一身新衣，不知怎地，看去有些突梯古怪；他一手扶門，一手撐腰，前胸略傾，大起大伏，彷彿不勝酒力。

心中翻天攪地的騷亂，頓時寂然；她雙目如火，不眨眼地緊緊盯住他。

他被逼兩眼垂地，呼氣如雷，不知所云地喃喃說著：

「很好……很好……很……好……」

他被逼退的奇窘盡數收入她的銳眼，一絲快意打從她心底浮了起來；緊握椅把的手不由得一鬆。

但是突然，他大叫一聲，大步向她衝去，伸臂一探，將她一把撈起，不知他用了什麼法子，燭光火舌一吐便滅，於是一切歸入了黑暗。

一連數日，他來去如風，直如猛虎一般。夜半即現身，猶如從酒缸直接躍身向她直撲而來，熱滾滾的酒氣從他的汗毛孔勁射而出，炙得她肌膚生痛。事畢，他抽身即退，毫不留戀。

她因而得以在毫米之距，極仔細、極冷酷地把他從頭打量到腳。雖然他的赤裸、他的癲狂諸般荒唐可笑，加重了她的鄙夷，她卻不得不相信她自己的眼睛——此人的確如展翅呼嘯於雲端的鵰鵬巨鳥，自有其君臨天下的倨傲。

她生平從未得見赤身露體的男子，自然無從比較，然而身旁這人真能令她目為之眩：黃褐如金的肌膚，滾動其上的汗珠，滴滴晶瑩；精壯扎實，卻滑膩靈黏；血脈的急奔狂躍如在眼前。他的容貌絕不俊秀，方形大臉，頷下短髭，雖然已是新郎倌了，也未稍作修葺。闊嘴厚唇，倒是其上懸垂著的一段鼻樑，其挺秀無疵，令她驚嘆。

然而鼻樑之上，濃眉之下的一雙眼，自始即成為她密集審視中的疑難之處。他踹門而進時，那是一對其大無比的眼睛，卻混濁呆滯，為酒氣所翳，不能直視其內；然當他盤踞在自己肚腹之上時，雙目則又緊閉，似有意園門深鎖，不容一草一木外洩。她猶記得原先裡面可怖的碧綠清澈、寒光懍懍，你一毫一髮的掀動，都在他精密綠光的估測計算之內，如今卻怎地都不見了？

這是她的疑難所在、她如飢如渴的好奇所在。是以她受他無從捉摸的雙目蠱惑之深，尤甚於他荒唐古怪的癲狂動作。她越想要從他緊閉的兩目得出結果，竟是越不可得。那麼，那綠芒芒之內到底深藏了何許之物？是綠草如茵，還是濃蔭夾道之下，蜿蜒一徑，越行越深，竟要引她直抵天堂妙境？那萬花怒放，百鳥齊鳴，蜜果滿枝，真是她夢中都未之見的美妙天境。她一步一步地竟是要被引到那裡去麼？

她從夢中霍然醒來，他業已離去，秘密仍未得解。然而有一夜，在他離去之後，床褥上留下一物，細看之下，原來是他日常用來繫頸的一方絲巾。她一顆堅硬如鐵的心，無緣無故變得極軟極柔，竟彷彿要放棄她自己，從此退卻出去似的；她把那一方絲巾偷偷收在枕下。同時，不知怎地，她對於來到楊府，對於爾今爾後漫漫長日，突然如夢初醒，有了不同於往日的想法。

終於在某一晚，在幽徑上追回了她自己——從迷濛的眼縫得見這個男人整裝的窘態，於是她徹底回復到她的完整。

他就要離去。冷冷地，她從床上發問：

「你當我是什麼人？」

他冷不防她有這一問，閃電回頭，目光如炬地瞅她一眼，碧芒閃爍，卻遠非她夢中的綠色幽徑。

她覺得他這一眼看盡了她此時的狼狽：衣衫褪盡，如一塊破布一般被丟棄在一堆零亂之中。而她竟一任裸裎的自己在他精細嚴密的綠光下被切割。她咬緊牙根，從牙縫中擠出幾個字：

「你當我是你的玩物麼？」

碧光倏然隱去，在他轉回頭去的瞬間，她從他臉上瞧見十分怪異的表情，她一時不能全盤瞭解，只覺在種種複雜之中有一種退縮、一種服輸，而只此一端便略略平息了她的怒氣，甚至快慰起來。

他可以就這樣一閃消失，讓她連衣袖都抓不住，可他卻楞楞地背向她，站住不動。他輕咳一聲，極吃力地：

「你是我新婚妻子，你我所為，是人之大倫，有什麼大驚小怪的？」

她冷笑道：

「原來是人之大倫！我倒不曉得了！你原來樣樣都比我懂！」

「唉，你這為的是什麼！」他慨嘆一聲：「我不與你爭辯！你試想去，你今日是入我楊府；你如入了張府、王府……所作所為還不是跟現如今一般？何獨責我楊某之深？」

說畢，竟捨正門不走，從窗口一閃而逸。

這避之唯恐不及的飛奔而逃，加之她方才在他臉上所見的五顏六色，百般表情，的確饒富趣味。她倚枕而坐，也忘了披衣，驚心動魄地赤裸在床，只一味細想他何以有那羞愧的意思。是我言語傷了他？還是他另有隱情？她不得其解。

其後便不見了他的蹤影。

原本自頭一日狂風驟雨的驚恐之後，她由晨至昏的唯一日課是如何苦思一套皇皇大論，一舉將他擊倒。然而這皇皇大論尚未說得出口，便已被他駁倒。他雖然有羞愧的意思，卻絕不是因為她的義正辭嚴。他似乎是愧對他自己。這是她連日週而復始，從他諱莫如深的臉上挑而挖之得出的一點奇異線索。

而當她猶自苦思計謀之際，他卻不再現身了。難道，果真如她自己所說，他事事都勝過了她？尤為不堪的是，原來，自己日夜所思，不論其所為何來，竟然只有一個「他」！

他不來糾纏，倒也落得她悠閒自在。她自第一日入了楊府，便無時不耗盡神思，搜腸挖肚，尋思他可恨可厭之處，遍尋與他敵對抗衡之道，以應付他夜間之來，因而連她的繡房都未出得一步，如今悠閒自在之餘，她才算開了眼界。

楊府宅園之深之廣，遠不是自己家中可比。屋基沉實，雕樑畫棟，古樸生光，顯然不是暴發之戶。這人從來不提他的父毋，更不道他的祖諱；不過，觀之於這一片家業，這楊氏一族當非等閒之輩，卻又看不出什麼顯赫跡兆，倒把聰明一世的她弄得糊塗了。

家中僕從無數。她屋裡除了陪嫁的侍月，另有數名小丫鬟聽候使喚。氣勢較之於昔日的孫府大小姐又不可同日而語。

侍月晨昏定時前來侍候。因她是孫府的人，少夫人的貼身，其身份高於一般小丫鬟，就這數日工夫，她儼然已是少夫人的管家，總攬這邊廂房一應大小雜務。

她在家中哪裡會去為家務事分心，日日與詩書為伍，賦詩填詞，渡其漫漫長日。丫鬟侍女從未放在她眼中；賢如侍月，她也不過覺得她勤於任事，至多比別人持重而已，絲毫未把老夫人誇她的話聽入耳內。而且若不是老夫人執意要侍月隨她一起進楊府，她也未必就要了她。

此時，有了這驟然之變，強敵遁逸，盔甲已卸，這長日漫漫頓然旋轉得如同陀螺般頭重腳輕起來。這一日她命侍月將她一箱子珍如珠寶的書一一清點出來，在園子裡曝晒了一日，細細挑了幾本置於案頭，一心想要理起優游書香的昔日情懷。這幾冊詩集一放數日，她竟就此忘了相似，碰也不曾碰他一碰。

不然，她如何能忘情往日與古聖先賢對談之樂？只不過這幾本書猶如割自她自己的肌膚，血淋淋望之生痛；又如身上的癰疽，一任它在那裡蔓延腐爛。為什麼竟一至於此？

終於在一天清晨，她在案前坐下。沒來由的戒慎恐懼使得她兩手重得跟鉛錘一般。她攤開一冊詩集，從中讀起。那一日的經歷乃她畢生從未有過的怪異恐怖：為什麼？為什麼她自幼即已熟記在心，每番重讀都有所獲的雋永警句，此時竟然是不知所云，味同嚼臘，不過是一堆死氣沉沉的文字？

她思之無解，而又敵不過那厭煩的壓頂沉重，索性一闔書頁，遠遠將它推開一旁，不再去思他、想他。這樣一放開自己，她竟然快活輕鬆無比。

「原來如此！」她尋思：「什麼知書識禮；什麼才高八斗，什麼……原來不過如此！天下我的族類，何止千千萬萬，我何德何能，也要去附庸風雅！」

只因這一念，她思潮洶湧，無可迴避地想起那說：「我不過一介武夫，本不該附庸風雅」的那人。想起這「一介武夫」竟然也樣樣強過自己，真是夫復何言！她容顏慘淡，真個是了無生趣。

自此她便將那數冊詩文悉數鎖回箱內去，發誓今後再也不談書論文了。她突然發覺自己因此而涉身一個全然不可理解的蠻荒之境。她被放逐於無限廣大，自由至極，卻絕非原先所切盼的那般快活。她似乎粗枝大葉起來，腫脹起來，芒刺滿身，不馴又不潔，虛空而不足。「不足」——是了，這「不足」不正是當日她在迎親大轎上的心境？

這一日，小丫頭月芬失手打碎了她一只十分心愛的細白瓷杯。這原非什麼稀罕物兒，事情可大可小，然而這月芬到底是頭一次侍候威艷無比的少夫人，心中一驚，噗地一聲跪在少夫人前面，身上抖個不停。

她原不當回事，這一跪，倒把她的火跪上來了。

「沒用的東西！連這小物都拿不牢，趕明兒不把我的青花瓷瓶也給砸了？是要我攆你出去麼？」

連她自己都說不出個原故，這一把無名之火，竟是越燒越旺，正要好好發作一下，一旁的侍月忙走來輕輕一扯月芬的衣袖：

「跪在這裡作什麼？還不趕緊把屋裡掃乾淨，回頭看扎了誰的腳！」

又過來把小姐——侍月至今還不曾改口叫她少夫人——輕輕扶到一邊，說：

「小姐犯不著生氣，這事請容侍月來處置！」

小姐原是聰明絕頂的人，近日雖然時時有不測的風生雲變，靈台仍然是十分清明的。見侍月不慌不忙，把蕞爾小事也作得尊卑有分，前後有序，心中讚嘆母親果然識人！不由得暗中起了進一層觀其為人的決心。

這壁廂侍月相幫著月芬把一地碎瓷打理乾淨，向月芬使了個眼色，一前一後掩上門出去了。

小姐看在眼裡，悄悄掩至門後，從夾縫裡瞧出去，只見兩人站在花叢下悄悄兒說話呢。小姐屏息靜氣，倒也聽得十分明白。

侍月身段兒也頗高挑，不在小姐之下，她微傾上身，右手食指指尖輕輕點著月芬鼻尖說：

「月芬，你也忒大意了！茶杯事小，十只金杯，諒少夫人也不會擱在心上，可碰上這節骨眼……你往後當差再不許三心二意了，可聽清楚了我的話？」

「是，侍月姐姐，我以後再也不敢了！」月芬苦著一張臉，險些眼淚又要落下來。

侍月從夾衣掏出什麼物事塞給了月芬：

「喏，這裡是幾文錢，你去叫小廝到外面照樣買一個回來，悄悄兒補上，少夫人見了，知道你有這份孝心，日後不定有你的好處呢！」

月芬千恩萬謝，含淚去了。侍月立在花下楞了一會，也自去了。

小姐在裡面聽得既驚且佩。驚的是這侍月果真心細如髮，把日來心中自個兒都辨不出滋味的百般糾纏看出了幾分端倪。難不成她倒能解開我心中的結？佩服的是侍月待下恩威並施，又能出之於無形。造化弄人，她今日不過是個丫鬟，設若她有我的身份，兼讀詩書，我如何能與她相比？想到這裡，不覺慚愧得自個兒紅了臉。

侍月做夢也不曾想到自己的無心之舉竟然為小姐開啟了一扇她之前不屑一顧的窗口，穿窗外望，雖然不見奇花異卉，但所見所聞卻令她目不暇給。侍月自那日之後，便時時覺得身後有一雙眼在窺視，幾至於她所到之處——格外是僕從聚集，需她發號施令的所在——那一雙眼都亦步亦趨，緊緊相隨。侍月何等機警，如何不知是小姐在暗中訪查。先是她總覺著小姐是不放心於她，或者竟是有意趁她不備，找她的錯兒來的。不過，她問心無愧，小姐盯得越緊，她方寸越發不亂。直至一日她明快果斷處置了兩個醉酒鬧事的小廝，她才發覺小姐那一雙眼再也不特意藏在暗中，直接了當向她投來——十分讚賞，另有心領神會之意。至此侍月才恍然大悟，原來小姐這緊逼相隨，固非無因，卻無惡意，心中感動，倒也不動聲色。慢慢地，侍月便藉日夜前來侍候之便，不經意地把府中點滴一一說給了小姐。有時還特意請小姐的示下，此事該如何處置，那樁該如何發落。小姐冰雪聰明，心中明白，感激存焉。

這一日，侍月談及余管家的種種，主僕二人異口同聲稱讚他的精明幹練。

「他當差自然是好的了，」侍月說：「難得他那份忠心，不是侍月瞎猜疑，如果他果然有二心，咱們楊府哪有今日？」

小姐點頭：

「說得也是。他倒是個什麼來歷？」

「可憐著呢！」侍月不勝唏噓：「他原是個孤兒，老主人見他模樣兒怪伶俐的，帶在身邊，得了空便教他讀書識字玩兒，誰知他聰明絕頂，一學便會，老主人索性請了先生教他。後來老主人帶著他跑遍大江南北，著實替老主人分了不少勞呢！」

「原來如此！」小姐沉吟著，忽然唇角譏嘲之意甚濃：「少主人呢？難道是老主人自小見少主人不成材，從此灰心了不成？」

侍月一聽便知小姐之意，當下格外小心：

「這有個原因。老主人當年闖蕩江湖，因絲鹽大發之時，少主人才五六歲年紀。據說十歲那年，少主人跟著一個叫花子去耍，一去便不見蹤影，老主人、老夫人一急成病，自此無心生意，全交給了余管家，自己四處去找兒子去了，卻哪裡有影兒呢？兩老臥病在床，一晃十載。少主人在整十載那日倒是身強體壯回來了，老主人老夫人喜得病好了一半，痛痛快快過了幾年好日子，兩老才相繼撒手。少主人學了一身好武功，哪有興緻管這鹽呀絲的呢！小姐，您說這余管家可是不是楊家的寶？」

小姐一癟嘴，眉尖一挑：

「我當是齊天大聖教他的武功呢，原來是叫化子！」

「小姐可不能小看了少主人，」侍月故意護著少主人，她也知道這準沒錯兒：「侍月聽外頭說，凡識得咱們少主人的，沒有不豎大姆指說他武功了得，天下第一呢！」

「哼，浪得虛名！他……」小姐欲言又止，神情分外冷漠。

侍月低首垂目，裝作不曾看見。

「這名兒得來不易呢！」侍月緩緩地說，她知道這可是事關緊要，一個字兒不能說錯：「少主人用功得緊！這四五十日人家可是大門兒都沒邁，連說荒廢了，荒廢了，想必這會兒都還在閉門練功呢！這名頭哪有虛得的！」

侍月以為這一番話定然會給小姐臉上添喜，偷眼看去，卻只見小姐瓜子臉上如夢似醒，變幻莫測，盡是她看不懂的面情，並無半點喜色。她心中暗自警惕：這小姐實在難纏，明明料準了是東，出來的卻是西！越想越怕，打定了主意往後凡事可不能再自作主張了，慢慢兒都還給主子去吧。

果然，從此侍月越發謹言慎行。她原本便極守本分，如今刻意收斂，真至於目不斜視的地步了。一應府中大小雜務，她一概秉命而行。每逢單日，她便敦請小姐巡視上下。這楊府的深宅大院非同小可，前後數進，大小房舍何止百數十間；園中花木扶疏，一無止境，這還是正房，與大院遙遙相望的則是單宅數棟，以曲廊連接，是少主人練功之處，一般等閒人是進不去的。

這一趟巡視，以婦道人家腳程，三步一歇，少說也得三五個時辰，因而侍月特意命四五個小丫鬟隨行，又是食盒，又是面巾什麼的，王府排場也不過如此。所到之處，但凡有什麼興革，隨令隨行；侍月一旁備詢，偶爾也給小姐提個醒兒。至此，小姐方知大權在握竟是這麼一種款味。當日迎親轎上的不足之感，難不成就是冥冥中對此的渴望？

這一日又逢單日，卯時不到，侍月領著四個小丫頭就在小姐房門前侍候；小姐早已梳洗妥當，神情奕奕地候著呢。

「也還早，」侍月說：「小姐先用過早膳吧。」

「我這會兒也不餓，」小姐說：「不是帶了有食盒麼？今兒都是些啥？」

提食盒的小丫頭說：

「是雞茸餡兒的蒸餃、冰糖紅棗燕窩。」

「也還罷了，」小姐說：「回頭路上胡亂吃些吧。對了，侍月，前兒咱們商量著大花園的事兒，你去給老王傳話了沒有？」

「說過了，老王一早在園子裡等著聽小姐吩咐呢。」

說著一行人迤邐行來。這小姐愛潔成癖，容不得絲毫雜亂。偏偏侍月也極愛整潔，先時小姐尚未與聞家務之際，侍月已將府裡整治得有條有理，相沿成習，是故小姐一路看來十分滿意，並無話說。

當年老主人造園時鑿了一個小湖，倚湖另築了一個涼亭，以為歇腳之用。一行人走得乏了，便在亭中歇下。小丫頭打開食盒侍候著小姐吃早膳。

小姐確也餓了，把一碟蒸餃，一小碗燕窩吃得點滴不剩，十分暢快。抹過臉，嗽過口，再往前行至花園，老王已在園中靜候多時。這老王是楊府兩代的老蒼頭，精於蒔花弄草之藝，園中花木均由他一手調理。

老王見了少夫人便要下跪，小姐連忙攙住：

「老王，這禮就免了吧，」

「多謝少夫人體恤老奴，」老王喘吁吁地說。

「老王，叫你來不為別的，」小姐說：「前兒我路過這兒，見這滿園子的老樹，虧你掃得連片葉子都不見！不過我著實替你犯愁，你這一大把年紀了，若為這勞什子落葉有個什麼閃失，可是我們的罪過！……」

說到這裡，她忽見十數步外花叢裡人影一閃便不動，她眼尖早看清那人是誰。她佯裝不知，把嗓門兒提得高高的。

「我籌思了幾日，倒有個想法，不知行也不行，特意叫你來，討你個主意。」

「少夫人但請吩咐就是了，老奴那有什麼主意……」

「你也別忒謙。你先聽聽：我倒想把這一溜樹都給砍了，替你永絕後患。這留出來的空地都叫種上花兒，也不必什麼奇花異草，專挑那易種好看的花兒，叫他一年四季，日日繁花遍開！老王，你看可好？」

老王聽說種花，心癢難禁，喜得直說：

「這敢情好！虧少夫人想得出來！」

「既然你也說好，你就籌劃籌劃去，這都交給你了，至於伐樹、種花該有多少開銷，你細細地核計核計，一總向余管家支銀子……」

說著，利眼向那花叢一掃，厲聲說：

「難不成要我跟人家要銀子去！」

老王不知少夫人為何語調有變，只唯唯地說：

「是，老奴這就去辦！」

這裡，小姐說了一聲：

「咱們回去吧！」

頭也不回地直往前走了。

*　　*　　*

這花叢裡躲著的不是別人，正是楊府的少主人楊嘯天。他清晨練功之後，信步來到花園，剛來到花叢下，聽得少夫人與老王商量如何砍樹種花，待要閃避，但花叢之外，一片空曠，無處可躲，無奈只好將就隱身花叢下。堂堂一家之主，竟然如此狼狽藏匿，而想要避而不見的人竟是自己的妻子，天底下哪還有比這更荒唐的事？

少夫人跟老王的言語，他聽得一字兒不漏；這是家常瑣事，他原無心家務，此時被逼，也不過聽聽而已。但是他卻一而再，再而三隔著枝葉看向他們立足的地方，看的不是別人，正是自己的妻子。

以楊嘯天的功力，眨眼之間，一根細髮飄向何方，落在何處他都能聽得仔細，看得清楚，何需反覆細察碩大無朋的幾個人？

實在因為他按捺不下驚詫詭異，萬般難辨的心中感覺。他的雙眼竟如中了蠱，被他的妻子吸吮而去。

就這月餘工夫，她福態了許多。頭上不再是高高梳起的髮髻，秀髮攤了開來，再溜向兩側，油光水滑。依舊一副瓜子臉，只是遠比先前豐腴；一對水汪汪鳳眼，鋒利滑溜；一身華服，鮮麗明亮。她果真是濡軟多汁，美艷奪目。

她手裡一根銀簪子，邊說話邊用簪子剔牙。剔牙的那隻手衣袖褪到肘彎，露出一節滾圓白膩的手腕。說到要緊處，兩手揮動，眉飛色舞。

他突然苦惱莫名。練功之後的淋漓暢快，傲然自得，剎那間都逃逸無蹤。正待收拾心中的蕪雜，驀地裡刺來她雙目銳光，以及她特為說給他聽的話：

「難不成要我跟人要銀子去！」

他真如跟一個武功高出自己太多的敵手對招，一劍戳來，自己全無招架之力，潰不成軍。敗則敗矣，何以羞愧一至於此，竟連頭都抬不起來呢？

午時過後，依往例應練一套拳法，一套劍法，這日卻哪裡提得起興緻。他坐立不安，背手繞室而走，不解自己怎地惶惶然沉重如此。

* * *

這日侍月來到小姐房中稟說余管家求見。

「余老二要見我？」小姐一歪脖子，奇道。正替她梳頭的小丫頭忙住了手：「他可曾說有什麼事？」

「侍月沒敢問，」侍月用手比著說：「看他抱了好幾本賬冊，這麼大，這麼厚，還叫張算盤子兒也跟著來了。我也在納悶兒呢。」

張算盤子兒是賬房張大可的別名，因他兩指撥動如飛，一似算盤子兒自己上下彈躍，故得此名。

「這更奇了，」小姐略一沉吟：「好吧，你告訴他我這就來。好好奉茶！」

侍月答應著去了，小姐心中不住盤算。梳妝停當，便向正廳走來。余管家老遠見少夫人姍姍而來，便起身一旁侍立著，待她走得近了，躬身行禮。

「余管家請坐吧，咱們自己人，不必拘禮。」她笑得和煦如春風，極其明艷照人。

余管家但聞得一陣若有似無的甜膩之香，不時向他浮動，兩眼不敢仰視，垂手等少夫人坐定了，方告罪坐下來。張算盤子兒更不敢坐，只在余管家一旁站著。

「余爺這早晚來見我，可有要緊事？」

「余二這月餘日夜清點賬冊，只等少夫人略為安頓，便要具冊稟告，如今想必少夫人已大致就緒，故此……」

少夫人已知其意，不等他說完，接口說：

「咱們家數十年的基業，這歲入歲出何等繁雜；余爺殫精竭慮於茲，有聲於外；我一介女流，何堪涉此繁鉅。咱們還是照老規矩，余爺您就偏勞吧，這冊子我也甭看了。」

「少夫人，不然，」余管家徐徐說道：「楊府這一片家業原是老主人一手開創，余二不過秉承老主人遺規，絲毫不敢逾越，才勉有今日。少夫人襟懷開闊，見人之所未見，遠非我輩所能及，這光大楊府門楣的事，恐非少夫人莫辦！」

言辭十分懇切。

少夫人不禁動容。她沉吟片刻，搖搖頭說：

「不妥，不妥！此事不必再提。倒是你那些冊子花花綠綠的，有什麼玄機在裡頭？」

余管家微微一笑說：

「玄機倒沒有：這紅皮兒的，是歷年絲、鹽買入賣出的大帳；藍皮兒記的是府裡月例細目以及一應雜項開支。」

少夫人點點頭，想了想說：

「這麼著吧，這紅皮兒的你原封抱回去；藍皮兒的擱著，好歹也明白咱們家是怎麼使銀子的！」

余管家猶待進言，略一沉思，改口說：

「是，就照少夫人吩咐。我把張大可叫來，就特為給少夫人解說。大可，你過來！」

於是張算盤子兒捧起藍面帳冊，躬身在少夫人身旁逐頁逐項細說。這一節她聽得十分仔細。才聽得一會，心裡暗自吃驚，原來自己竟嫁到這麼一個殷富之家來了！一時難辨心中滋味。

約莫頓飯時光，這解說才告一段落。帳冊奇沉無比，張算盤子兒一手捧冊，一手翻動冊頁，還得躬身解說，這會子早累得汗流浹背，好不容易放下帳冊，掏汗巾子出來拭臉。余管家靜待他歇息了一會——由此足見他平日善待下屬的一般——才開口說：

「大可，往後這府裡的日用開銷，大小雜支，概憑少夫人手諭即付，無需再經我轉呈；帳冊報表，每一旬一報，仍照舊規，也直呈少夫人就得了。」

張算盤子兒躬身回道：

「大可記住了！」

少夫人心中一動，面露微笑，目光犀利，只在余管家臉上打轉：

「這可是少主人交代的？」

饒他余管家世故極深，此時也由不得一怔。不過他旋即回過神來，輕咳一聲，極其誠懇地：

「是，這確是少主人的明見。不過，就少主人不說，余二亦早有此意。昔時，余二不得已勉力兼辦，早已左支右絀，力有未逮，如今少夫人入主中饋，眼見得府中興革大業已在開辦，需錢孔亟，由少夫人統一籌謀，乃至允至當的事，少主人想必亦是有鑑於此！」

少夫人笑容不變，目光則顯然和緩許多。

「余爺好說！今後凡事大家商量著辦吧。」

余管家見無他話，便率張算盤子兒告辭退下，留下數巨冊藍面帳本。少夫人叫小丫頭一一抱回房去。自此，楊府內務遂由少夫人一手獨攬。要銀子有銀子，要人手有人手，真個是左右逢源。做到得心應手之際，她有時不免自問：「我就把紅皮兒全盤接下，又奈何得了我？」

正在她志得意滿，意氣風發的當兒，卻染了不明之症，每日晨間噁心嘔吐，茶飯不思，精神懈怠。楊府這樣人家，自然請得有專屬名醫，當下由侍月傳話，火速傳李大夫進府。

李大夫為一代名醫，略一把脈，已知端底。隔簾與少夫人談得幾句便告退出來。門外候著的侍月急急迎上去，一迭連聲地問：

「大夫，咱們少夫人……」

李大夫滿面笑容說：

「不妨，不妨，是大喜之兆！少夫人有喜了！」

要了紙筆，振筆疾書，開了幾帖寧神安胎的藥，告辭而去。侍月命小廝去抓藥，卻不見小姐傳喚，總以為她乏了在歇息，也不在意。一直到向晚時分，小丫頭巡來尋她：

「侍月姐姐，少夫人要跟你說話呢！」

侍月忙跟了小丫頭過去。只見少夫人擁被坐倚在床上，雙眸瞪得老大，仰望著羅帳。臉上猶有沉思之色，顯見得她心事重重。

侍月趨前問說：

「小姐沒歇會兒麼？這李大夫說……」

「李大夫已說給我聽了，我正為這事犯愁呢！」小姐嘆口氣說：「想想，這花園的樹是砍了，翻土刨地，花兒還沒下種；西廂房才僱了漆匠，日內便要開工，正亂著呢，我倒躺下來了！我這裡坐著想了半日，這事兒開了頭絕不能擱下，沒這個道理！再說，往後事兒可多著，我不是三頭六臂，哪顧得了許多？總得有個得力的幫手，能獨當一面的，我捉摸了半日，這個人除了你，再沒有第二個！」

侍月低頭不語。

「我知道你心裡的難處，」小姐說：「你想這天大的事憑你的身份，能支使得動他們麼？我想的也就是這話。這起人沖著你一個丫頭人家，冷言冷語的，生生地就要折磨死你，我這一來倒不是害了你了！」

說到這裡，小姐雙目炯炯地盯住侍月。

「我是有一個法子能叫你言出如山，要他們東便東，西便西，半句兒不敢說不。只不知你意下如何？」

侍月笑說：

「小姐使什麼神通，叫他們聽一個丫頭的話？」

「什麼神通！我叫你少主人收你做二房，以你姨太太的名兒發號施令，誰敢不聽？」

侍月吃了一驚，兩頰飛紅，連忙說：

「小姐，這可使不得！」

「什麼使得使不得，只看你願不願意？你倒說一句，你願意還是不願意？若是願意，我包你指日便是楊府的二少奶奶！」

侍月哪裡答得上話來。心中暗驚：「小姐難道在使什麼手段測我的忠貞不成？」

「侍月，我這半日倒替你想了你這一輩子，」小姐柔聲說：「你這輩子苦在命不如人，不然以你之才，真有命婦之分！」

就這一句話，小姐說到了侍月的心坎兒裡去，眼淚如斷了線的珠子，沿著侍月臉頰滾滾而下，卻又不敢出聲，那真是傷痛到了極處。

「人拗不過命，唉，這也是沒法子的事。」小姐嘆口氣：「不過，命拗他不過，運倒能改他一改，眼前我就想替你改這個運！你要說這是我的私心也罷，我是有這麼一點私心！這且抛開一邊，侍月，你只想想我的話究竟有沒有點道理？」

侍月紅著一雙眼，只是默不作聲。

小姐何等精明，知道侍月心中已動，也不點破，只說：

「你明兒吩咐一個小丫頭去請少主人過來，用不著你自個兒去，就說我有話要跟他說。先跟他明說了李大夫來把脈的事。不怕他不來，哼！」

她冷笑一聲，等這氣平了，才又說：

「你下去吧，我也真的乏了，想歇會兒呢！」

卻哪裡睡得著？那心中的激昂亢奮，如一鍋煮得沸騰的滚水。都因她獨斷獨行，為侍月作主的緣故。這應是何等的慷慨無私，成全他人的無限至樂，卻怎的總覺得其脆弱得不堪一擊，彷彿強把自己推上了懸崖絕壁，只需輕輕一跺，腳下便會崩塌，自己就得粉身在萬丈之下，因此她不得不隨時防著、護著，不能披露些許疵瑕。然而面對絕壁之上的重重險境，她卻又有一往直前，不顧一切的瘋狂，粉身碎骨也在所不惜。

她突然明白侍月不是主因。她千方百計，迂迴曲折，終於把侍月也拉抬進來，只為了對付一個人，只為了對付一個楊嘯天。這才是何以她未能從大方成全獲得慷慨至樂的所以然；才是她覺著舉步皆險，難以成寐的主因。

＊　＊　＊

翌日，她特意把侍月支開，只留幾個小丫頭在身邊，專候楊嘯天。但這個少主遲遲都未現身。

她一宿未眠，打定主意這日要以泱泱大度之風，與他分庭抗禮，要他一眼便從她所言所行看出她已非昔日那個驕橫跋扈，一無是處的弱女子。

然而這都得依著她一廂情願的計謀，一步兒不差地行來才行。例如，照她的算計，這小丫頭一過去，他隨後就得趕來。沒承望小丫頭去了半日才回來，並無半句著邊兒的回話，問她可曾見著少主人，這小丫頭一臉天真爛漫，回說：

「見是見著了，難著哪！少主人練功在興頭兒上，可等死我了！少主人叫我回少夫人的話說知道了，這早晚就過來呢！」

換了這丫頭是侍月，她就會立逼著問她少主人是怎麼回話的。他沒有緊跟著就過來，這一起始就亂了她的譜；他越是不來，這不順遂便如一團亂麻，越滾越大，越大越亂，什麼堂皇嚴正，什麼泱泱大度，全在她怒火焚燒之下，化為灰燼了。

她哪裡知道楊嘯天的惶惑不在她之下。先是他得連問兩聲，才弄明白小丫頭的話。

「說是昨兒傳李大夫來給少夫人把了脈，這會兒少夫人請少主人過去有話說呢，」小丫頭有頭沒尾，嘮嘮叨叨地說。

「好好兒地，傳李大夫把什麼脈？」他奇道。

「傳李大夫是……是因為少夫人有……這個大喜之兆，侍月姐姐都這麼說來著。」小丫頭還在楞頭楞腦地纏夾不清。

「哦，哦，該不是說少夫人有喜了吧？」

小丫頭拍手喜道：

「是，是，怎麼少主人一猜就著？」

可憐，原來這小丫頭連什麼叫「有喜」都不明白。

「嗯，」他低頭沉思，半晌說：「知道了，你回去稟少夫人，就說我知道了，一時片刻我就過去。」

瞬時間，他思想之中，全然擠不進他那即將為人父這至大至喜的事，全然沒有這件事的影子。只有一種惶惶然，束手無策的繁重盤踞在心，而這只跟他的妻子有關。這感覺不知始自何日，但自模糊逐漸清楚，卻確然從那日在花園中的偶遇起。自那日後，他一想到她，便有怪異的無限龐大的感覺，避之猶恐不及。

如今，平添了這麼一件兵器——懷孕在身——她揮舞起來就越發虎虎生風，驚天動地了。

他命小廝送來五斤二鍋頭，也不用下酒之物，據桌獨酌。自午至晚，房門不邁，拳劍不練，直飲到點滴不剩，這才醺醺然向這邊廂房走來。

早有小丫頭飛報進屋說少主人來了。

一日苦等，少夫人照樣沒有邁出房門，更兼粒米未進，害喜的人本來就無心飲食。到這日近黃昏，愁緒四出的時辰，形容十分憔悴。她也無心修飾，並刻意不去裝扮，藉以倍增她義正辭嚴的責罰。她老早把原先所想的雍容大度等等拋諸腦後了，只望大大發作一番，求得一時痛快。然而在他掀簾而入，她把毫未設防的他鉅細無遺，悉數吞入她的一雙飢眼之內的剎那，情勢急轉直下。

但她什麼也不曾看見，除了他的朦朧醉眼，除了因那迷離恍惚而生的披灰帶塵的一點點猥瑣。這是大異於那展翅欲飛的巨鵰的雄偉的。她驀然灰心到極處。

而極其詭異的，灰心把她一腔火氣一掃而盡，點點滴滴回流到她心中，她為之感到意外，而有轉危為安，大局底定之感的是她從昨兒便蓄意今日要全力施為，那種運籌帷幄的從容不迫。不同的只是此時覺著這事簡直輕易極了，哪用得著昨兒那等大費周章去日夜籌思呢？

她微微一笑，氣定神閒地說：

「你到底兒想著要來了！」

對他飲酒一事不著隻字，卻並非不知，這神來之筆的豁達大度，一舉把她自己置於不敗之地：就玩弄他於股掌之間，似亦無不可！

他一貫地一手柱門，一手支腰，兩目注地，不勝酒力的樣子：

「這李大夫所說當真？」

「不真我哪敢勞你的大駕？」她嘻嘻而笑地說。

終於難抑心內吃驚，他兩目向她望去，果然不假，她面帶微笑，露出一排齊整潔白的牙齒；兩隻利眼罩於他周身上下。

「這……這可是咱們楊家的大事！你身子可得保重……」

他囁嚅著說。又是那陣驚疑：何以自己竟沒有喜悅？何以竟沒把這當回事？何以竟是那繁雜難解的沉重之感先於一切來到自己心中？

她斷然打斷他的話：

「這不勞你費心！我自會打理。我今兒請你移駕過來，倒不是為這事兒，另有正經事跟你商量。」

她略停得一停，右手一抬，把垂於眉間的髮綹抹了上去。不知怎地，這是自他進來，唯一讓他覺著親切的舉動。

「咱們府裡正有幾個工程開了頭兒，不曉得你知也不知？雖不是修房造屋，卻也夠折騰人的，往常這也難不倒我，如今說什麼也得有個幫手。你是一心只在你的武功上頭，天塌下來你也是個沒事人，要不，我瞎操哪門子心？」

說著，眉頭就緊了起來，終究她還是忍了下去：

「還不單為著眼前，往後咱們家事兒可多著，這幫手是一定要的。……」

「叫余老二去找不就成？」他說。

「你心裡只有個余老二！」她冷笑一聲：「那起人我可不放心！我明說了吧，我捉摸著這個人除了侍月，竟沒有第二個！」

「侍月果然是個好的！」他不由得衷心讚嘆。

她原來雙眼便沒有放過他，此時更把他從上到下打量個透。

「哼，你也知她是個好的！可是你可曉得人家的難處？」她越說越精神，從椅子上站起了身。她身段原就跟他相若，如今又比前時豐腴了許多，這一起身，來勢洶洶，倒像是要跟他動武相似：「外頭那起懶貨你難道不知他們的底細？他們只怕掐著他們脖子的，侍月一個丫頭人家，他們能聽她的麼？」

「那可怎麼著？」

「我想著要給她一個名份！」她直勾勾地看著他，不容他脫逃。

「名份？什麼名份？」

「我想著要給她一個二少奶奶的名份！」

他原是半醉半裝，此刻醒了個透亮。他驟然抬頭，極其嚴厲地直看進她瞳仁裡去：

「你要我收她做二房？」

「就是這話！」她挺著腰桿，毫無退縮的意思：「有什麼好大驚小怪的！」

「荒唐，荒唐！」他一跺腳，一迭連聲說。

「趁早兒別跟我提荒唐兩個字，」她豎著兩眉：「我倒說給誰聽去？這會兒跟我假惺惺！這不正好趁你的心，如你的願？」

他舉目望天，長嘆一聲：

「楊嘯天啊楊嘯天！你竟被人看得一賤至此！」

她唇角一歪，微露笑意，連忙又咬緊嘴唇，此時是萬萬不能得意的：

「別悲天嘆地了！我可是為咱們楊家大局著想，不然，你就豁著什麼事兒也不許做，任由楊家自你楊嘯天手裡中落！」

他目注他的妻子，一字一頓地說：

「好個孫馨君，有你的！這府裡上上下下，原由你作主，你說一不二！你這天大的道理我駁不過你！不過，這可是攸關人家一輩子的事，不是一個理字說得過去的！」

她沒來由地心中一虛，在他凝結成柱，緩緩向她輸送而來的目光中，恍惚有什麼東西隱藏在深處，任她怎麼看也看不懂。於是先機盡失的驚恐，瞬間佔滿全心。她急急搶著說：

「這不必你瞎費心！你當她甘願做一輩子奴才不成？一夕之間，丫頭變姨太太，這可是一步登天的事，這是抬舉她，她歡喜還來不及呢！」

就這樣搶著說話，也沒能射中靶心，眼見得他還是深深向自己注目，微微點頭——這是什麼用意？尤其可怪的是，這一席話竟然讓她越發心虛起來。

心一橫，全然不顧一切了，她簡直的不許他開口：

「你回去等著做現成的新郎倌吧！你啥也別問！我明兒就差人張羅去！」

他又長嘆一聲，默然無語，返身掀簾而去，連坐都不曾坐得一下。

她則又是一夜無眠，那種漏洞百出，莫名其妙的心慌意亂是不眠的主因；其次就是他莫測高深的注視還在那裡，從她自己心中，向她投射。她百思不解的是，何以自己一番苦心竟落得這麼一個結局；何以她連自個兒都信不過了。

* * *

少夫人足月之後，產下一個白胖小子。楊嘯天直至此時，方覺先前被唬得四散逃逸的為父之樂，驚魂稍定，慢慢都一一遄返心中來，而一旦細嚐到這甜頭，他竟不知世間還有什麼至樂可與之比擬的。

他整天心癢難禁，恨不得飛身過去，一把抱兒子起來珍愛把玩。但妻命極嚴，就是彌月之後，也只許侍月每兩日抱過去幾個時辰，一路上嚴封密裹，生怕受了風寒。侍月見少主人實在疼愛孩子，心中生憐，不由說：

「想兒子，自己不會過去看去？」

「你們家小姐，我招惹不起！我倒想過去，你看她拒人千里的模樣，哪遭不險些兒就要轟我出來！」

他跟侍月雖已結為夫妻，但她礙於自己原來身份，仍沿用舊時稱呼。

「我的爺！你們倆可真是一對寃家，」侍月說：「不過，我看我們家小姐倒好，她是要好心切了一些，總不至像你說的吧？」

「你哪裡知道！」他嘆了口氣說。

侍月斜睨著他，似笑不笑地：

「該不會是你哪時得罪了咱們家小姐吧？」

他不敢正視侍月。半晌才說：

「這從何說起！侍月，你跟著你們小姐從孫府到咱們家，這一路可曾瞧見、聽見我楊某人對她大聲兒說過半句什麼的？」

「倒也是！要說少主人你也是個好性兒的，這閤府上下，連小廝們都豎這個呢……」她豎起白膩如玉的大姆指，笑靨如花，水靈靈一對大眼，深情款款地向他望來。

他不禁心旌搖動，一伸手就要去摟她，她一扭腰閃開了，正色說：

「少主人，你！大白天裡……」

他一笑而止。斟起一杯碧螺春，一飲而盡。

「不是我奉承你，侍月，你說一百句，我聽你一百零二句！打心底裡情願。可是為啥你們家小姐的漫天大道理，我聽是聽了，卻是渾身都不自在？」

侍月留神傾聽他的話，這是她無人可及的長處：旁人每有話說，她必心不旁鶩，句句聽完，從不打岔，絕不顧左右言他。只憑此一端，她便足可立擄人心，讓人進而心甘情願地聽命於她。她說：

「這我就不明白了。小姐可是知書識禮的人，那道理兒說起來可真是八面玲瓏，沒有人不服的。偏你不服，說句邪門的話，難不成是八字兒不合？」

楊嘯天此時勾起了滿腹牢騷，又有這麼一個知心貼肺的人在身旁，如何按捺得住。

「我在她眼裡，竟然一無是處！她極厲害之處——也不知她使了什麼法子——是我只要起個念頭去練功，這罪孽深重之感，竟猶甚我起念去做江洋大盜！難道說，我練功習武就是不務正業了麼？我楊氏這一脈，自我爹開創大業以來，真個是光宗耀祖，我理應焚膏繼晷繼承父業才對，這是實話。不過這理財之道非我所長，現擺著余管家這赤膽忠心的第一把手，眼見得這一片家業蒸蒸日上，猶盛似我爹在日，我豈能以我之無能打橫裡去無謂干擾？沒這個道理！人貴自知，我之所長在武術一道，這乃是我一輩子的志業……不過……」

他忽然有所感，沉吟了片刻，似有所悟，卻也不是十分徹底的樣子：

「不過，就算我果真拋開我的武功，一心經營我的家業，不定她又有什麼法兒讓我的罪孽更不亞於今日！欲加之罪，何患無辭！難道這竟是……」

他嗒然無語。侍月終究讀書無多，對這糾纏複雜的人心，領會有限。見他無語，才接下話頭來說：

「瞧你把這武功說的！我也想練了！」

她故意拉開架式，笑瞇瞇地：

「我這模樣兒能不能練？」

她眼一花，也不知怎地，自己手腕已吃他托住。他以右手食指沿她手臂輕撫而上，閉目凝神。忽地他一陣寒慄，似有大片陰影劈頭蓋來，再一凝神卻又不見。無暇細想，他放下她的手臂，退回原處，把她從上看到下，認真地說：

「你削肩窄腰，兩腿長而直，小脛柔而韌，極宜縱躍，我心中倒有一套劍法，極合你來練，可惜……」

她兩頰飛紅：

「瞧瞧你說的！不過說著玩兒罷咧，我可沒那閒工夫去練這勞什子！」

「我知道你忙。」他說：「依骨相，你們家小姐倒是塊上乘練武的材料，與你不相上下。可惜一個是太過精於算計，一個是太過宅心仁厚，均與習武之道相左。」

侍月不由得好奇：

「練武還有骨相麼？」

「怎地沒有？」

「那你倒說給我聽聽，咱們家寶貝兒小爺，你兒子的骨相如何？」

一聽兒子，他便喜上眉梢，忙說：

「我正待要說給你聽呢！那可真是一等一的奇材！不瞞你說，我頭一日抱他在手，便從頂蓋細細摸到趾尖，我越摸越喜，這可是老天爺的恩賜！這孩子骨相奇特，好好調教，其藝可以至於無極，更不必說天下第一了！」

「這天下第一的名號不都給了你了！外頭都這麼說的！」

「笑話！」他神色怪異，是至喜與奇憾的混合：「這是他們奉承阿諛之辭。我有自知之明。我離那登峰造極之境雖只有咫尺之隔，卻非同小可，事關天份，後天強不來的。兼以我深知我……」

他面露愧悔，十分灰黯，但轉眼又見喜色：

「我倒要我兒登上這天下無敵的寶座！只是事不宜遲，練功得趁早！」

「你兒子才滿月呢！看你急的！」侍月說。

「蒙啟於髫齔，武功一道尤然。至遲不得遲於五歲！這就是我要央求於你的一件要緊事。你們家小姐頗聽得進你的言語，你自今兒起便打起精神來想著，看能否使個什麼巧計兒，把孩子弄出來與我同寢才好！」

「這事兒難！」侍月搖頭：「咱們家小姐的脾氣你不是不知道，能聽我的，百句裡頭兩三句罷咧！」

他起身一躬到地：

「侍月，我楊嘯天在此萬千請託！請想想：把這孩子的異稟委於鋼鈿，這豈不真所謂暴殄天物了？」

侍月忙說：

「哪就至於如此！小姐也是有識見的人，難道就看不出咱們家孩子的出息？」

「她自有見地！我所怕者，是她固執己見，把孩子糟塌了！」

侍月低頭忖思著，片刻才說：

「五歲也還早，讓我慢慢兒磨吧！」

＊　＊　＊

君平——楊嘯天為其子取的名號——的天份，侍月所知不過是少主人的一席話，她哪能當真，倒是他一躬到地的至誠，她時刻謹記在心，但她深知這事兒也只能伺機而行，萬萬造次不得。

是君平三歲那年某日，他正膩著侍月要這要那，忽地仰著脖子說：

「姨娘，你這絹兒不好看，那紅白條兒的才好看！」

侍月這兩年時有嗽疾，終年以絹圍頸，以避風寒。這時聽說便問：

「平兒，姨娘哪時候有紅白條絹子的？怎麼我都記不得了？」

「平兒記得！平兒趴在褥子上，姨娘給平兒擦身子呢！紅白條兒的絹子老晃盪著呢！」

侍月歪著頭細細想了半日才啊了一聲說：

「我的兒！那可是姨娘第一條絹子呢，還是你娘給的。虧你還記得！」

心中驚異：這不是平兒滿月那日的事？小姐見我嗽個不停，給了條絹子叫我圍上，不正是紅白兩色的？平兒才多大一點，竟然記在心中，至今不忘，然則這天份之說……。於是打定了主意要見機把少主人的心願達成，免得誤了大事。

這一日又逢單日，小姐與侍月率領僕從依例各處巡視。此時的楊府興旺之象遠非昔日可比，園中繁花，果真是四季開遍。老王年前故世，當年老王一手栽種的各色花卉，另有專人悉心調理，葉肥花艷，美不勝收。

少夫人待產期間，由二少夫人掌理一切，她的行事作風與少夫人自有其相異之處。少夫人是出了名的說一不二，硬邦邦鐵棍兒相似，無人敢攖其鋒；二少夫人則以理服之，以情動之，照樣兒說一不二。不過，這正主兒還是少夫人，雖然人在待產，二少夫人以其向來的謹慎本份，從不擅作主張，凡事稟明再辦。倒是把業已立下的章程，打磨得圓融光滑，毫無窒礙難行之處。

因而少夫人產後頭一遭視事，雖然無處不看，無事不問，卻挑不出一絲兒差錯，十分滿意。自此兩人合作無間，少夫人每有所見，一聲令下，不出數日，二少夫人便以極細膩周密手段，半分兒不差端呈給少夫人。兩個婦道人家把這園牆之內，經營得轟轟烈烈，有聲有色。二少夫人固然是唯命是聽，少夫人則更是片刻少不了二少夫人。少夫人志得意滿之餘，不由得心中尋思：這外頭又是怎麼個世面？果真是凶險詭譎，非余老二的老謀深算莫辦麼？

這二人後頭跟著不下十數個丫鬟小廝，定規的有兩個丫頭提著食盒、面盆等物。二少夫人這兩年一旁看得仔細：少夫人於飲食一道竟是日比一日講究，因而吩咐底下這點心用的隨身食盒絲毫馬虎不得；她尤嗜甜食，如響炸棗泥餡兒糯米丸子等極甜極膩之物，有時能盡他一碟。

一行行至涼亭。時值春盡夏至的當口，日漸豐腴的少夫人一路行來，額頭微微見汗，涼亭是每行必至之所，少不得落腳歇息片刻。

「侍月，」抹過臉的少夫人，迎著掠水而至的習習涼風，暢快莫名：「這的確是個好地方兒！咱們老主人胸中到底有些丘壑。只是湖面略窄，這涼亭嘛，看著老是哪兒對不上勁。」說著，探手食盒，纖纖兩指拈起一塊蜜汁麻花，格崩格崩嚼著。

「侍月，咱們籌劃籌劃，怎麼著把湖面拓寬，涼亭怎麼從頭兒再蓋，你看可行？」

「怎麼不行，」侍月咳著，欣然說：「趕明兒我找人來先丈量丈量……」

忽見少夫人凝神側耳，另有所聞的模樣，便住口不語。

「侍月，你聽聽，這可是平兒的聲音？」

一陣笑語聲，隨風飄來，果然是君平在花園裡跟丫鬟追逐嘻鬧。侍月笑說：

「這一清早跟著月芬胡混，可玩瘋了！」

少夫人微微一嘆：

「瞧瞧，這小不點都快四歲了，你我怎地不老！想那會兒他剛生下來……」

她眉頭一緊，不知怎地，面現嚴厲之色；把半截麻花使勁一扔，扔進了湖裡，只聽忽喇一聲，一群魚兒閃電冒起爭食，湖面啄痕累累。老大一會她面色才和緩下來。

「這孩子倒挺乖巧，我看他天資不錯。可壞就壞在這裡！你我百般疼他，你這做姨娘的疼他不在我之下，我難道不知？管教或有不當，弊陋之習極易成之於無形，恐將貽害他一輩子！不如趁早請個啟蒙先生收收他的心是正經。」

侍月心中一動，順著話題兒往下溜：

「小姐真正明鑒！不就是這話！這一晌我天天捉摸的也就是這檔子事。小姐日夜為這府裡上上下下忙得走馬燈兒似的，想著要管教平兒，有這個心沒這個力！依我的想法，倒不如把平兒給少主人管去。少主人外頭人面兒廣，替平兒請個名師易如反掌，不過多給些束脩罷咧，小姐您從此放下這個心，豈不兩全其美？」

少夫人低頭不語，似有應允之意，侍月以為得計，心中暗喜。忽地少夫人一抬頭，目光如劍，直刺侍月雙瞳之內，簡直就是要把侍月的眼珠子掏挖出來：

「這可是他老子要你來央說的？」

侍月心頭一顫，一面劇咳，一面忙辯說：

「沒……沒的事！這是我打，打心底裡替小姐……」

她不容侍月說完，似至此已盡數看穿她的計謀，臉上是侍月從未之見的凶狠與悲憤，玉石俱焚的絕然：

「哼！要我把平兒交給他，沒那麼容易！這事你往後再也休提！」

侍月哪裡敢再說。這其中有極其難解的奧妙：當日小姐作主把侍月納為二房，便似埋有某種割臂自殘的慘痛，卻又不得不爾，這從她從未過問侍月與少主人之間的事可略見一二。彷彿她把侍月一分為二，其一仍是主僕關係，至多不過是她如今的幫手；另一則是她把侍月「給」了出去的一半，既是「給掉」，就已捨棄，與她無關，或竟然大可以當它不活著。而這正是侍月心懷愧疚的所在。這少主人練功之外，夜夜宿於侍月之房，初時她總力勸他到小姐房去。

「小姐待我恩重如山，我不能不識好歹。少主人也該常去小姐房裡陪陪。日日夜夜膩在這裡，不知情的倒以為我狐媚惑主，故意纏住你不放呢！」

「是我不去的麼？」少主人苦著臉：「我倒想去！只是進不了她的房門！哪回去不是給攆出來的？什麼時候她曾以夫君之禮待我？」

侍月由不得掩嘴一笑：

「也不見這麼個武功天下第一的怕老婆怕成這樣！照說也不難，你就厚著臉皮賴著不走不就結了！」

「要能像你說的這樣，確也不難。」他嘆口氣，作為他的總結。

小姐越是不過問他們，她心中越是感愧。為平兒的事，小姐是頭一遭這麼併少主人與她於一夥，加以質疑，她乍見小姐心內的驚濤駭浪，已是驚詫得無以復加；再說下去，明擺著他們倆結夥逼宮，那小姐更不知要如何了，她哪敢冒這個大不韙？

是晚，她把當日與小姐所談，以及她心中的憂疑一一說給了少主人。

「唉，我原本就知道這事不好辦，」侍月長吁短嘆說：「萬沒想到竟是行不得半步兒，這倒如何是好？」

楊嘯天默然以對。他起身在屋內反覆踱步，一會兒舉目望天，一會兒低首沉思。

「侍月，」他看著愁容滿面的侍月：「你也不用犯愁，平兒的事我自有打算。到時候由不了她！」

眼中碧光一閃。侍月大吃一驚，忙握起楊嘯天的手，急急說：

「嘯天，慢慢兒想法子罷，千萬不能做出傻事來！」

頭一遭聽侍月直呼他的名號，不由心中感動，回握了一下她的手，柔聲說：

「這我明白，我有分寸的。」

侍月哪裡放得下心，左思右想，竟是毫無開脫之處。經此折騰，她直咳了一夜，楊嘯天陪著她一夕無眠。次日清晨，他便命人去請李大夫進府。

「這是為啥？」侍月連忙阻止：「什麼大不了的，鬧得大家不得安寧！我這長年咳也不是起自今日，要有個怎麼樣，也不會挨到如今！快打住吧！」

楊嘯天嘆道：

「侍月，不是我說你，你就是這倔性兒！你今兒給我好好兒躺著，啥地方也別去。我也知不礙事，好歹給李大夫把把脈，落個心安吧！」

嘴裡這麼說，心中憂慮。也不知怎地，自那回為侍月測骨相之後，那突起驟逝的陰影便似乎隱身暗處，不可捉摸。倒是自己莫名其妙地，每見著侍月，便打從心底湧起憐愛之情，對她唯恐護衛不週。侍月何嘗不知少主人對她用情之深；口中不說，侍候他自然更是盡心了。

李大夫向以速診速斷著稱。他由楊嘯天陪著進了侍月繡房，在榻前一張椅上側身坐下，雙指搭上侍月隔帳伸出的素腕，片刻縮手，楊嘯天便說：

「李大夫，請外頭奉茶！」

李大夫紋風不動。

「慢著！」

屏氣凝神，雙指重新搭上侍月手腕，一手捻鬚，閉目不語。這一回竟有一盞茶之久。診畢，也不言語，隨楊嘯天退出房外，一起來至大廳。

「如何？」楊嘯天急急問。他與李大夫相交極稔，因而並不客套，直抒心中焦急。

李大夫輕咳了一聲：

「如夫人這脈象極為罕見……」他待奉上茶碗的丫頭退走，見左右無人，才從容說：「應是我所僅見，一時竟難以理出頭緒。似癆而非癆，脈走……」

楊嘯天見他慎重診脈，已知不好，聽他口出此言，方寸早亂，也不等他詳說脈象，竟自打斷他的話：

「這醫理我所知有限，你說也無用。只告訴我一句話：要緊不要緊？」

李大夫反問：

「如夫人咳得有多久了？」

楊嘯天茫然說道：

「這……總有數載之久吧？」

李大夫沉吟片刻才說：

「這麼著吧，我這裡先開個方子，要不要緊，這幾服藥吃了再理論。」

當下要了紙筆，一揮而就，就要告辭。楊嘯天直送到大門外。返回內室，一路上心亂如麻，又不能形之於色，萬分難過。

誰知進得侍月房間，見她老早梳洗妥當，正要到上房少夫人那兒應卯去呢。神色如常，把脈的事一個字兒不問。楊嘯天反倒越發忐忑。

「李大夫開了方子了，我這就差小廝抓藥去。」楊嘯天故持鎮定：「原不礙事，不過因體弱多勞，風寒易乘虛而入，這是個補方。」

「我說吧！這下可好，闔府都知道了，小姐差了幾撥人來問呢！我這就得過去！」

楊嘯天忽見侍月今兒改了個髮髻，一頭黑溜溜秀髮盤繞到腦後，梳成一個烏亮的大髻；露出精緻細巧的兩耳，一綹細細髮茸自兩鬢下垂，愈見她膚色細膩白潤。一夜未睡，兩唇略見蒼白。

他不由得心中疼如刀割，恨不得一躍上前，擁她在懷，永不叫她離身。然而她卻在回眸向他微微一笑之後，掀簾出去了。簾幕垂於一瞬，她芳踪已杳，留他一人失魂落魄地守在房內，頓覺全身上下都被掏挖一空，只剩得一具毫無用處的軀殼。

楊君平的記憶始於彌月那一日，這是侍月耿耿於懷，始終覺著是匪夷所思的一樁事。然而那圍巾卻是稚兒無從捏造的，她只好去信奉稟賦之說。

圍巾之形之色，是童稚的楊君平從腦中信手拈來；他還有無數繽紛複雜，形形色色的記憶，例如那些氣味……例如原本有清爽淡雅之氣的姨娘房裡，突然來勢洶洶的全被煎藥的氣味侵佔，這不過是轉眼之間的事。

那日晌午，他一頭撞進姨娘房裡，楞在房門口。他記得有兩樁事跟平日不同：一樁是，哪怕在自個兒房裡也忙這忙那的姨娘，這時還歪在床上；另一樁就是那撲鼻而來，濃得化不開的氣味。

「姨娘，這是啥味兒？」他皺起鼻子，撅著嘴不住嗅著。

「傻孩子，這是姨娘在煎藥呢，」侍月在床上笑著向他招手：「乖兒，過來我這兒，我給你留了好吃的！這有好幾天沒見著你了，來，讓我瞧瞧！」

姨娘疼他猶勝親娘，這在童稚之心最易感應。他一骨碌溜上了床，侍月一手摟著他，一手托著他的腮細細看了半日，點頭說：

「才幾天光景，又長了好些，像青蔥似的！喏，去屜子裡把那盒子搬過來。」

君平知道屜子裡那個小木盒常放了有他愛吃的東西，是姨娘特意留給他的。他起身拉開屜子，把木盒抱過來放在侍月身旁。侍月打開木盒，一樣一樣往外拿：

「這是一包炸蘭花片，這是一包陳皮梅，這是蠶豆……這個嘛……」

但是君平卻豎起了耳朵，他聽的可不是這些吃食的名兒。不等侍月說完，他仰著脖子問：

「姨娘，你怎地喘呼呼的？」

侍月想也想不著這小不點會迸出這麼一句話，心裡全沒預備著；他當頭一問，倒像他一頭裁進她肚裡，跟她挨心貼肺，一塊兒喘著，一如此刻肚子裡懷著他。一股從不曾有過的酥快，卻如一注冰水，自頸項沿背脊直流而下，她莫名所以地渾身打著冷顫。

她摟得他緊緊地：

「我的兒，姨娘好得很呢！」

「姨娘騙平兒，這會兒還喘呢！」平兒以耳貼著她胸口說。

侍月俯首以臉偎著君平的額，說：

「孩子，姨娘問你一句話，可不許說著玩兒，」她瞇起了眼：「什麼時候平兒長大了，練得像你爹一樣天下第一的武功、什麼時候平兒娶了媳婦……你還會記著姨娘麼？」

他想也不想，衝口便出：

「會，會，會！平兒啥時候也會記著姨娘！姨娘是平兒一個人的！」

侍月再也忍不住眼中淚水，連忙從枕下抽出絹子拭乾了，笑著說：

「好孩子！姨娘得你這一句話，比吃了李大夫的藥還好多著呢！去吧，回頭看你娘又得滿園子找你了！」

平兒還捨不得走，經不起姨娘再三催促，才雙手抱得滿滿的去了。侍月怔怔地望著帳頂，淚水一汪一汪不住往下流，她也無心擦拭。也只有獨自一人，她才敢放情一哭。自從她驚見自己痰中帶了血，胸口似有千斤大石壓著，一口氣竟是要千拉萬扯才出得來，她就明白自己不過在挨日子，吃藥不過是安少主人的心罷了。自此她便不再與少主人同房，「要是你真疼著我，你就去小姐房睡，哪天這病好了，你再回來不遲！」她跟楊嘯天說。其實，她真心所怕，是自己把病過給了他。即使病成這樣，她依舊按日撐著到小姐房裡去應卯當差。

楊君平說他「啥時候也會記著姨娘」，是至誠的童言，此話一如那些顏色氣味，是他永恆不滅的記憶。但是往日姨娘的形貌任由他怎麼想也想不清楚，老是一層雲霧隔在他們之間；只有姨娘那一雙不離他左右的眼睛是真的，穿過雲霧暖暖地包著他的身子，就像她繫著紅白條兒圍巾替他擦身子那雙暖和和的眼睛。

只有她的笑容是真。他一想起她的笑，那廣大、光彩的既往：在花叢間跳躍奔跑的日子；跟著娘跟姨娘在涼亭恣意吃食的日子，隨同無限歡快都奔了回來。

他記得清楚的卻是一步一喘的姨娘；她怎麼強撐著到娘屋裡來。然後，她怎麼著忽地一天就沒能來；然後他就看見，永遠記住，滿屋裡亂糟糟，只有娘針尖兒似的聲音四面迸著。

他記得先是姨娘屋裡一個小丫頭慌慌張張跑進屋來，神色慌張，沒頭沒腦地說：

「不好了，二少奶奶她……」

他聽見娘一聲斷喝，他正好在吃著娘替他剝好的瓜子仁兒。

「什麼不好了！大白天裡胡說些什麼！你給我站住慢慢兒說！」

小丫頭兩眼含淚：

「二少奶奶今早不醒人事暈倒在房裡，才剛醒過來呢，說要跟大少奶奶告個假，今兒不能過來了！」

他猛然站起，把膝蓋上的瓜子仁兒撒了一地：

「娘，我去瞧瞧姨娘去！」

「慢著，先別去，跟著我！」轉過頭來看著那丫頭：

「你們二少奶奶這一向精氣神兒是差了些，哪至於就……我還當……請了大夫沒有？」

丫頭這才定過神來：

「少主人急得什麼似的，早差人去請李大夫了，這早晚怕都來了呢！李大夫前兒才來過，藥還沒煎完呢！」

「什麼？我怎麼不知道？」娘說。眉頭逐漸緊了起來：「你回去給少主人說，李大夫把過脈後，請他過來一趟，我在這兒候著，就說我有話問他！」

「知道了！」丫頭回道。

他記得娘從這會兒起就把他全忘了。她端坐在椅子上，一動也不動，像廟裡的菩薩那般摸不透。他可不敢在這兒放肆，比不了在姨娘房裡。他真想溜出去看姨娘，卻哪裡敢違母親的嚴命，這可不是鬧著玩的！

約摸過了頓飯時光，丫頭來報說李大夫在廳裡恭候。她起身便行，到了房門口，頭也不回地：

「平兒，你隨我來！」

原來，他一舉一動都在她眼裡，幸好沒溜出去。他應了一聲，緊跟在她身後到了大廳。

李大夫獨坐大廳，見少夫人一行進來，起身躬腰行禮。這李大夫替老主人、老夫人診過脈，她不敢怠慢，急忙還禮。來不及坐下，她劈頭便問：

「咱們二少奶奶這是怎麼了？」

李大夫雖精於醫術，卻不善觀顏察色，只當少夫人早已得知二少夫人之症，因而一仍故舊，從容不迫地回道：

「二少奶奶症象已露，往後只有一日不如一日。」

少夫人一聽便知李大夫當她老早知道侍月病情，也不點破。這是家務事，一顆心卻如鐵錘一般，一沉到底。

「這是……難道竟至於無藥可治？」

「先時亦曾回過少主人，」李大夫說：「二少夫人此症竟是我行醫以來所僅見。日來所用之藥，唯以滋陰補虛為主，實在慚愧！」

楊君平見娘把嘴唇咬得鐵青：

「好……好……」終於還是沒有說下去：「難道就等著替她辦後事了不成？何以竟一至於此！何以竟一至於此！」

李大夫垂首，無言以答。

楊君平只見娘胸前大起大落，眼眶赤紅，卻強力忍住淚水。他從未見過這等驚怖的場面。

半晌，她長喘一口氣，慢慢說道：

「李大夫，生受你了！你請回吧，眼見得當下這事兒……」

說著，眼眶又紅起來。

李大夫見已在送客，連忙起身告辭，少夫人著小廝送他至大門外。這裡，楊君平還在似懂未懂之際，只聽娘語帶哽咽，大聲吆喝著小廝、丫鬟，又向楊君平喝叫：

「平兒，快，看你姨娘去！」

也不等他，邁步便走。丫鬟小廝亦步亦趨，緊隨左右，君平更是半跑半走，不敢落後。

這就是楊君平記憶中亂糟糟的開始——一團毛茸茸的亂麻，四面迸射著娘針尖兒似的喝叫聲。

一行人簇擁著少夫人，步履雜沓，卻無半點人聲，真是詭異得緊。楊君平如在夢中，竟像是被人扛抬著，腳不沾地，飛奔向前，轉眼便到了姨娘居住的廂房。

侍月房中的丫鬟從沒見過少夫人到這邊來，此刻見她如一片烏雲，疾湧而至，慌得沒了主張。才要進房通報，她已經一手將她們排開，掀開門簾，只聞得一股藥味撲鼻而來，三步併作兩步，直趨床前。眼角看得楊嘯天低著頭，失魂落魄地立於床側。

只見侍月半臥在床上，臉上全無血色，兩唇乾裂，瘦得只剩一把骨頭。少夫人顧不得許多，一把抓起侍月的手，顫聲說得一聲：

「妹妹……」已經哽咽得說不下去。

侍月聽得這一聲「妹妹」，原本強作笑容的臉上，頓時那眼淚便如泉湧，只緊緊握著小姐的手，說不出話來。

一邊的楊君平再也忍不住，叫一聲：「姨娘……」便撲了過去，兩手緊摟著姨娘，卻怎地楞硬楞硬，渾不像以前他偎在姨娘懷裡的柔暖舒適？哇地一聲哭了起來。三人哭成一團。楊嘯天長嘆一聲，轉身面向窗口，淚流滿頰。

還是侍月強忍淚水，一面急喘著，一面說：

「小姐，您這不是……侍月只是腳下打滑……哪就……驚動……這不是折煞……折煞侍月了……」

「唉，妹妹，都病成這樣了，還瞞著我！」她轉頭向外，聲轉尖厲：「你們竟然一個個都瞞著我！」

楊嘯天何嘗不知道這是說給他聽的？只是低頭不語。侍月忙喘著說：

「這怨……怨不得誰……要怨得怨我……是……是我不讓他……他們告訴小……小姐的……」

小姐見她喘成這樣，忙替她撫著胸口，一面拉開猶在侍月懷裡的君平：

「你姨娘禁不起你這般揉搓！起來一邊兒坐著吧，」又對著侍月：「昨兒見著你也還沒有什麼異樣，怎麼一宿之間……這一晌是覺著你瘦了好些，氣色兒也大不如前，我還當你……當你害喜呢，也沒好問你！」

侍月淒然一笑，露出一排白牙；小姐心中不禁慘然。

「我……我哪有這……福……福氣！」

小姐說：

「妹妹，你這話就差了，平兒不就是你兒子？」

侍月點點頭，轉頭望著一旁端坐著的平兒，滿眼溫柔。小姐又說：

「妹妹，你儘管敞開心來養病吧，啥也別給我去想，吉人自有天相！我就不信……」

她自一進入侍月房裡，真情澎湃之餘，總覺在什麼不明所在有著一點惱人之處，搔抓不到，卻又沒有閒工夫去細想；不時這惱人之處就冒出來晃得一晃，轉眼又不見。

「……我就不信天下……」她又說，忽見面對窗口的楊嘯天回過身來，神情委頓，鬍渣子暴長。驟然之間，這惱人之處真相大白，不是這個人是誰！這撥雲見日的瞬間，她有自己都難以置信的痛快，而且不克自制，全數傾瀉出來：「好啊！你不是武功通天麼？人說武入化境能治百病，眼見得侍月病成這樣，你倒站一邊兒去了！」

楊嘯天心中一痛，怒聲說：

「我要能治，侍月早就活蹦亂跳在你跟前當差了！還待你來提這個醒兒！你知道什麼！這內力所能治者，是外力所致之內傷。侍月這痼疾我與李大夫詳談多次，李大夫亦不知其因，我如妄以內力催動，只怕立時要了侍月的命！你知道什麼！」

聽他連說兩句「你知道什麼」，神態威猛，她不禁一怔，答不上話來。侍月一見兩人又槓上，急痛攻心，竟是只有出的氣兒，沒有進的氣兒。小姐急忙替她又撫胸又捶背。好一會，侍月才喘了過來：

「這可……可不能怨少……少主人！就李大……大夫醫術那……那等高超……也……也沒了法子！我……我知道……我這個病！」

她停得一停，又說：

「我……也不怕……不怕晦氣！我這個病……明說了吧……只怕好不了了！……我……我一無牽掛……只是小姐……小姐……跟少主人……待我……我……恩情似海……我這……這輩子是……是難以報答了……來……來生吧！」

說著，眼淚滾珠兒似地不斷從臉上滾落到胸口，小姐忙掏出自己的絹子替她拭臉：

「妹妹，這會兒說這些做什麼！你只聽我的，安心養病就是了！」

旁邊坐著的楊君平睜大了眼來回看著這兩個他至親的人：這些事兒他全不懂，卻觸動了他心中某種至痛，他哭得抽抽嗒嗒的。他記得爹就在這時一把抱起了他，在他耳邊輕聲說：「平兒，爹在這兒！」接著背上就有一股灼熱直透心脾，由內腑及於四肢，無比舒暢。

這對楊君平是至為緊要的一刻。日後父親曾諄諄訓誨：

「習武者宜以至純至淨至寬至大之心面對物之至細至微，虛以引之，廣而納之；稍有遲疑雜糅，即難有所成。明乎此，每在蹇途，當思先除心中之『閉』，復返『純淨寬大』，乃能再造新境，至於大成。」

在楊君平似懂非懂之際，卻面對了至傷至痛的大逆之境，楊嘯天適時以精純內力助他一片清明，這是大智大慧之舉；然而若非楊嘯天武功已入化境，兼以楊君平的天賦，也難以臻此，這是相輔相成的事。

楊君平武學的啟蒙，追根溯源，應始於此。

＊　＊　＊

侍月終未能撐得過這場病，在劇喘中力竭而逝，得年僅三十。楊府以大禮厚葬之，備極哀榮。出殯那日，少夫人撫棺痛哭了一場。讓楊君平奇怪的是，那一整日他都不曾見著父親；同樣奇怪的是，雖然母親哭得極其傷心，喪禮一畢，她反倒越發精神，莫名所以地越發快活起來。

到這時候為止，這快活楊君平也還勉強看得懂；再下去慢慢地他就不懂了，因為顯見得那不像是快活，是腳不沾地的耐不住性子；她浮起來、大起來，忙不迭要把自已塞滿到每個角落裡去，因而裡裡外外都是她的嗓門兒。一團毛茸茸的亂麻，四面迸射著針尖。她無處不在，獨獨楊君平這兒空空的。何以母親哪兒都去，就是不到他身邊來呢？這是小楊君平不懂的地方。

母親突然把她的房間改了個樣兒。枕頭、褥子，一色兒全換新。那日他怔在母親房門口，一如那次他怔在姨娘房門口一般，只是這次的錯愕來自雙目。房內正中擺了一張紫檀木小圓桌，桌上只放了一把白瓷青花小茶壺，一個細白瓷茶杯；右側倚牆換了一張大床，白紗羅帷，黃銅吊鉤垂著一串艷紅纓絡。床上一對紅枕，一床大紅被子。他自己的小床則仍在靠窗的位置。

這變動先是一下子拘住了他的手腳，像是這房間不是他的，不是他娘的，因此他不敢恣意亂動：是這樣一種移天換地的對不上勁。然後，他記得，接著就是他自己在變，不，是他的記憶在變。在此以前，一切都是寬寬敞敞，白白亮亮，快快活活的，也是跟姨娘密密相連的；在此以後，就如一個漏斗裝進了他的腦袋瓜，原先的無邊一股腦兒逼進了這漏斗，越塞越緊，越緊越暗。

一清早就看不著母親，要到入夜之後，她才在丫鬟小廝簇擁下回來。楊君平有時也跟著，那得看他是不是催喚得起來。但是有時候他明明醒著，他也佯裝酣睡，因為他著實不願跟著母親奔上奔下，這猶在其次，他心中驚恐，避之唯恐不及的是母親的叱吒。母親自然不會責罵他，雖然她也甚少對他關愛（倒像是沒了姨娘，她也用不著跟誰來競相疼愛他了）；而是對那些小廝丫鬟們。這也罷了，挨罵不就是奴才的命？倒是母親的一雙利眼叫人心驚膽顫；叫人沒犯錯也心虛。她不是刻意挑錯兒，而是她那滿目的疑心、那窮追猛趕的究詰。

她的漫天疑雲也不知起自何時。不過大夥私底下言談起來，齊聲說這頭一個觸了少夫人霉頭的準是楊三那廝無疑。

說起這楊三，原是楊府的遠房親戚，楊嘯天憐他自小父母雙亡，收留在府。不想這孩子長大之後，十分伶俐聰明，幹活賣力，是二少夫人在日的得力助手，凡交代的差事，無不辦得妥妥貼貼，極得二少夫人的信任。少夫人看在眼裡，因此侍月走後，一應雜務悉如往日，一概交由楊三去料理。

誰曉得楊三竟似變了一個人。少夫人頭一趟交給他的差事就辦砸了。以後更是連連出錯，全失了準頭。

少夫人把他叫到跟前：

「三兒，我本待不說你，這一晌你實在太不像話了。再不說，底下的倒當我在護短了。我事兒還是交了給你，你可得留神，不許再出差錯！」

暗中留意他的舉措。只見他賣力十分，卻漫無頭緒；又怕受到數落，畏首畏尾的，十件差事倒有八件不如少夫人的意。這一日她乃決意當眾給他一個告誡：

「三兒，我原先看你挺出息的，二少奶奶一走，你全走了樣兒了！三番兩次給我捅漏子！我的話倒不如死了的二少奶奶的了，是不是？還是你藏了心事，瞞著我？」

只這一句話，勾起了她自己的心事；自此，滿腹的疑雲，把她纏得不見天日。

她哪裡知道侍月的知人之明。侍月識楊三之長，也知他之短。每有差遣，她必先不厭其詳地解說清楚，說給他這頭一項該做什麼，第二項又該做什麼，有條不紊交代清楚，才放手讓他做去。楊三兒無舉一反三之能，少夫人卻叫他做方面大員，怎能不出錯？

顯然的，她想不到這裡頭去，因為以後楊君平每跟隨著母親，必定聽得見這句話：

「不要當我如今孤家寡人一個，便來胡弄我！」她說：「我瞧得比誰還明白！你們誰在那兒陽奉陰違，誰在那兒吃裡扒外，別想瞞得過我！」

「別想瞞得過我！」跟著這句話便是熱辣辣的一雙疑眼，緩緩地一路壓過去，看得沒犯錯的人也心虛。

因此，楊君平便假佯睡之法，逃脫了與母同行的煎熬。他寧可跟著月芬到花園、到涼亭——新蓋的一座涼亭——胡混去；但可得避開母親那一行人。

直到父親遠遊回來，驟然的風雲變色，才從此改變了他的生活。

* * *

父親自姨娘過世後，便未曾露面。喪禮之後數日，父親的親隨小福子前來稟告母親說父親出遠門去了，並未說遠遊何方。母親冷笑：

「他自己長得有腳，我還攔得住他不成？」

父親突然在一個夜晚現身。究竟他是當日才返回，還是回來已久，蓄意一擊，楊君平無從得知。父親原就若近實遠，以前有姨娘的無邊溫暖，他跟父親似還有巷道可通，父親望過來的眼神，強而有力。如今姨娘撒手一走，母親的龐然身影搶進了姨娘的所在，平空添了一垛尷尬巨牆，他不僅無心跨越，還刻意迴避；父親的眼神則是碧焰閃閃，一現而逝，複什難解。

楊君平跟著月芬由外頭野了進來，他記得他一眼看見母親正在拭臉。屋內已掌了燈，許是她著力拭臉的緣故，加上她原本膚白如雪，在燈火搖曳下，竟如喝了酒似的，粉紅如醉；或也因拭臉之故，髮髻略見凌亂，幾綹細髮垂落到前額，這跟平日一絲不亂的母親大不一樣，是他從未見過的陌生人。他只覺異常不自在，毫沒來由地生起警戒防備之心，彷彿平日模模糊糊的那堵尷尬巨牆，這時竟生生的要逼到他眼前來。他一側身向前一溜到了桌邊，意思就是要避開那巨牆。他端起茶壺對著嘴就要喝。

「慢著，那茶是涼的，你這一脖子汗，仔細喝了肚子疼！」母親喝住了他：「月芬，你重新沏一壺來給平少爺。平兒你過來先抹把臉！」

躲不過，只得慢慢磨蹭到母親跟前。

母親托起他的腮幫子，就手中的巾子往他臉上、頸脖大把大把抹下來。淡淡一股甜香從巾子直鑽他的鼻孔；貼在母親跟前，她把他的腮幫子掐得緊緊的，緊得能聽見她喘氣兒。像是陡然有一注冰水從他頸脖沿著背脊傾流而下，他不由得打了一個哆嗦。

「晚上吃過了沒有，都吃了些什麼？」母親一面替他拭臉，一面問。

等母親鬆開了腮幫，他才說：

「吃過了，紅煨的雞腿子，挺香的！」

「這是你愛吃之物。可得記著，凡事不能過當，太過則弊亦隨之。飲食也不例外！」

「知道了。」

「那屜子裡有一盤瓜子仁兒，是娘昨兒夜裡睡不著，特為你剝好的，櫈子上坐著吃去吧。」

這就是楊君平要忘而不能忘，當晚一開頭的情景：他坐在矮櫈上吃瓜子，月芬掩上門侍候著母親更衣。

砰然一聲門響，父親就在這時這樣現身在房門口。屋裡三個人剎時間似乎都屈服在那突然而來，充滿主宰的暴響之下，向房門那個方向驚恐地轉過頭去。

先是母親一聲驚叫，一手把月芬推開，生似月芬做錯了什麼事；一手緊緊拉住剛剛才換上的夾袍。月芬吃她一推，險些兒坐倒在地，倒像真的自己侍候不周，惹惱了少夫人，竟把少主人也招惹了來，又怕又委屈。楊君平怔在矮凳上，他幾乎認不出父親。越認不出，他越是盯住面前這個爛醉的人。他記得，隨著那一聲門響，猝然一陣風，送進來烈烈的一股酒氣。

父親頷下的參差短髭已經長成寸餘的短鬚，把他的臉遮去了一半，眼中碧光受燭火的映照，吞吐不定。與先前一閃即逝大為不同的是，這碧綠之光如脫籠而出的綠蛇，恣意游動，大膽而放肆。

他慢慢地縱放著他的綠眼，一個人一個人挨次蜿蜒游動過去。在楊君平臉上略停了一停，眉頭一緊一鬆，似是在心中做了一番歸類存檔，把楊君平存放妥當；然後全力一掃，綠燄伸向母親。他從她披向前額的秀髮，到她艷紅如醉的雙頰、微微顫抖的嘴唇，到白膩如玉的頸脖，到她緊握衣襟，袖管褪到肘彎，露出豐腴細潤的手腕的那隻手，到……他上上下下，來來回回，肆意在她身上馳騁。

到底是幸或不幸，楊君平自己永無定論。他的眼睛由於緊跟著他父親，因而被父親強悍的碧綠之光俘擄，一起射向母親，一起從上到下，從下到上。

突然之間，他明確無誤地找到了他身上與日俱增的隱隱之痛——他因尷尬而不自在的這種痛——的原因，就是他母親。如今因父親強烈的出現，一刀割開了真相，變得一無緩衝地不可避免。問題便在這裡：這件事的徹底明白，究竟對他是幸還是不幸？

他聽見父親重重的喘氣聲，看見碧光驟然隱去後，一雙朦朧的醉眼，一直不離開母親身上。

他搖頭晃腦地：

「好閒逸！好自在！」

向前跨進一大步。

母親嘴唇突然劇烈抖動，半晌才說：

「孩子在這裡……你……你待怎地？」

父親手一揮說：

「月芬，你帶平少爺到外頭耍去，我有話跟少夫人說！」

母親忽然腰桿一挺，身上像鐵棍似的畢直，斷喝一聲：

「不許動！都什麼辰光了，還耍去！」

兩手把衣襟理好，冷冷地說：

「月芬你下去，這裡沒你的事了！」

月芬嚇得手足無措，不知道該聽少主人的，還是聽少夫人的。

「還不退下！」母親厲聲說。

月芬低著頭，慢慢退到房門口，轉身一溜煙飛跑而去。母親乘勢一把拉過楊君平。母子倆緊緊相偎，坐在床沿。他聽見母親心頭砰砰狂跳，胸口大起大落喘著氣。他不知道自己是在哪一方？或者竟是在兩邊疾痛的夾擠下，他要拔腿狂奔而逃？

父親眼中碧光暴射，人便是一隻振翅欲起的巨鵰；然後碧光又倏然斂去。楊君平貼在母親身邊，十分清楚碧光對母親的撥弄影響，卻完全不解為什麼碧光出現之時，母親雙手便略鬆，一旦碧光隱去，她就緊緊把自己拉住？

父親大步走上前來。母親把楊君平越抱越緊，他能覺得母親身體的柔軟與特異的滾燙。同時，從母親衣襟隨著體熱一波一波溢出的清甜從鼻端直透進他腦門。

在這樣緊密的包圍裡，楊君平睜大了雙眼，傾其全力，只想圖得一片他自己的清靜無擾之地；潔淨無塵，把那一直苦惱他的莫名憤懣排除在外。他甚而並不十分在意父親的逼近。

父親冷笑說道：

「就平兒在著，你又奈何得了我？」

母親哼了一聲說：

「你要是禽獸你就不走！」

父親哈哈大笑：

「好個天大的道理！你當你此話嚇唬得了我麼？哼哼，人之異於禽獸者幾希！」

然後，他就歪起頭來打量著母親：

「你麼……嘿嘿……你也不過如此！」

母親圓瞪兩眼看著父親，像是被父親舉起來向外淩空一擲，飛了出去，半日才著地。她尖聲叫了一聲：

「閉嘴！」

閃電從枕下抽出一把精光雪亮的匕首，反腕抵住自己的咽喉。

父親似乎並不詫異，只是呼吸重濁，臉色灰黯，哪裡像是個武功精湛的人。他不再往前走，眼神矇矓，突然間不勝酒力的樣子：

「果然又是如此！你明知這也難不倒……也罷，算你好氣節……好氣節！我倒要看看你撐得到幾時！」

回身就往外走，風隨身動，鼓起一屋子的酒氣。

噹啷一聲，母親手中鋼刀墜地，她手才鬆得一鬆，楊君平使勁一掙，掙脫了母親的環抱，一閃身坐到他自己矮櫈上去，暢吸了一口氣，轉首驚恐地回望他適才被緊緊擠壓的所在。腳下一地瓜子仁兒。

只見母親緊咬雙唇，雙手捧腹，一逕向地上彎下腰去，痛苦萬分到要嘔吐出來的模樣，終於忍不住哭出聲來。

這是楊君平頭一遭見母親痛哭。此後，不知怎麼地，他就發覺自己總是離得母親遠遠地，遠遠地避開她的床，避開鮮紅奪目的被褥。

翌晨一切復原。母親又是精神百倍，加緊催動園裡已然著手的工程。當前日日塵土飛揚的正是人造湖的加大。涼亭是姨娘在日便已改建妥了的，才著人丈量了湖面，不及動工她便病倒，如今母親日以繼夜催逼著要早日完工。每日卯時不到便出了房門，日暮方回。飲饌一概在外，回得屋來，梳洗才畢，倒頭便睡。母親此時己甚為福態，著枕便有鼾聲。

* * *

這一日，楊君平躲過了母親，懶懶地起身之後，來到園子裡，只見遠處往日姨娘住的那一幢廂房有人進出。心知又是母親有了新主意。既是母親的事，不宜多問。一路前來，遠遠看見父親的親隨小福子也在門前指手劃腳，則這又似乎與母親無關了。他不禁納悶：這家裡的事難道還有母親管不著的？

「小福子，我爹也在麼？」楊君平老遠便問。

小福子笑嘻嘻地迎上來：

「平少爺大清早逛園子了！少主人不在呢，他可忙著！」

楊君平走到門前，探首向裡頭張望了一下，問說：

「這是怎麼著？」

小福子極興頭，卻又佯作正經：

「蘇州的姨娘晌午就該到了，少主人今兒夜裡在這大廳宴客呢！」

蘇州的姨娘？楊君平越發不解。

「我娘知道麼？」

小福子吐了吐舌頭：

「平少爺，這話別問我！」

隨即陪笑獻慇懃：

「這麼著，我這裡一會兒料理妥當，陪平少爺到外頭耍去，可好？」

楊君平搖頭：

「不能夠呢，我得問過我娘！」

心裡頭不知怎地，毛骨悚然地不安起來。說著，回頭便向外走，竟是絲毫不願沾上一點邊的模樣。

這一整日他心中總不得寧靜，像是要大禍臨頭似的，總彷彿會跟母親不期而遇，一下子給逮個正著。然而天可憐見，一上午毫無動靜。他心想，只待過了晌午還碰不著母親，那就定可安然渡過，此後也不會有事了。

過了晌午，蹭到天將入夜，他正自由緊變鬆，由鬆慢慢兒竟然有些興沖沖的當兒，一頭栽進房裡。那臉朝外，坐在紫檀桌前瓷鼓上的，不是母親是誰？不正好逮他個正著？

怪異之處在於她端端正正，一絲不苟的坐姿，猶如她在那裡就這樣坐了一日，專等他回來。

她臉色鐵青，雙眉不舉，兩眼略垂，毫無喜怒之色。

楊君平太陽穴繃得要炸開，心口突突地往外跳。

「娘，今兒回來得恁早！」他好不容易掙出了這麼一句。

母親動都不動，生似沒有聽見他的言語。他不知道究竟該往裡去他自己的小床，還是侍候在母親跟前。

「平兒，打這時候起，今兒啥地方也不許去，可聽見了？」

「聽見了！」他急忙回答著。

「去歇著吧！」連眼皮兒都未抬得一抬。

楊君平一溜煙從母親身側溜了進去。躡手躡腳爬上自己的床，躺下來，一眼瞧見對面粉牆上一個大黑影。

這屋內雖然四壁都有燭台，此時卻只在紫檀木桌上點了一枝小燭，微光抖動，從背後照向前面危然端坐的母親，把她的身影放大得龐大無比，投向粉牆，竟然霸佔了楊君平整個視線，躲也躲不掉。

楊君平萬萬想不到他就這樣安然渡過了。或者，竟是一切都猶在蓄勢待發？這個謎底不揭開，他就得一直憂心忡忡下去。後來，他慢慢怪起那牆上的大黑影，又怪起屋子裡怎麼靜悄悄的靜得連燭火剝剝跳動的聲音都聽得見。假如那黑影動得一動；或者假如母親弄出些許聲響，比如咳一聲嗽、嘆一口氣，他都能據以解開那個謎。這樣胡思亂想著，不知不覺竟睡著了。

矇矓中聽見母親說：

「你侍候著平少爺吃吧！」

原來是月芬送食盒進來。不知是母親這句話，還是這迷濛一睡，把腦中的混濁驅除一盡，他竟然心中明明亮亮的，有著被寬赦之後的一點克抑不住的諂媚。他突然清清楚楚地斷定他今日可以安然無恙；至於那蓄勢待發的，不管那是什麼，都斷然與自己無關。

他的確也是餓了，不待月芬來侍候，便翻身起來，鼻中早聞見陣陣香氣，卻不敢放肆。

「娘，你怎不吃些兒？」他規規矩矩坐在桌前；雖是極普通的一句話，卻因一出口而驟然解開了心中重壓，越發光明起來。

「娘這會兒不餓，你吃吧！」

他更覺膽壯，因為聽出母親話聲中的溫柔。他放開食量，把食盒中他的極愛：炸魚卷兒、紅燜雞腿一撈而食之，連盡兩碗白米飯。

母親已轉身向裡，這卻叫他略感不安：是她默默看他狼吞虎嚥的眼神，那種極寂寞、極遙遠的眼神。此後他再也不能忘卻那一晚、那一刻母親向他凝目的眼神。

楊君平飽餐一頓，漱了口，抹了臉；既有母親的嚴命啥地方都不許去，就只有早早上床。

「這裡沒你的事了，你也去歇著吧，」母親對月芬說。

月芬一走，屋內頓時又沒了聲響。母親這時是面對窗口，兩眼微瞇著，只盯住不時就抖一抖的燭光。牆上的黑影由於紋風不動，竟像是不停地在長著，越長越大。

楊君平吃得飽飽的，如今又無所憂心，四肢百骸無一不暢，只是牆上的黑影有些惱人。他是只要睜開眼，就不得不看著它，卻不明白它有沒有在看他，因此不得不時刻提防著。這是惱人的地方。

不過，這黑影到底不在了，倒是娘站在他跟前，一手拿一件東西——一把湯匙、一隻碗還是什麼的——敲得叮噹響，逗著他玩兒呢。是娘叫他吃飯來著麼？卻怎地起不來了呢？……使勁兒……

那裡是娘在他床前。牆上仍是母親龐大的黑影；叮噹之聲卻依然在耳，只是含混不清，時有時無，夾雜著笑語喧騰。細細聽去，那飄忽不定的聲音是從遠處被夜風吹送而來。少主人今兒夜裡要在這裡宴客呢。

那麼，這是宴飲歡鬧之聲。他驚恐起來。白日裡那一整片陰霾、無形的憂懼洶湧畢至，回到心中。他突然明白，原來所有種種，皆與父親宴客有關。而他問小福子：我娘知道麼？便是一切凶兆的起源。

他從枕上仰起頭，視線得越過紫擅木桌緣才能看見坐在桌子彼端的母親，險些被母親的鋒利目光劈及，幸而母親的那條火柱是射向窗口，而於楊君平，則宛如視而未見。

母親直挺挺坐在櫈上，如果不是她如火的雙目，以及她握得骨節暴起的雙拳，她直似傾其全神在凝聽一首妙樂。楊君平不由得打了一個寒噤，連忙縮回頭，從此在枕上動也不敢動。

從此，他再也睡不著。真相大白，他確知自己與這一切無關之後，一度的清亮乾淨竟然也還是要不回來。他在一根緊繃的弦上，弦這一端是母親，那一端是父親。笑語之聲一來，那弦就一緊，弦上的他就給繃得一跳，他如何睡得著。因此他才能得知母親就這樣一逕直挺挺地坐著，因為粉牆上巨大黑影一動也不曾動。

天色微明，晨風中觥籌之聲終於寂然，而絲絲清冽從洞開的窗口一波一波湧進。楊君平再也抵擋不住沉沉睡意，兩眼矇矓，才要入睡，卻一驚而醒。

這次是父親的長歌之聲，而這歌聲的驚險之處，是它竟然是從遠處越響越近。他彷彿在暗處看見父親一面振喉高歌，一面用他綠焰閃閃的雙眼一路向這邊探索過來。像是父親手揮一柄尖錘敲擊著一枚雞蛋，越敲越重，眼看蛋殼就要碎裂，蛋液行將四射之際，忽然住手不敲，歌聲忽然止於門外。父親重濁的鼻息貼著房門，忽高忽低，宛如一隻猛獅作勢伺機一躍，破門而入。楊君平屏息緊緊抱住枕頭，兩隻腳繃得僵直。就在這時，桌上那枝小燭已燃到了盡頭，火光猛地一跳而滅，粉牆上的黑影剎那間暴長到無限大，隨即盡數被吞入漆黑之中。過了片刻，外面歌聲又起，行向前面去了。

楊君平頓然一鬆，倦意瞬間淹沒了他，這一覺他直睡到近午方醒。他一睜眼便看見母親在屋內走動。奇異之處不在於母親因何這時分尚未巡園子去——姨娘不在之後，她把單日巡園的舊規改為每日必修的功課——而在於她的歡快、她的慈顏。他從未見母親對底下人這等溫文有加。她一會兒支使這個丫頭去拿什麼，一會兒要那個小廝去傳話，無不溫顏相向。

楊君平大有不祥的感覺：因為在她的無限快活、恩澤廣被之中獨獨沒有他；儘管他蓄意在母親跟前走動，母親眼裡就是沒有他這個人。他掀開門簾，作勢要走出去，母親也不加阻止：竟是連這樣的狂妄她也視而不見。他索性大大方方走出去自己去耍了。

入夜之後他才回房，只見母親全身上下，穿戴得簇新整齊，坐在紫檀木桌前。頭上綴著珠花翠玉，一身綾羅綢緞。他還是頭一回看見母親這般華麗耀眼，而神情卻這般冷漠。日間的飛揚歡快，連一絲影兒也不見了。月芬在一旁侍立著，屋裡頭聲息全無。見楊君平進得屋來，月芬連忙使眼色叫他噤聲，悄悄兒侍候著他梳洗上床。母親直似沒有看見他。

一連數日，母親每日一襲新衣，那兒也不去，只在屋裡靜坐。楊君平不敢仰視，一大清早，低著頭一溜煙出去，只在園中閒逛，六神無主。打這時候起，楊君平才真正從天真爛漫的童稚跨步出來，開始感覺著漫漫長日的無奈；開始矇矓看見煙霧迷漫的渺遠之處，拱動著的芒芒眾生。

他在園中不時遇著小福子。小福子只要一見著他，總會滿臉堆笑迎上來：

「平少爺，我這會兒閒著，好不好咱們一塊兒到大街上玩兒去？」

不知怎的，這是楊君平頂不愛聽的一句話，大概因為小福子說這話時，眼神飄動，不是真心實意，連帶著他滿臉的笑也不像是沖著他的。儘管小福子比別的小廝體面乾淨；儘管別人都說小福子是個挺俊的小子，他一些兒也不喜歡他。

他先時怎地回答，他還是一成不變地這樣回答著：

「不能夠呢，我娘立等著我回去！」

而小福子不等他把這話說完，就已經跟邊上的人搭訕說笑去了，足見他的話不是真心實意。楊君平是由衷的不喜他。

這一日夜裡，終於是月芬讓母親開了口。她正賣力擦拭灰塵，一個失神一腳踢翻了母親極為珍愛的那個青花瓷瓶，嘩啦一聲響，開膛破腹碎成數塊。月芬嚇青了臉，噗地跪了下來，瑟瑟地抖個不停。

母親頭上綴著的珠花忽然跳躍起來，一轉眼她的頸項、她的肩膀、她的胳臂……一路抖下去。雙眼斜斜吊了上去，抹了胭脂的臉頰和兩唇分外血紅，十分淒厲。

「我怎麼說來著！早晚你得把這瓷瓶砸了才趁心！這屋裡是不能待了！連個丫頭片子也來給你臉色瞧了！這瓷瓶可是你二少奶奶瓶不離身，親手抱過來的……這下可好……」

說到侍月，她再也忍不住，抽抽噎噎地哭了起來。

月芬在碎瓶前直跪了一夜。母親錦衣繡服，直挺挺坐陪了一夜。翌日母親便把月芬攆出了房。

在楊君平的記憶裡，月芬固然遠沒有姨娘的溫婉慈柔，但她一直是他的玩伴，跟他在花前樹下一起競逐嬉鬧過，因而她的走乃為他開啟了另一扇窗，讓他看得更深更遠，也更惆悵。

* * *

一日夜裡，楊君平在夢中墜入一個沒底花叢，萬香鑽腦，越埋越深，幾乎就要窒息。他一驚而醒，卻四肢不能動彈，而鼻中甜香依舊，參雜了密不透風的脂粉香，加上錦緞的新硬之氣，混合成他永不能忘的奇特氣味。

是母親緊緊摟住了他。這奇特的氣味便是從她灼熱的懷中，一波一波鑽腦而入。

母親把他越摟越緊，微閉雙目，喃喃地唸著：

「……我的兒……我的寶貝……我的心肝……我的肉肉……」

4

楊君平乍見屋內一切，腦中已亂，竟不曾聽見那青衣人說了些什麼，也不復記憶他自己說了些什麼。心想不好，萬一老賊趁我心神不屬的當兒，暴起發難，我豈不是要立斃在他掌下，還報什麼毋仇？頓時驚得一身冷汗，急忙暗吸一口氣，定下神來。

「在下楊……」

只聽得一聲沙啞低笑，從那人喉頭發出，直逼他耳鼓：

「卻又來！你這年輕人好不嚕嗦！你明明已經自報名號了。不是叫楊君平什麼的麼？老夫不曾耳聾，聽得十分明白哩！」

楊君平羞得臉紅耳赤，一時答不上話。

「也罷！」那沙沙之聲又自內響起：「我正沏得一壺新茶，雖非『社前』極品，亦屬『雨前』佳造，其味不俗，正愁獨飲無趣，年輕人何妨下來共飲一杯？」

楊君平極力收攝心神，冷冷說道：

「毋仇不共戴天，在下殊無雅興奉陪！」

青衣人「咿」了一聲：

「這我倒不解了。你口口聲聲說我是你殺母之仇，然而老夫自認一向坐得端，行得正，清清白白，不知何時竟惹此大禍，殺了令堂？倒要請教！」

「哼！家嚴早知你會狡辯，因而一而再，再而三將你衣著形貌細細說予在下，以免誤認……」

「慢來，慢來。這衣著形貌，嗯，嗯，有趣，有趣！令尊是如何形容老夫的？」

「家嚴說此賊……此仇家終年一襲青衣，頸繫白巾，極其好認！」

「青、白之色果然是老夫的喜愛，不過喜此衣著的人所在多有，我有一老友……然則，老夫容貌又是如何？」

「這……家嚴與此人對掌之時，因他自始便以黑巾覆面，故而無法得睹他的真實面目。」

「呵，呵，就這區區一襲青衣，連老夫什麼模樣兒都不知，就要入人於罪。年輕人，這等荒唐鹵莽的事，是習武之人的大忌，你父竟沒有教導給你麼？」

楊君平怒道：

「好一張利嘴！如果你不是此人，何以不敢以面目示我？」

原來直到這時候，這青衣人還是好整以暇，以背對他。

「這有何難！老夫又不曾瞎了一隻眼，少了一隻耳！回頭讓你瞧個夠！只是你話也說不清，怎麼個向老夫交代？」

楊君平一時語塞。自與老賊對談，便覺處處都落在下風，竟像是被他玩弄在股掌之上似的。

「我不與你鬥這口舌！家嚴絕不至於有誤。我且問你，這房、這桌、這床……」

他越說心中越亂。父親不曾將房內擺設說給他聽，此時他眼前所見，更可堅信父親說的話準確無誤。然而這屋裡一切勾起的記憶，簡直是一記重擊，從燈光驟亮以至於此刻，他心亂如麻，竟有無從著手的恐懼。

「這個嘛，」青衣人手肘抬起，似在捋鬚自得：「這房間是老夫一個舊識的故居，他將此房託付給我；我一年之內，總要來住上他幾日，這又有什麼可怪的了？」

楊君平無言以對，立時痛感他站在人家屋簷上的荒誕可笑。青衣人聽他不言不語，便似已知他的心意，有意救他出圍似的：

「你開口家嚴，閉口家嚴，又說他何時與老夫對過掌。嘿嘿，能與老夫對掌的人，不是無名之輩。令尊是何名諱？」

「家嚴楊嘯天。」

「原來是楊嘯天之子。『掌劍雙絕楊嘯天』，是個響叮噹的人物！」青衣人點頭說：「不過，雖然他號稱宇內無敵手，老夫還沒把他放在眼內！」

楊君平氣往上湧，挺身厲聲說：

「你自然是不把他放在眼中！你與家嚴對掌，你掌中暗藏毒針，傷了他老人家，你如何能把他放在眼中！」

青衣人默然片刻，再開口時，語轉低沉，沙啞盡去：

「楊嘯天啊楊嘯天，你真是一派胡言！」

楊君平心頭一震，待要說什麼，卻如置身十字路口，茫然不知何去何從。

粗豪之聲又起：

「這對掌之事確然不假，施毒嘛，老夫不去辯他，日後自有明證。不過，我有一語，攸關你父畢生令譽，只怕你聽來不甚受用！」

「但說何妨！」楊君平傲然說。

「令尊一身所學，正氣儼然，殆無疑義。老夫與他一交手，便知令尊不是浪得虛名之輩，根基扎實，端的下過苦功，能有今日成就，良非倖至。不過，老夫冷眼旁觀，令尊乍看心中似有難言苦衷，無時不在全力掩飾。以我所見，這是他深知自己短處所在之故，因而一動手便用上全力，企圖一舉將己之弱攻而破之。這倒像是他藉與人對敵之便，與他自己交戰。不過，你父只怕要枉費心機。要知，他的短處在於十分中差的那一分，這一分之差豈是強力所能輕易得之的！若我所見不差，這是秉賦所限，絲毫勉強不得！一分之短，便難登峰造極，可惜呀可惜！」

楊君平暗暗心驚，這老賊果然明察秋毫！記得父親不只一次嗟嘆自己天賦不足，致武功不克進入爐火純青之境。這老賊不過多年前與父親對過一次掌，便一針見血看出許多，若不是武功已入化境，眼力怎能犀利如此？看來，這老匹夫甚難纏鬥。想到這裡，全身肌肉便又僨起如暴粟。這又是怯戰的現象！他吃得一驚，連忙暗吸一口真氣，緩緩吐出。

聽得屋裡哼然似笑非笑之聲，隨之又有話語直送過來，不過倒像是在自說自聽：

「不過，這倒解了我方才心中疑惑。你父怕是經年一無長進，終於對自己起了大疑，連兒子的武功都懼而不敢親授了，……」

語聲一振，問道：

「年輕人，你剛才進園時所用身法，不似你楊府家學，尊師如何稱呼？」

楊君平心中大亂，隨問隨答：

「家師上無下念，無念大師。」

青衣人似乎瞿然一驚：

「果然有些來頭！無念大師世外高人，聽聞他閉關大悲寺，久已不涉人世，不想晚年收了你這俗家子弟為徒，頗出我意外。難道這楊嘯天洪福齊天，生了一個絕世之資的兒子，竟連無念大師也動了凡念，要以武功相授麼？」

他尋思了片刻，接著又自言自語：

「我久聞無念大師佛法通天，早年便以一套『浮雲十八式』獨門劍法無敵天下。我亦曾發願要鬥他一鬥，無奈他神龍見首不見尾，終未能如願，是我畢生憾事！」

然後揚聲又問：

「年輕人，看來你造化不淺，只不知你得了你師幾成真傳？」

楊君平肅然說道：

「家師佛法無邊，在下雖然追隨左右，仰沾時雨之化，卻未敢妄言得了他老人家的真傳。」

青衣人啞聲說：

「出言有章，行不逾矩，得弟子如此，無念大師老來也堪告慰了。只不知老和尚可曾看走了眼？我倒要試你一試！」

「試」字方畢，青衣人有意右手一揮，羅帳自銅鉤飄然而墮，人影已杳。

事起倉促，羅帳一飄動，直把楊君平擲於十萬八千里外，失魂落魄，不知身在何處。他滿眼盡是花花綠綠，似真似幻，只見羅帳舞動，地下堆了一埒華麗衣裳，然後那堆綾羅忽然變成撒滿一地的瓜子肉……

這「試」字一入耳，他驀然警覺，掣劍在手；然而立時就臉紅耳赤，愧不可擋。五尺之外，早已塔立著那青衣白巾的老人，上上下下在打量著自己。他微微點頭，嘴唇掀動，擠出沙啞之聲來：

「方顱圓頷，肩闊臂長，十指圓柔。要者，各部齊一勻稱，多一分則太過，少一分則不足。至於這骨相嘛，外相已然如此，實毋需手測了。真正是人間異材！楊嘯天啊楊嘯天，你何德何能，得子如此？」

他把楊君平從上到下，看成一件物品一般，評頭論足，絲毫不放他在眼中。其艷羨讚賞之態，也直如嘆賞他人珍藏的珠寶。

青衣人語轉惋惜：

「可惜了這一副好身子骨！卻怎麼恁地氣血浮躁？我若有心殺你，還等得你拔劍不成！」

他先時點頭，此刻則大搖其頭：

「你父和你師見你如此，氣也給你氣死了！」

青衣人自顧自說不停；這邊楊君平則恍若未聞。這人一現身，楊君平便大吃一驚，不為他身法的快速，而是此人怎地這般面善？他頷下一部短鬚，除此之外，無一不似曾相識。他苦思不知在什麼地方見過這人。

倉惶拔劍，他為此既駭異又羞愧，心想自己從習武至今，從未這般失態，今兒是怎麼了？難道真的怕了這個無恥淫賊不成？這「淫賊」兩個字突然激起他滿腔怒火，他緩緩還劍入鞘，傲然而立。

青衫人目光閃爍，似要猜透楊君平的心思。

「你不是要看清老夫面目麼，現在我就讓你看個夠！」

說畢故意昂首直對楊君平雙目，眉鼻之間閃過一個極其熟悉的表情。他陡然如從噩夢中醒來：這人竟是像他自己！寬額、方臉、挺鼻、厚唇，無一不像自己，是一個長了鬚的晚年的自己。他一側臉，意欲不看，一如無意中在銅鏡中看見外表不整的自己，嫌厭莫名，就要避開。

青衫人卻不容他躲開，一張臉一個勁在楊君平眼前晃動。

「怎地不敢看了？我倒偏要你看個通前徹後！」

他忽然想起父親的訓誨：

「不能正視己之短，則不能拔除其根，飛越其上。」

不由得打了個寒噤，汗流浹背。
他吃吃地質問道：
「你……你究竟是什麼人？」
青衫人冷冷回答：
「我麼，我是你的殺母仇人。」
楊君平怒道：
「你一會兒說是，一會兒說不是，反反覆覆，足見是個無恥小人！」
「是與不是，原是你說了算，與我何干？如今你反求於我，足見這是是非非你自個都弄不清楚，老夫如何明白！」
楊君平又是無言以對。只覺青衫人一雙眼睛只在自己臉上轉動，半日，瘖啞之聲又起：
「年輕人，你雙眉鎖而兩目滯，悲戚之情少，憂疑之兆眾；慮雜而畏生，氣勢上，你已非我之敵。我今日已無意試你，咱們易日再戰如何？」
這一篇話句句清楚，一個字一個字如中靶心，重擊在楊君平耳鼓。只是侮蟣太甚，今日不戰，便如戰場降將，他日有何顏面再會此賊？再說，我豈真的怕了他不成？
當下楊君平反背雙手，故作不解，緩緩說道：
「閣下所言，真是不知所云！我奉家嚴之命，日夜兼程，趕赴此地，一心所繫就是為雪母仇，有什麼憂疑？你胡言亂語，無非是要掩飾你避戰之意！」

青衫人裂嘴而笑。有大笑之形而無大笑之聲，十分可怖。尤其可怖的是，這笑如現於自己臉上，想來也是這般猙獰。這念頭一來，又是一個寒戰。

「倒是我多嘴了，」青衫人說：「不過，這『口是心非』歸而納之，是一個『偽』字。『不誠』可是咱們習武之人的大忌呵！」

他嚕哩嚕嗦，仍是毫無動手的意思。楊君平再不答言，背負雙手，昂首挺立，其意已決的模樣。

「也罷，」青衫人說：「看來你已執意一戰，我多說無益。不過，老夫雅不願趁你之危，佔你的便宜。這麼著吧，我稍候片刻，你不妨運功調息，去除你心中雜念為要！」

說畢，有意仿效楊君平，昂首負手，只是變本加厲，閉起雙眼來養神，全無視於五尺之外，這口口聲聲嚷著跟自己有殺母之仇，出手就要置自己於死地的年輕人。

楊君平暗想：

「這老賊伶牙俐齒，口舌鬥他不過，只不理他便了！」

然而卻又全然不是如此。不全然是語言上被青衫人佔盡了先機，而似乎是處處縛手縛腳，無形壓迫來自四面八方，竟然彷彿自己的呼吸都隨著他起伏，真是荒謬之至！

他暗中運氣，果然是照老賊的話做來。儘管他隨即因惱怒自己受制於他而刻意盡情放鬆，但以他現時功力，略一運氣便知端的。他竟是不運還好，越運氣其心越亂，一如雜草蔓生。

他掣劍在手，輕咳了一聲：

「不必多言，請亮劍吧！」

青衫人睜開雙眼，睡意朦朧地說：

「老夫久已不用兵器，就憑這一對肉掌鬥鬥你的劍法。實在不行，老夫自有應付之法。」

楊君平氣往上衝，叱了一聲說：

「你既如此託大，悉聽尊便！在下現在要以師門『浮雲十八式』劍法向閣下討教！」

青衫人興緻極濃地應道：

「好極了！老夫聽江湖上傳言，這一套劍法乃無念大師面壁十年，禪法頓悟之後，自創於十數晝夜間，當年為驗證此套劍法之威，無念大師不惜行遍江湖，果然未逢破解之人，遂博得天下第一劍的美譽。老夫尚無緣識荊，今日何其有幸，有他令徒在此，亦可聊慰生平之願了！」

楊君平說：

「台端既然知道得許多，就請留神！」

「不過，老和尚法號『無念』，所創劍法當以絕七情斷六慾為根本，無煩無憂，輕靈流動，如空氣之一若無物，始能稱之為『無念』，否則，徒具皮毛之相，恐難入老法師堂奧。你老弟台嘛……」

青衫人仰首微笑，不再往下說。

楊君平越發心生警惕：怎麼這老賊所說與恩師的訓示竟然一般無二？難道真個是萬流同宗，武功到了極致，竟是一通百通，無所不能了麼？以此理推論，這惡賊的武功豈非與恩師及父親一般，已到了高不可測的地步？

楊君平不再矜持，長吸了一口真氣，全神待敵：

「行與不行，回頭一試便知！」

青衫人仍然仰首向天，不甚在意地說：

「說不得只好一試了。」

楊君平右手倒握劍柄，與左手交握為禮：

「在下這就要出招！」

兩手一分，右腕輕翻，劍尖電轉，映著自屋內射出的燈光，畫出一個連綿不斷的光圈；嗡然一聲劍鳴，直透耳鼓。這光圈與劍鳴乃「浮雲十八式」中名聞遐邇的起式：「晨曦初露」。這「浮雲十八式」誠如青衫人所說，是無念大師閉關十年之後的嘔心瀝血之作。名為十八，實則渾然為一，瀰蓋天地，因此而託相於眾生，幻化為千式萬式，不可勝數。該劍法奧妙處在此，其難於參透習練處亦在此。

青衫人在楊君平劍式一出之際，便已凝目在他劍尖上，待得劍花劍鳴出盡，面帶讚賞，雙目卻一刻也不停，沿著劍鋒，一滑而至楊君平握著劍柄的五指，從此目光便再也不離這五指左右；至於劍尖的變化走向，則全然不屑一顧。

楊君平心中又是一驚。這個老賊真個不是易與之輩，竟然洞悉這套劍法變化之妙，端在五指力道的運用。然而要知道操縱悉在五指是一難；而要從五指外觀推斷劍式的變化，尤其難上加難。他不信這青衫人有這麼大能耐！

他記得恩師當日傳要訣的時候，語多禪機，聽來似懂非懂。他詳為解說的就是握劍的五指：

「指動劍動，指靜劍止。以毫寸制千百尋於外，為唯一要義。以指控劍有三界焉：一界為有形界，二界為無形界，三界為有形界。初習者以力運劍，但見五指碌碌，是為有形界；漸識堂奧之後，五指翻飛，目不暇給，其動渾如不動，是為無形界；至於登峰造極者流，則已無任何動作，但見五指持劍，天真稚拙，一如幼兒，是又回至有形界。練劍至此，方屬小成。」

眼下此青衫人雙眼傾注於他五指之間，似是只要自己略有動靜，即落入他眼中。然則，若我根本毫無動作，他自然無法測知我的動向。他不覺若有所悟。

他的劍式去勢如電，直指青衫人兩眉之間；思潮起伏亦如電，卻非如何與劍式相吻相合，致敵於死命，只圍繞在自己五指之上，如何力圖掩飾指間機密，以免被青衫人看出端倪。

劍尖離青衫人前額不及一寸，只見他雙目一睜，兩道火光一閃，一顆頭顱頓時幻成無數顆，火光也織成一片光網。楊君平知他在亂己之心，沉住氣，維持原式，挺劍直刺，而所思所慮仍在自己指尖微動之間是不是又有所洩露。楊君平但覺劍尖如觸綿絮，知道已抵他的護身真氣，正待催動內力，忽然一片空闊，雲散霧收，而劍招凌空蹈虛，幾有被誘用盡用老的趨勢。眼前的無數頭顱及光網一轉眼都失了蹤影。這一點是在楊君平意料中的，於是去勢不變，含勁不發，反倒利用其無盡寬裕，蓄精養銳，招式剝繭去殼，除舊還新，圓融盈潤，好整以暇，靜待其變。

這時，數寸之外，一點寒風直奔楊君平左腰，漸近漸寬，變成一股掌風，其勢竟似要攔腰一斬，斷他為兩截。楊君平待掌風脹勢已止，暗吸一口真氣，全身在疾馳向前之際，陡然向右橫飄數寸，恰好止於掌風邊緣。

後面傳來一聲喝彩：

「好身法！」

楊君平左腰的掌風壓力，原是鼓脹飽滿一團，融雪一般就此消失無踪；緊貼他的後背卻有極其怪異的晶瑩透亮的感覺，極不舒服，因為全身上下各大要穴都被罩在其光環之內；他又覺得背後漫天撒出了一片煙火，繽紛點點，直指他週身要害。他為維持劍式的豐滿圓潤，蓄勢待發之態，仍疾馳向前，連頭都不回。眼看就要到屋簷盡頭，而後頭的飛花落葉就要透體而至，他忽地一仰身子，右腿平伸，左腿屈膝，足尖抵地，迎面向上，背脊離屋瓦不及一寸，以左腳尖輕觸屋瓦之力，如一個大飛輪一般，滴溜溜一個大迴旋，把那一片不舒服之極的刺亮盡數卸脫，而他的身子則在逆轉過來之後，直立而起，如旭日從層層峰巒之後乍然露面；雙腳釘地如樁，神清氣爽，直似老早就靜立在該處。

而前面五尺之處，站立的仍是青衫人，也是氣定神閒，衣襟飄飄，顯然剛剛才穩定身形。他捻鬚不語，狀似沉思。楊君平見他收手，也不便出招，只看他有何動作。

「你適才所用避敵之招，如老夫記得不錯，先者應是『物換星移』，其次則是『鯉躍龍門』，此兩招想必均非無念老和尚所授，應屬你父楊嘯天的絕活，你用得恰當其時，適得其所，曲盡其妙。呵，呵，楊府家學，老夫拜服！」

青衫人仰面大笑，其聲尖刺震耳，楊君平暴起一身雞皮疙瘩。待得笑聲一停，青衫人繼續說：

「不過，這『浮雲十八式』的第一式『晨曦初露』卻怎地如此不濟？劍花劍鳴猶自尚可，然劍鳴則應在鳴聲抵敵之耳之後，即應如林中萬鳥之鳴，嘎然而寂。怎地你劍鏑破空有聲，且躁銳刮耳，猶如忙不迭地宣告己踪。這那裡是什麼『晨曦初露』？如老夫所見不差，這應是意不馭劍之兆。這裡頭有哪裡不對了？我百思不得其解！難道無念老和尚藏了私不成？」

楊君平悚然而驚。意不馭劍，意不馭劍！這不就是當日恩師親口所說的話？記得那日恩師悉心解說這套劍法的精要所在，尤其指法的運用之後，便命楊君平從頭演練，他老人家則盤膝坐在一旁指點。自晨至昏，除膳食休憩之外，反覆不停；然而恩師他老人家總是霜眉緊鎖。

「平兒，你要領已知，」恩師慈顏說：「只是神韻未得。若以你這十八式中若干式，例如第五、第九，則你又似乎已全然心領神會；至於何以未能貫穿一體，殊不可解！為師再為你演練一次，平兒，你要看仔細了！」

說畢，盤坐姿勢不變，人已凌空而起，緩緩落於楊君平身側，將要著地之時，方改坐姿為立姿，一如拾級而下，輕輕落腳於地。無念大師施展的乃是佛門無上心行大法，真是渾然天成，毫無煙火之氣。於是大師以指代劍，一面不厭其詳地解說，一面從頭演練。演畢，囑楊君平照樣從頭來過。楊君平不敢懈怠，聚精會神，一絲不苟地賣力施為。不想，大師依然沒有歡容。他輕撫楊君平的額頭，藹然說：

「平兒，怕是為師逼得太緊，你這一趟操練，反不如今晨。咱們就到此為止吧，你好好歇息一宿，明日再來，看看這意不馭劍的病兒能不能霍然而癒……這意不馭劍……為師怎地苦思也……似為念雜不專所致……這又是……又是為何……？」

大師自言自語，終至於低頭不語。恩師僧袍飄飄，鬚眉皆霜的慈容，他就化身為灰，也不會或忘。

楊君平肅容說：

「笑話！家師佛門高僧，豈是那輩世俗之流，動輒小家子氣留一手藏私！總怪我資質愚魯，不堪造就，縱然我恩師百般教導，也點撥不開，真是愧對師門！」

青衫人目光炯炯，眨也不眨，直看到楊君平骨子裡去。他搖頭說：

「你這自責毫無道理！依我看來，你肘彎收放之間，潛藏無限，卻不知為何拘泥滯塞；五指尤其脹縮自如，互為牽制，如莽夫之互責。這果然不是老和尚未盡力之故，恐怕得……不過，不過，以你的資質，不該如此，不該如此！」

他嘆口氣，十分迷惑的樣子。

楊君平只覺背脊上無端汗津津的，無數回憶紛至沓來——恐懼、汗顏、心虛得無從自解。

與青衫人類似的話，無念大師是這樣說的：

「平兒，以你的資質，這『浮雲十八式』尋常事耳……」

恩師期許的目光自白眉覆蓋的雙睛溫煦如春風庇護於他，他雖然汗顏無地，卻暗中十分舒適。然而，另外有一句相同的話卻驟然把他擲入黑暗深處，萬般糾纏，萬般無奈，能讓他夜半驚醒，徹夜無眠……

5

「以你的資質，不該整日價如此廝混。」

父親則是這樣說的。從他碧綠無底的雙瞳透露出的是灼膚生痛的焦慮、煩躁以及惱怒。他在園中被父親碰個正著，父親一伸手按住他的頭蓋骨，一股熱流自手掌貼著頭皮直透心脾。然後父親就說：

「以你的資質，不該整日價這般廝混！」

在父親手掌輕觸之下，他全身一如黏附在他掌心不能動彈。瞬間震撼他的，不是這劈頭的訓斥，而是同樣的父親掌心傳熱，與前次何其不同！那次是在姨娘病榻邊，父親一把抱他在懷，以內力為他清除塵壥雜慮，那是一如恩師的溫暖如春，卻有無比之力的一掌。怎地這一掌卻辛辣急躁，透入他的肺臟，讓他有五內皆焚的感覺？

自這次之後，他不時便在園中碰見父親。初時他以為不過是偶遇，數次之後，他便曉得父親是有意在他路經之處等他。每次父親一見著他，雖在老遠，不知用了何種挪移之法，眨眼便到跟前，沒有半句言語，以手作勢，要楊君平跟隨他到濃蔭茂密，極為隱密的一個處所。父親示意他在一塊圓石上坐下，自己則坐在楊君平身後，不一刻，楊君平背心便有一股熱流直衝而入，來勢太快，只覺全身如被蜂子螫了一般，氣血亂竄，不禁呻吟起來。想來父親也必定發覺他自己操之過急，於是內力一收，楊君平喘了一口大氣，恢復如常。這樣幾次之後，父親便不再強力逼入，而以遙推緩進之法，以細若游絲的一線熱源，從楊君平背部諸要穴，輕輕推入，這就有如懸楊君平於吊床之上，輕搖緩擺，簡直要催他入夢。

然而楊君平忽然如從惡夢中醒來。因為在將睡未睡的甜美之境，他彷彿聽見父親的長歌之聲，由遠而近，止於房門之外，向裡面他耳中傳來野獸般的鼻息；接著便是母親匕首抵住咽喉的淒厲景像；燭光一跳而滅，牆上的黑影驟然化成一片黑暗……。

他一驚而醒。耳中聽見難得發出一言的父親，出聲嚴厲地說：

「平兒，不可抗拒！」

他哪裡知道自己是在抗拒，他只是對幢幢夢影，心驚害怕，一心想要逃避而已。

聽見父親又在說：

「平兒，你閉氣停息，心中自一默數到五，然後吐氣開聲，連做兩次！」

他依言剛做得兩次，背脊一片炙熱，他往前一仆，不省人事。過了不知多久，他悠悠醒轉，只覺前胸後背，各有一掌托住，竟是冷熱不同兩道勁流分別自前後透入體內。父親俯身向他，兩目緊閉，額頭豆大汗珠滾滾而下。頷下短髭一如鋼針，根根直立。他忽然記得什麼時候，什麼地方，見過同樣髭鬚齊張的父親，心中一緊，一慌。

父親驀然張目，碧焰如夜空的閃電，厲聲說：

「平兒，不得胡思亂想！守住心神！」

冷熱兩力剎那轉劇，向內夾攻，他又昏厥過去。這次倒如倦不可抑，酣然睡去的模樣。這一睡想必睡了許久，醒來之時，父親已坐在他對面一塊圓石上，兩目端注自己，臉上不見喜怒之色，也不似在沉思默想。他只覺父親如長江大河，深不可測。

父親見他醒來，遞給他一塊絲絹說：

「平兒，你先拭掉臉上的汗再說話。」

他接過汗巾子，把臉頰、頸脖間的汗水拭抹一淨。茂林深處，葉洒清風，十分舒暢。

父親以手托腮，目注他說：

「平兒，爹已將你穴脈打通，你此時便如大病初癒，回你娘處，兩日之內，記住不可吃生冷之物。」

他果然覺得身上倦乏，只是不懂什麼叫做打通穴脈。

「你如今已跟一般幼兒不同。不過，這打鐵還得趁熱，你日夜跟著你娘，爹鞭長莫及，這便如何是好！」

說著兩眼望天，臉上露出淒苦，自言自語地：

「你姨娘在日都做不成的事，我如何能做得到？」

父親臉上忽然有如暴風雨橫掃過來一般，驚濤駭浪，跟適才冷漠的父親簡直是兩個人。他長嘆一口氣，默然半晌，雙手一拍，從圓石上霍然站了起來。

「我主意已定！」父親斬釘截鐵地：「說不得也只有這樣了！」

轉頭向楊君平：

「平兒，記住爹一句話：爹要你跟我走時，不可推託！你日後能否成大器，端看此舉，千萬記住了！」

＊　＊　＊

接著就是那日夜間的事。

楊君平記得是晚膳剛過，尚未掌燈那一段昏黃愁苦的辰光。母親一回房便沐浴淨身，然後小丫頭秀秀侍候著她換上簇新的衣裳。母親許是又訂製了好多新衣，每日一套輪替上身。

楊君平自己也不知道為啥黃昏一到總是沒來由的格外愁苦。彷彿一片茫茫兜頭把他通體幪罩起來，叫他氣兒都喘不出。而母親總是一語不發，連瓜子肉也不剝給他吃了。換了一身新衣，便直挺挺坐在桌前，一直到天已入夜，秀秀請了幾次的示，才點頭許她去掌燈。

不過，這幾日楊君平覺著跟往日有些不一樣。頭一樁，那黃昏的愁苦便不如以前悶暗，倒像是有些兒透亮，這亮不是來自屋外，更不是來自屋裡什麼地方，而是自他心中發出。又輕又亮，是這樣子一種有一些快活的感覺。後來他發覺這輕亮其實跟他身子的輕快有關係，比如，他先前上床總是半爬半攀，如今他腳才一點，便一躍而上。是怎麼一回事兒呢？

「平兒，爹已為你打通了穴脈。」爹說。

大伙都說爹有絕世武功，難道這打通穴脈是在教我武功麼？爹說要我跟他去。去，去哪裡？難道也是為了教我武功？

他在黑暗中睜大了眼，一味想個不停，一會兒這念頭竄上來，一會兒那念頭湧上心。最後，讓父親帶他走，逃離母親甜膩悶暗的房間。這念頭變得比哪一個都更光亮奪目，著著實實叫他著迷，卻不歡喜。不，這念頭裡面沒一些兒歡喜，只是一想到這上面，他全身都集中起來，鋒利如劍，錚亮地刺向前：是這樣子緊繃起來的躍躍欲試。

所以那天傍晚父親進來時，他滿腦子裡頭反來覆去竄動的都是這些念頭。而父親的現身，恰像是這些念頭驟然間都變成人形。

但是轉眼他就立逼著自己來匡正他心中隨同父親的現身，以固定形狀隆現的沉痛陰霾。父親與母親房間的連結之所以慘痛，開其頭的是父親的大醉，緊接著就是父親和母親的可駭的糾纏。這是他心中不變的連串反應。

此刻他眼中所見，卻是他必須矯正自己來適應的一個不同的父親。父親站在母親房門前，清醒、密集、精悍，因而顯得潔淨而一體。雖然短髭依舊，卻整齊而馴服。

沒有醺醺酒氣，一現身便有一股淡淡墨香暗湧進來。

楊君平立即把心中的猶豫不決變成一個強大決心：只要爹一開口問他，他一定答應跟他去！

母親像是被火燙了一下，從櫈上一躍而起，整個身子陡地電旋過來，釵朵顫搖，兩眼睜得又大又圓，抹得鮮紅的嘴半張著合不攏；兩手向後緊緊抓住桌沿，驚恐得發不出聲來。

楊君平記得那晚母親從頭到尾就緊貼著桌子，睜大了眼，一句話都沒有說。

父親那晚則精準冷靜到極處，全身似是無一處在浪費，點點滴滴，連汗毛都用上了。這在稚齡的楊君平心中乃灌輸了這麼一個念頭：這才叫武功高絕的典範！

父親不慌不忙，不卑不亢，有條有理地開口說：

「平兒現今是一日大似一日了，不宜如此每日閒蕩。習文練武均應即時啟蒙。你如今身繫咱們楊府一家要務，看來是無法分身兼管平兒的了，這管教兒子的責任，我這做父親的責無旁貸。我意已決，明兒我便會命小福子過來搬取平兒一應衣物。你叫丫頭——秀秀，你仔細聽著——好生收拾收拾吧！此事不容延誤，否則誤了平兒一生，你我都後悔莫及！」

說著，右手掌心微微一張，不見門簾擺動，綴於右手邊排最底下一顆琥珀篤地一聲落在他掌心，五指一合，再張開時，那顆琥珀已碎成齏粉，紛撒一地。

父親向楞坐在床上的楊君平說：

「平兒，你明兒便跟著小福子到爹這裡來，爹自有安排，可曾聽明白了？」

楊君平連忙高聲回答：

「是，平兒聽明白了！」

又忙不迭偷偷看向母親。母親渾似不曾聽見父親的話，臉容慘白，只剩得嘴唇艷紅如血，人便如泥塑木彫一般，動也不動。

父親慢慢打量了房內一周，長嘆一聲，轉身離去。

以後的事，除了他緊縮被中，在黑暗中睜著眼睛，許久沒有睡意以外，楊君平只記得那一整夜都不曾掌燈，也不曾聽見母親那邊一絲兒聲響，像是一切一切都在驚怖中凍住了。娘也會害怕，這是極其古怪、極其蠱惑的新發現，這把他的睡意驅走了。

次日楊君平從睡夢中一驚而醒，一睜眼，瞥見母親的眼光從自己臉上飛快一閃而過，似在避開自己張開的眼。母親衣著整齊，端坐在桌前。仍是昨夜那一襲新衣，顯見得她又是一宿未睡。她一語不發，臉上已是波平浪靜，卻是河闊水深，楊君平突然覺得，一如父親一般，深不可測。

秀秀在一旁默默為他收拾衣物。十來歲的小丫頭，平日有楊君平相互逗鬧著，不覺寂寞，這會兒聽說平少爺要走了，這往後的日子，就得獨對喜怒難測的少夫人，越想越怕，不由得小嘴兒就癟起來，淚光閃閃的。

也不過就是一個小包包，擱在床邊，楊君平半摟著它坐在床沿，孤零零的，大氣都不敢喘一聲兒。母親這一日啥地方也沒去，不是坐在桌前，就是站在窗口，正眼都不瞧楊君平。

快近晌午，聽得小福子在門外高聲稟報：

「少主人吩咐小福子來接平少爺了！」

半晌，裡頭沒有聲響，小福子不敢貿然進屋，只得又高聲說一遍：

「小福子奉少主人命前來接平少爺了！」

母親冷冷地，極不耐地說：

「只管進來就是！」

小福子這才半躬著腰，輕手輕腳地進來。

「小福子這裡給少夫人請安！」他恭聲說。轉臉又堆笑向楊君平：「喲，平少爺都打點妥當了呢！這敢情好！小福子捉摸著您還沒起身哪！」

一面說，一面偷眼溜向少夫人。少夫人似是極不耐煩，又不願多說話，伸手便要去擎杯。小福子眼尖，見屋裡沒有丫頭，一個箭步，輕巧無聲地到了桌邊，一伸手把青花瓷的茶壺端了起來：

「小福子侍候少夫人！」

「這茶還溫著，小福子給少夫人換一杯茶！」

順手摸了摸茶壺：

說著，另一隻手已經順著桌面滑了過去，兩指萬無一失地拈起小瓷杯；他早已看清漱口盂擱著的地方，飛步一邁，輕輕將杯中殘茶傾入盂內，回身桌邊，執起壺柄，倒滿了一杯溫茶，半星兒都沒濺出來；雙手捧著獻過去：

「少夫人請用茶！」

少夫人見他輕巧俐落，乖順有禮，不禁看了他一眼。平日也曾見過此人，只因他是少主人的貼身跟班，雅不願正視他。這時這一眼卻看得十分仔細。只見此人白淨臉皮，雖是小廝打扮，衣著卻極是乾淨。在自己掃視之下，他兩眼雖不敢仰視，但眼珠子左右滾動，極其靈活，似是隨時警覺，只待一聲令下，他就要湧身承命。

楊君平覺得自己被冷落在一邊。這就像上次在園子裡，小福子說著說著要帶他出去耍，一轉眼就跟別人搭訕去了，全沒把他說的話當回事一般把他冷落。他才不會跟小福子出去耍，但是不知怎地，他就是為此著惱，就是不樂意他。

他看著小福子猶自躬身陪笑站在母親身旁。他看見母親慢條斯理舉杯輕啜了一口茶，又緩緩放下茶杯。

他無緣無故地非常緊張；不知為什麼，全神貫注地凝望眼前這簡單清楚，一點也不複雜的景像。

突然聽見母親說話的聲音；突然，他明白他為什麼緊張；突然清楚他凝神等著的是什麼。如今他知道如果母親一聲不發，如果她揮手打發掉小福子，那就天下太平，他就會在心裡饒了他看到的，他就是快活的。然而，母親卻說了話。他一聽見母親的聲音，一如墜下萬丈深淵，徹底絕望，既傷痛又憤恨。

他聽見母親說：

「你是只聽少主人使喚的，是不是？」

他全身冰冷地看見小福子垂首彎腰，滿臉堆笑，恭恭敬敬地回答著：

「小福子是楊家的奴才，少主人少夫人都是小福子的主子，少夫人吩咐什麼，就跟少主人親口說的一樣，小福子天大的膽子也不敢不聽！」

母親向小福子看了一眼，點頭說：

「很會說話。你今年多大了？」

「小福子今年二十了。」

母親於是不再言語；然而這已經拉不回楊君平。他一任自己就這樣墜下崖去。

小福子見少夫人不再睬他，又躬身侍立了片刻，才輕聲問：

「少夫人還有什麼吩咐麼？」

母親似乎從睡夢中醒來，漫聲說：

「這會兒也想不起有什麼事，你先去吧！」

「是，小福子這就請平少爺過去了？」

母親不作聲。小福子又等了一會，見無動靜，退後兩步，轉身到楊君平跟前：

「平少爺，小福子給您拎包包，咱們就過去吧，少主人等小福子回話呢！」

一邊說，一邊向楊君平使眼色。楊君平豈有不知之理，故作不曾看見。雙手在床沿略微一點，人已輕飄飄一躍下床，大異於往日的沉重笨拙。心中不知怎地有一種言說不出的尖銳的快意。

他一逕向母親走去。以下的情況是稚齡的楊君平所不知，也不能明白，但卻是的的確確已經發生的蛻變：他此刻竟然絲毫也不畏懼他母親了，他突然脫離了母親的陰影，與她相對而立。

他站在母親旁邊，平眼直視著她，與她相對而立。

「娘，平兒這就到爹那兒去了。」

母親轉眼看著他，是這兩日來頭一次這樣正眼看他，目光矇矓，如夢似幻。其實只需撥動一根指頭就可以拉他回來；只需母親輕輕一句話，他就會縱身投向她。這個道理他自己也不明白，只是楞楞地站著。

母親眼中似有淚光一閃，但立即便堅定不移，像是雲消霧散，一縷陽光從眼裡暴射而出。她掉頭向小福子：

「你帶平少爺去吧！」

楊君平記得從那時候以後，他跟母親說話就如隔著簾幕，而他身上便宛如立時給穿上了緊身衣，喘不過氣來。

小福子躬身說：

「少夫人，小福子這就過去了。改日有什麼差遣，只管請這邊姐姐們來傳喚一聲，小福子一準立地就到，斷斷不會誤了少夫人您的事兒！」

他嘴角含笑，口若懸河，說畢眼角向少夫人一瞥。見少夫人不理不睬，隨即改口向楊君平：

「平少爺，咱們這就走吧，」

一手拎起包包，一手就要來牽楊君平。楊君平大怒，手一甩，快步往前走，出了母親房門。

楊君平只覺自己腳步輕快，小福子追趕不上。小福子越是趕不及，他便走得越快，心中痛快已極。

小福子半走半跑，跟在楊君平身後，喘吁吁地說：

「平少爺，這是掙命呢！小福子趕明兒不敢帶你出去耍了，恁地飛跑！」

「還帶我呢！」楊君平在前面笑說：「先練練腳程再說吧！」

遂放開步子，走得更是飛快，把小福子撂在後面老遠，自己卻臉不紅，心不跳，心中十分滿意。只此一端，他乃更其堅定了自己習武之心。

* * *

父親為楊君平在「離物居」的一側闢了一室，作為他的臥室；父親自己的房間則在另一側，與楊君平遙遙相對。這「離物居」想來是新起的名字，金字黑匾，熠熠生光。這裡是父親練功之所，尋常人輕易不能進入，楊君平也是第一次來此，觸目皆是新鮮物事。小福子先領楊君平進到父親的房間。一掀門簾，先解開了楊君平心中一個謎：父親既不與母親同房，又從未見他出入蘇州姨娘的住處，卻原來睡於此間！

這是一個極寬敞的房間，陳設卻頗為簡雅，一張大床，一張大桌，若干字畫，如此而已。那張大桌正對房門，父親昂首挺胸，腰桿不倚椅背地端坐椅上，雙目炯炯直視著自己。楊君平如被一匹雪鍊清泉，自頭頂直瀉而下至於腳底，頓時腦清目明，卻又懾於父親的威儀之下。

小福子搶前一步，垂手說：

「小福子請平少爺過來了。」

楊君平忽然覺得自己不怎麼痛恨此人了，而這都是因為父親的威嚴雄壯所致。在父親的烈陽炙照下，小福子不過就是一個小廝罷了。他對小福子莫名其妙的防備之心，全然都鬆懈下來。

父親揮手叫小福子退下去。他起身走到楊君平身邊，執起他的手，端詳了好一會，輕吁了一口氣，說道：

「爹這才算放下心來！我甚怕你娘不放你來此！」

楊君平在父親走向他的那幾步路之間，終於把自己乍進此屋時，對父親的模糊印象理清而且確定起來：那是一種征戰於外的大將軍解甲歸鄉，於輕鬆談笑之中，仍不變其號令三軍的威壯。

「平兒，你來！這裡坐下！」

父親指著大桌旁的一張椅子。楊君平依言坐下。父親也在他自己椅上坐下來。

「爹為你來此，已計謀許久，」父親說：「爹已為你請得一位西席，明後日便可抵此，今後你就從這位先生處學習聖賢之道。至於武功嘛，爹要親自為你紮下根基。文武兩道於啟蒙之初，皆萬萬不可輕忽；此所以爹不惜與你娘翻臉都要帶你來此！」

每一提到母親，不知怎地，父親就神情黯然，英武之態盡失，彷彿末路英雄一般。

父親低頭默然片刻，再抬頭時，他已把黯然之色收拾到一邊去，收拾到心裡去。

「爹這裡沒有丫頭侍候，」父親說：「平兒，這日常雜務，你可得自行打點。有些外頭的事則可交予小福子去料理。」

楊君平正襟危坐，到這時才回話：

「平兒都知道了。平兒如今已經長大，凡事會自己料理，一發連小福子都不必來侍候！」

父親讚許地看著他：

「如此甚好！我這就帶你過去你自己屋裡。」

於是楊君平拎起小包包，跟隨在父親身後。父親一邊走，一邊說：

「今後此樓便是咱爺兒倆共處之所。前些時，我將此樓易名『離物居』。這裡頭我盜用了六祖的掌故。你此時雖未必瞭然，我說予你，是要你深知爹的用心。」

「昔日法海和尚參禪於六祖；祖師偈以『用本無生，雙修是正』等語，法海因而大悟，以偈讚之：『我知定慧因，雙修離諸物』。爹是一介武夫，如何能與六祖與法海相提並論？我自己這『雙修』其實世俗淺易得緊，一是文武雙修，二是內外雙修，如此而已。不過我意以為如能達此二境，於文則通達世情，不囿於物；於武則優游百家，無形無體，而能涵蓋天地。此是爹對你的期望，平兒，你可得好自為之！」

楊君平此時哪裡懂得這番大道理，唯一謹記在心的，是父親要自己好好用功唸書習武，不可懈怠，如此而已，而這其實用不著父親叮嚀，他也會傾全力以赴的。

說著，到了楊君平自己房間。這房間比父親那間略小，照樣是窗明几淨。一張略小的床，一張略小的桌子，倒是倚牆多了一排書櫥，整整齊齊列滿了典籍。

這房間必定經父親的親手布置。他進來後，不住前後打量，十分自得。他忽地回身向跟在後面的楊君平詭譎一笑，指著書櫥裡滿滿的書：

「這是文，」然後又指著自己前胸：「這是武！」

接著哈哈一聲大笑，歡暢已極。他從來也沒見過父親這般快活歡喜。

「平兒，」父親又說：「你先歇息一兩天，等那位西席司徒先生來後，爹與他商量出一個章程來，咱們今後日日照章行事。」

父親又檢視了一下床鋪被褥等物，見無可挑剔，才放心離去，臨行交代楊君平：

「今兒你先獨自在這兒用膳，明日卻再安排！」

楊君平送父親到門口。回來便解開他的小小行囊，把一應衣物放置妥當。沒有丫頭侍候，他反倒覺得十分自在。時近傍晚，小廝送來食盒，幾色菜餚都是他平日愛吃的。飽餐一頓，梳洗完畢，早早地上了床。

這一日他雖有晨間的無謂紛擾，頗為倦乏，卻久久不能成眠。首先是他一躺上床就接觸到的被褥。這被褥漿洗得極是乾淨，有日晒的陽剛之香，略帶粗糙，因而有唏嗦之聲擾耳，遠遠不同於母親房裡絲綿被的柔軟貼身，但別具一種粗獷的舒適。

這卻不是楊君平久不成眠的主因。他睜著眼，苦思為何有兩個不同的父親。一個是跟母親相關的，這個父親整日價醉眼矇矓，頹廢不振，跟他有千萬里之隔；一個是大將軍的父親，清風明月，一抬手一投足，虎虎生風，卻又有趣得緊；想到「這是文；這是武」，以及隨後的歡暢大笑，他在被中也不禁嘴角含笑，這個父親，親在咫尺。

問題在於他如今該以何種姿態親近父親，這是楊君平首夜的苦惱。至於未來種種，他不甚在意，卻有無窮期待，尤其對於修習武功，憧憬懇切。

* * *

父親與司徒先生商量的章程，其實再簡單不過。晌午以前，楊君平歸父親；午膳以後，司徒先生接手。

「平兒，這修文習武，日分兩途，十分辛苦，卻絲毫含糊不得。」父親在一開頭兒，便這樣告誡楊君平：「司徒先生是爹慕名請來，日前爹與他相談甚歡。這司徒先生果然不是腐儒，極是有識見的人，你如能潛心向學，不出數年，便可略窺聖賢之道的堂奧。」

自此，楊君平每日自卯時至戌時，除午膳之外，均在嚴父嚴師淬練之下，不得絲毫鬆懈。每逢初一、十五是為休息之日，這兩日楊君平啥事也沒有，可盡情在園中嬉戲玩樂。但楊君平另有一個嚴師，便是他自己。因而初一、十五雖無功課，他依舊勤奮如常。

半年之後，這一日司徒先生在園中巧遇少主人，寒暄已畢，不免談及楊君平的課業。

「東翁，」司徒先生說：「今日不遇，我亦要專誠進謁。我於這半載之內，詳察令郎，其有十分天資已不待言，要者他勤奮異於常人。學生舌耕有年，閱人頗多，衡諸穎慧勤學者，令郎允為第一人！」

楊嘯天微笑說：

「先生謬讚！不過，我雖為君平之父，亦為其師。於武學一道，我亦覺其頗堪造就！」

這是謙讓之辭，實則他內心的驚異，日甚一日。每日卯時一至，他親往楊君平房內時，見他早已穿戴停當，正襟危坐，燃燭恭候，日日如此。這猶為其次；每日於正課開始前，他暗中有意測試楊君平前一日所授，結果不但發覺已悉數被他融會貫通，且似已預知來日新課，蓄勢以待。這才是楊嘯天吃驚的所在。他竟有被猜中的感覺，由不得越授越心虛起來。

這自然不是說楊君平小小年紀已有超越其父的能耐，只因他稟賦不凡，舉一反三，是其本能。因之，這學文習武對楊君平都非難事，他耿耿於懷的，倒是他與父親之間該當如何相處。

他欲對父親敞開胸懷，卻又覺敞開胸懷之難；總有不知來自何處的無形羈絆，束縛著自己，如一線之牽，風箏就不能騰空而去。這羈絆來自於外，或起自於他自己心中，小小楊君平如何曉得。他只知因有那無形羈絆，他一旦向父親接近一步，他就既不情願，又不舒坦。他竟不能像天下其他赤子，對自己父親有全心全意的孺慕。

楊嘯天驚於楊君平的天賦，卻對他的拘謹十分憂心。這一日於晨課吐納內功大法修畢之後，他不續進新元，卻領楊君平回到他房中，命他坐於一邊。他從書櫥中抽出一本《六祖壇經》，置於案頭。

「平兒，」他說：「爹對你的稟賦、戮力向學等等，無意多言。我所憂者，是你心胸似若有所束。此不同於一般所謂狹隘。世俗之心胸狹隘是言其心不能容人納物，乃是有形的狹窄。平兒，你則似心中另有所屬，雖以你的稟賦及勤學，盡得所學，卻恐不能盡數收為已用。這裡頭的曲折，一時也說他不清。」

他翻開《六祖壇經》，隨口唸道：

「心量廣大，猶如虛空，無有邊畔，亦無方圓大小，亦非青黃赤白，亦無上下長短，亦無瞋無喜，無是無非，無善無惡，無有頭尾。」

又說：

「能到此『大』境，才是真自由，能有此真自由，始能胸懷宇宙，為所欲為。平兒，你於修習武功之時，亦應同時養此胸襟方好。此書有無盡妙藏，對你有莫大好處。暇時可不時翻閱，不解之處可問你司徒先生。你師不是迂腐之徒，當不致禁你閱讀此書。」

說畢，低頭不語，逐漸面轉躊躇之色，欲言又止，終於還是忍不住：

「你搬來此後，曾否去探望過你娘？」

楊君平心中莫名地一緊。眼看鼻尖，半晌才回：

「平兒平日功課吃緊，唯恐有負爹的期望，一些兒不敢鬆懈，就是初一、十五，也只在屋裡用功。還不曾去探望過娘。」

「這我看在眼中，」楊嘯天說：「不過親情也不可偏廢。後日便是十五，你過去探望你娘吧！」

那種情形又發生了，而且一絲不漏進入了楊君平眼中：一提及母親，父親就由原先的精密、集中一變而為粗糙、鬆散。

「是，平兒知道了，後日一大早就過去！」

楊君平回答著；突然之間，悶悶不樂起來。

父親也是意興闌珊，無意再說什麼，起身便走，時未及午，只及平日練功一半的時間。

*　*　*

十五這一日，楊君平果然一大早便獨自一人往母親這面行來。半載足未出戶，這邊園中景緻又自不同，真個是萬花齊放，異香撲鼻。但楊君平心中卻是百味俱陳。走在小徑，他如何能不想起姨娘溫婉的召喚？他記得每次姨娘見著他，總是一把攬他在懷，纖纖柔指托著他的腮幫子看半日，才意有未足地說：「嗯，又長了好些，姨娘都不認識了！」楊君平就會一撅嘴說：「姨娘騙誰呀？昨兒不還在姨娘屋裡吃麻花兒的？」

如今姨娘卻不知在哪兒了！

他隔著花園，楞楞地遠望著姨娘住過的廂房，如今已是蘇州姨娘的住處。這蘇州姨娘他面兒都未見過；而依他所見，父親每日授他武功，從未宿於他處，則父親把這蘇州姨娘供養在此，豈不好笑？

半載之隔，楊君平站在園中，自覺恍若兩人。若再過半載、數載，自己又將如何？此處又將如何？這樣一路想去，竟如步入迷霧，漸漸的啥也看不清了。

不是有丫鬟嬉笑之聲，由遠而近，把楊君平驚醒，他真的就這樣一逕在園子裡站著不走了。花叢裡露出幾張女孩兒的臉，其中一個他依稀看出是秀秀。他不由得高呼一聲：

「秀秀，是我呢！」

秀秀吃了一驚，瞪著大眼向這邊看了半日，飛跑過來：

「我當是誰呢，是平少爺！可嚇死我了，長得恁地高了！」

說著，羞澀一笑。

楊君平也有些赧然：

「還說我呢！你瞧瞧你自己！」

你看我，我看你，忍不住噗哧一聲，齊聲笑了起來。

「我娘呢？這時辰還在大廳麼？」

楊君平問道：

「可不！少夫人差我去請余二爺過來，說有事商量呢！」

「請余管家？啥事呀？」

秀秀吐吐舌：

「我的小爺！你說我敢問嗎？倒是你今兒怎麼得閒過來了？」

「我爹要我來探望我娘的。」

「是呀，也該過來了，都半年了不是？」

「我娘可曾時時問起我？」楊君平眼露期盼，看著秀秀。

這是沒有的事。不過，秀秀究竟比楊君平年長幾歲，底下人的遭際，與養尊處優的公子哥兒所見大是不同，她自有她的見地。

「平少爺，做娘的哪有不想不在跟前的兒子？不過，這心裡頭的話，依少夫人的性子，要說要問，也不會衝著我們做奴才的，你說是嘛？」

楊君平便不再問。同時，極其古怪地，他自己對這問題也一下子失去了興緻。

「你就趕緊去請余二爺吧，別盡跟我說話兒了，誤了事，回頭又得挨罵！」

秀秀看著楊君平一笑，不過她倒還有話：

「少夫人今兒早上精氣神兒挺好的，你儘管大著膽子去請安去！」

說著，回身一逕走了。

楊君平經秀秀一點，心中反倒忐忑起來。無心再觀園景、思前情，快步向大廳行來。到得大廳，只見兩扇大門一開到底，門檻裸木凹凸有痕，洗擦得白森森纖塵不沾；一路青石板地，光可鑑人，這只讓楊君平感覺到一件事：這大廳裡靜悄悄一如夏日午後沒半個人影的廳堂。

但這大廳豈只有人，人還多得是楊君平以前壓根兒沒見過的：只見男左女右，一字兒排開站著，總共不下二十餘人，簇擁著一個坐在太師椅上的華服麗人——他母親。

雖然還離得老遠，但楊君平如今內功初奠，眼力遠非昔日可比，已經看清了闊別半載的母親。依舊是滿頭珠花翠玉；依舊是一身錦羅綢緞，與半年之前並無大變，但是人卻更豐腴了許多；越發膚白勝雪，襯著面頰、唇間的胭脂，真個是色彩艷麗。右手扶著太師椅扶手，塗得鮮紅的手指，豐潤如玉；左手手背微曲，托著腮幫子。一雙森寒如刀的利眼，不時左右溜動，像是生怕一不留神，就會漏掉了誰。

就是這一雙銳眼，在略一閃動之間，就逮住了剛邁門進來的楊君平。楊君平來不及開口，已經聽見母親尖銳高亢的嗓門震得滿廳山響：

「那進來的小子不是平兒麼？」

楊君平突然發覺他跟母親好生疏，突然發覺那跟母親同睡一屋的親密真的就如隨風而去，杳杳無踪的黃鶴，再也回不來了。他不由得毛骨悚然，莫名其妙地恐懼起來。

他搶前幾步，在眾目睽睽之下，幾乎要失聲。他想起父親傳授的修身養性的靜心法，即在恐懼不安，心浮氣躁之時，挑一件記憶最新，極清恬、靜謐、安詳的事來想。於是他就想著適才花園中所見，至今未忘的一朵粉紅色大薔薇，花瓣上點滴清露，迎風微擺，面帶微笑；然後他又想著與秀秀乍見的種種驚喜。

他大聲回答：

「是！是平兒特來跟娘請安來的！」

母親嘴角上翹，似笑非笑，是楊君平以前從未見過的一種面情。她高高在上，銳聲說：

「好極！總算你還記著我這做娘的，」她停得一停：「總算還有人記得我！」

嘴角拉得更高，變成鄙夷之色。她語聲一歇，大廳就越發肅靜得全無半點聲息。

「平兒知道理應每日前來跟娘請安的，只是司徒先生跟爹督促極嚴，平兒誠惶誠恐，不敢辜負爹的厚望，因此絲毫不敢鬆懈。這半載平兒可說足不出戶，哪兒也沒敢去，連娘這兒也疏忽了，是平兒的不是！」

楊君平一邊說，一邊清楚地聽見大廳裡只有一個聲音，他獨自一人的聲音在喋喋不休地聒噪著，在奮力強辯。然後他就覺著母親眼中的鋒利被一種陌生的出神替代。

他一說完，肅靜就湧進兩耳，震耳欲聾。

好一會，天長地久一般，他才聽見母親「哼」地笑了一聲，他急忙去看她，以辨別那一聲笑的真意，卻只見她仰首高望屋樑，整個人彷彿堅如磐石，任你天搖地撼都不為所動。既然進不了母親的城門，他就只得隔城對望。他突然依稀記起他辭別母親那天，他心中那對等而立，無所畏懼的心情。

母親又把她的嗓音灌得滿廳堂都是：

「果然讀書長進了！娘倒說不過你了！」

忽然，厲聲地：

「既然如此，今兒你來做甚？」

楊君平答不上話來，只垂眼盯住腳下的青石板。那石板真是青光閃閃，潔淨得半點灰塵也藏不住。他一顆心只往下沉，不為自己的辭窮，而是原該母子間親熱的體己話，此刻怎麼竟如公堂上的對質，在大庭廣眾之下，在侍僕的眼前。因而他至多也不過是跟這些排班侍立的小廝丫鬟們一般的無足輕重的一個「小子」而已。

母親的嗓門又響徹了大廳：

「只怕這不是你的真心實意！這你瞞不過我！你們誰都別想瞞著我！就你們那一點鬼心眼兒打量著要來矇騙我？一邊兒涼快去吧！」

這最後幾句話，不是說給楊君平聽的，是說給大廳之上，每一個人聽。她如刀的兩眼，威風凜凜地從這一邊掃到那一邊。楊君平覺得她誰都看見了，就是不看他，眼裡就是沒有他這個人。如果她獨看他一人，就是挨罵他也不會心虛恐慌。

正說著，秀秀一腳跨進門檻，在門邊立住身子，高聲稟著：

「余二爺到！」

這一聲把威風八面的母親更是推上了天。她霍然從太師椅上起身，站在那上頭像一尊塔。楊君平這才算看清了闊別半載的整個母親：高大、肥胖；嶄新、鮮艷；精氣神十足，半分兒不見老。

她笑容滿面，與一刻兒前的嚴峻截然不同；亮聲說：

「請余爺進來！」

隨著這一聲「請」，余管家現身門口，微躬上身，撩起袍襟，跨檻而入；深沉穩重如故，只是比半年前清癯了些，照樣是兩眼平視，神情專注。

「少夫人傳喚余二，不知有何吩咐？」

「余爺這邊請坐。」說著，母親先坐下來，塗得鮮紅的手指，來回游動，輕撫著扶手。余管家在母親右側一張椅子坐下，卻只坐了一半，腰桿跟他頷下幾綹鬚一般修長挺直。

「那日我瞧見咱們鋪子進了幾車貨，」母親笑容可掬地：「顯見得這一晌行情甚佳呢！」

「是，那是新進的四車藥材！」

「怎麼著？咱們家也買賣藥材了麼？」母親頗為訝異地問。

余管家從容答道：

「年前咱們這方圓數百里內頗不寧靖，盜賊蠭起，瘟疫流行。擒賊緝盜的事自有官府去做，這瘟疫卻致我鄉藥材奇缺，價格暴漲。余二盤算：如能籌措一筆餘資，廣進所需藥材，一可濟急，二可獲利，是兩全其美的事，因而特向少主人稟告，得少主人首肯，在咱們鋪子裡另闢一室，專售藥材。那日少夫人所見，正是首批進貨的藥材。」

母親聽得十分神往。不由讚道：

「原來如此，余爺果然精明！」接著不經意地問：

「少主人如今還在管事麼？」

余管家眼皮略微一動，隨即回道：

「這等大事，余二不敢擅權，理應稟報少主人定奪。」

母親並不深問；眉頭一抬，神采飛揚地：

「今兒有請余爺過來，不為別的，實因這幾年咱們園子裡的事眼看著整治得差不離了，每日裡我閒得怪慌的，有心想跟余爺學學這外頭的事呢！」

余管家這次連眼皮都不曾動得一動，微微欠身說：

「不敢！余二愚魯，皆因老主人自幼耳提面命，再兼多年歷練，始有今日小成，余二所倚者，『忠誠』二字而已。少夫人有意作商，以少夫人才智，真乃反掌之易耳！余二願竭盡所能，襄辦一切！」

母親微笑說：

「余爺好說。我豈有意涉足此業！但求略知一二，以廣見聞，於願已足。不過，這千頭萬緒，倒要如何著手方好？」

余管家略一思索便說：

「這不難。余二明日便將帳冊全數兒搬來，從帳入手，可收舉一反三之效。」

母親點頭，興緻極其高昂地：

「就這麼辦吧！」

話題一轉，母親問起絲、鹽的行情。

「絲價持平，鹽有下挫之勢；余二連日已飛函咱們外地分號，暫停收貨……」

又閒談了一會，語多切口，母親不甚了了，楊君平就更不知所云了。余管家坐了有頓飯辰光，說定明日看帳之事，起身告辭而去。

余管家一離了大廳，母親就陷入深思，雙目炯炯，卻只盯著洞開的大門，似是看得極深、極遠，再也不問起楊君平，彷彿把他全給忘了，也把兩旁一字排開的丫鬟小廝給忘了。但是母親並沒有真忘了他。只見母親慢慢地像一座山一般站了起來，開聲打破了大廳裡的寂靜：

「今兒散了吧。秀秀，你侍候著平少爺吃了午膳再回去。」

移步向廳外走去，正眼也不瞧楊君平。他待要趨前向母親說什麼，但是卻因心中自始不甚明朗的某種感覺，倏忽間變得十分清楚而止步不前。那感覺是與母親說話的聲音有關：只要母親一發聲，楊君平就覺得那聲音要把一切都逼到廳外去，他就會喘不過氣來。而在這霸道的嗓門之前，他萬萬不能說體己話，他一張口，那怕只是無關緊要的一個字兒，母親也要把它哄堂宣告，讓丫頭小廝們聽得一清二楚，讓他自己簡直就要無藏身之處。因而他一任他自己迷混在小廝堆裡，一步兒也不敢向母親跨過去，眼睜睜看著母親像艨艟巨船，緩緩駛向廳外。不同了。母親由於她的巨大、她的銳聲不同了。此處一切都不同了。

* * *

「平兒，」次日，功課甫畢，父親就問：「你昨兒去探望你娘，可曾見著？」

「見著了。」楊君平低眉垂目回道。

父親見他有迴避之意，知必有因，也不追問。到得司徒先生授課完畢，父子在晚膳過後，照例，楊君平便要過去歇息。這日父親卻叫住了他。

「平兒，你倒把你昨兒探視你娘的經過說給爹聽聽。」

楊君平不知父親何意，不得已，只好將如何進入大廳，如何見母親高高坐在大廳正中太師椅上，小廝、丫鬟如何排班分站兩側等等，鉅細靡遺說給了父親。

父親搖頭苦笑：

「你娘倒要做起咱們家的武則天來了！你跟你娘還說了些什麼？」

「也沒說什麼，」楊君平說：「不多一會，余管家就來了。」

「余管家？余老二去那邊做甚？」父親奇道。

「是娘差秀秀請他過去的。」

「你娘啥事請他？平兒，你可還記得你娘跟余管家都說了些啥？」

於是楊君平又把母親要跟余管家「學學外頭的事」說給了父親。父親兩眼突然碧光一閃，立即又斂了回去。

「余管家怎地回你娘的話？」

楊君平不知怎地，心中十分害怕：

「余管家說要學不難，從帳目入手最是容易。還說明兒——就是今兒呢——就把帳冊都捎過去給娘看去。」

父親緊緊皺起了眉，沉思半晌，一拍椅子扶手：

「要壞事！」

楊君平吃了一驚：

「爹，怎地要壞事？要壞啥事？」

父親不言語；好一會才說：

「平兒，咱們家只怕要有大變！不出半月，余老二必來見我！」

楊君平只覺毛骨悚然，又不敢多問。

父親語聲轉柔，凝視著楊君平：

「平兒，這與你無關，天大的事有爹呢！你只管用心唸書習武便了，餘皆拋開不管，切記爹的話，切記切記！」

余管家求見父親的事發生在月餘之後，這與父親早先的估測略有不同。楊君平記得那一陣子父親每日面色都陰晴不定。時而愁眉深鎖，心浮氣躁；時而眉眼舒展，穩如泰山。這巨幅起伏，尤見於父親估計的半月前後。之前，他直線沉淪，至於谷底；之後，他陡然上拔於雲端，橫行而闊步。

「原來這余管家於咱們楊家這等要緊！」楊君平暗忖。想及余管家的言行風範，不由得對他十分景仰。

就在父親以為雨過天晴而心情舒泰之際，忽一日，小福子入內稟說余二爺在外求見。

父親跌坐在椅上，半晌無語。之後轉首對一邊站著的楊君平說：

「如何，平兒？爹所見不差吧？只是余老二的深沉猶在我意料之外！」

吩咐小福子：

「快請！平兒，你隨我來！」

於是楊君平隨著父親疾步前趨，共迎余管家於門外。只見余管家已由小福子領著，緩步進來。一見父親，抱拳致歉：

「余二無端造訪，只怕擾了少主人的清修？」

「守經兄言重，這邊請！」

余管家字「守經」，因他年長父親幾歲，又是老主人當日得力助手，故父親一向以「兄」相稱，以示敬重。

余管家目注一邊的楊君平，輕嘆一聲道：

「平少爺這半年之內長高了這許多！跟當年老主人如同一個模子。真是歲月不居，余二亦垂垂老矣！」

父親似在揣摸余管家話中之意，並未作答。兩人坐定，楊君平立於父親一側。小福子奉茶之後，父親以目示意要他退下。於是室內只剩得三人。

「守經兄移駕『離物居』，想來必有所教？」父親心中有備，直叩核心地問。

「不敢！」余管家肅容說：「余二確有下情上告少主人，不過此事說來亦是話長。余二自幼蒙老主人提攜，及長追隨少主人左右，迄今四十餘載，不敢相瞞，每於長夜不眠，亦常有思鄉之念。數年前，余二於採辦絲貨之餘，得便探訪故里，雖然未遇故人，但已委託一個鄉親續為尋覓。皇天不負苦心人，年前余二得此鄉親飛函相告，已為余二覓得一房遠親，此即余二與此遠親年來往返書信。」

余管家從袖中抽出一札信函，捧於手中，似是只要父親有意求證，他便立即奉上。父親卻全然無意索閱；兩眼極其懇摯地看著余管家：

「守經兄，我已知你來意。只怕今日困乏我兄者，非只思鄉情切吧？」

「少主人，請容余二續稟。」余管家泰然說道。那是廓然無私的神態，似乎在他心中絕無隱情：「年來余二雖與敝遠親書函不斷，卻從未敢興起返鄉之念，實因老主人與少主人知遇之恩余二沒世難忘，不敢輕作告老返鄉之語。倒是少夫人為余二點起一盞明燈。」

說著，面露感激：

「這話得要自月餘之前說起。一日余二奉召往謁少夫人。少夫人除慇慇垂詢絲、鹽之事外，亦頗有志於作商。余二責無旁貸，自告奮勇，願為少夫人牽車引輿。初時，余二以為少夫人不過一時興起，久必索然。豈知，竟是余二大大錯估了少夫人！少夫人自始即全神致志，令余二絲毫鬆懈不得。不過半月有餘，請容余二斗膽直言，余二胸中所有，已盡數為少夫人搜刮一空！更令余二傾倒者，少夫人每於緊要處，見余二之所未見，真有震聾發聵之效！余二自思，少夫人若於五年前親自視事一切，我楊府大業恐遠非今日格局可比，余二十分慚愧！余二猶記先時曾面稟少夫人，這光大門楣的事恐非少夫人莫能之，今日之下，余二的話是要應驗了！」

余管家滔滔說到此處，意猶未足。一直低頭不語，面有憂色的父親，這時打斷了余管家的話頭：

「守經兄，你亟亟於說動我者，無非要我放你歸隱。然我兄正值壯年，何能稱老？告老還鄉之說，我甚不能信服！再說，我楊家能有今日，是守經兄一手劈劃，滲淡經營的心血，如今竟要棄其於茫茫不定，守經兄，這……」

余管家連忙說道：

「少主人，少主人！且聽余二說完。余二絕非故作姿態，以退為進之徒。實在因少夫人胸中丘壑非我所能望其項背，這月餘來，少夫人為我暢談胸中抱負，竟是余二得未曾有的經驗，令我欽敬無比。余二或亦有所長，但不出忠誠謹慎、思慮縝密八字，若論胸懷遠大，何能與少夫人比擬！」

父親聽余管家語意堅決，從椅子起身，緩步踱至窗口，揚首望天。半日，他又踱回來，坐於椅上：

「守經兄，我只要聽你一句肺腑之言：少夫人果真如你所說，挑得起這擔子麼？」

余管家慨然說道：

「少主人，余二一生從未有過誑語！少夫人真女中豪傑！」

「只是，她一個婦道人家，從未歷練江湖上險詐，這買賣採辦之事細緻曲折已極，她如何能夠勝任？」

余管家微笑道：

「少主人問得好！少主人還記得錢博志此人否？」

父親對此人似是印象深刻，忙說：

「記得，是個精明漢子！」

「這錢博志自小便跟隨我外出歷練，是個聰明絕頂，兼且忠厚可靠之人。我因見他極堪造就，暗中試探多次，尤其近數年來，更放他單打獨鬥，他無不做得有聲有色，余二十分滿意。有此人輔佐少夫人，萬無一失！」

父親一時竟找不出一句話來說。嗒然良久，長嘆一口氣：

「這樣說來，你竟是有一萬個要走的理由，沒有一個不走的理由了！」

余管家低聲說：

「但求少主人成全！」

父親嘴唇顫動：

「唉，你我相交數十年，我視你如親手足，如今說走就走，叫我如何割捨得下？……」

眼中淚光閃動，再也說不下去。

余管家垂首低目，十分震動的模樣。片刻他才說：

「少主人，天下沒有不散的宴席。何況這只是暫別而已。余二在故鄉已購得草屋一棟，略加整治之後，擇期還擬恭迎少主人、平少爺到鄉間去盤桓一陣子呢！」

父親只是長嘆。又問：

「守經兄，你打算什麼時候啟程？」

「余二已拾掇停當，旬日之內便要來向少主人辭行！」

「恁地快！」

父親又嘆了口氣；想了一想，命楊君平研墨，父親攤開一張信箋，大筆一揮而就，蓋上印記：

「平兒，你去叫小福子進來。」

小福子原在門外守候，一見楊君平朝他招手，立即垂手躬身而進。

「小福子，你持我的手諭到帳房，命張算盤子兒刻日備妥黃金五千兩，為余二爺榮歸贍儀之用。」

余管家聞言急忙起身，連連搖手：

「少主人，不妥，不妥，這要叫余二無藏身之地了！」

「這是我一點微薄心意，不必推辭！守經兄，若論功績，我就分你一半家產，也不為過。你若再謙，倒是叫我難以為人了！」

余管家雖然面有難色，卻也不再堅辭。

「守經兄，易日我備幾個小菜，咱們兄弟倆痛飲一醉！」

「余二自當欣然應命！」

於是他起身告辭。等余管家一走，父親頹然倒坐在椅上，以手掩面，有一盞茶時光，一語不發。楊君平侍立一旁，也是一聲兒不敢言語。

「平兒……」

父親終於開口說話；容顏滲淡：

「平兒，你母太過了，太過了！」

楊君平無端地汗毛直豎，不知要怎地回父親的話。勉強追究起來，彷彿是因為父親用「你母」替代了平日的「你娘」，於是突然之間，莫名的恐懼便自四面八方向他湧來。

＊　＊　＊

楊君平的文武學業於此後數年間直是突飛猛進。他直覺內心之中那個熱灶添足了薪火，火勢已被點燃，熊熊正旺，一發不可收拾，燒得他只有奮不顧身，一往直前。

依照父親的說法，他已盡得父親內功心法的真傳。

「爹已預為你打通了經脈，經此數年我再以我派密法加緊催動，你此刻體內應是其熱如火，有騰跳奔躍，不可遏止之勢。」

原來這體內之火，是父親內功心法全力啟動之兆。於是楊君平越發勤奮練功。父親見他進步神速，極是快慰。

「平兒，你的稟賦固是得天獨厚，若無你苦心潛修，不能到此，我心甚慰。不過，你進步越速，越易到一極限之點，到那時節你得有衝天一躍，否則你縱然天縱英姿，只怕也落得像爹一般，功敗垂成……這是後話，爹豈能容你步爹的後塵！」

楊君平頓然有急迫之感，這急迫不是來自他內心——坦白說來，這司徒先生的課業，加上父親的武功親授，他都能輕鬆應付，綽有餘裕，這是他天資異於常人之處——而是來自父親。不知怎地，他總覺著暗中某處有父親一雙焦急、熱切的眼向他凝視。一種奇異感覺老早存在，於今為烈。即在父親每次授業之時，他彷彿一身所學盡皆湧現，急於向自己傾瀉，卻苦於只有每日一次的窄道，因而這涓涓細流因父親的強力灌注，變得濃稠強烈，辛辣異常。

這感覺自余管家走後，一日強似一日。有時，那涓涓細流因過於濃烈，竟像淤塞在半途中，雖然經奮力鼓脹，也不得其門而出。每在此時，楊君平便會看見父親脹紅著一張臉，憂急愁苦。楊君平暗中吃驚：以父親的精深武功，何至於會有這狀似束手無策的困境呢？

這樣苦鬥了數月，父親跟他說：

「平兒，爹已將一生所學泰半傳授予你，此後數月爹暫無新課，你可趁此反覆咀嚼，融會貫通。」

楊君平睜大了眼看著父親以至於忘形，起因於驟然生於心中的某種模糊的不忍。他發覺父親有一種他前所未見的新表情：父親一開口說話就會把眼瞼垂下來，向地下一掃，似在遮掩著什麼，顯得異常疲乏、厭倦。這與父親的英武挺拔大是不同，楊君平因此而不忍。

父親見楊君平只是看著自己，似有所警覺，淡淡一笑，卻反在他臉上更添一重淒涼：

「平兒，爹近日內有關外之行，兼訪一位故友，長則數月，短則月餘。你在家仍應一如爹在之日，將平日所習反覆演練是要！我曉得你用功甚勤，但爹要一再叮囑的是，你要時刻從你的所學中去質疑，時刻反其道搏擊自己的專精，致力破除拘限，循此以進，你可成一代宗師，進可無敵天下，這是爹的至望！」

楊君平恭謹受教。父親的這段訓誨他不止聆聽過一次，深知其中必有深意，每次都不敢漏掉半個字。而此時的感受比任何一次都更為深刻：由於那漫淋在父親每句話語之上，淡淡的酸楚。

父親閉目略歇了半刻，又說：

「至於你母親那裡，前次已然如此，你不去探望也罷！」

父親眼瞼下垂，朝地下迅速一掃，別過臉去。

數日之後，父親便啟程前往關外。楊君平在父親一走，這父親遠離身邊成為不移的事實之後，他突然弄明白了他跟父親的關係。他這父親是具有雙重身份的父親：一個是身為師父的父親；一個是單純父親的父親。師父的父親以他的武功把他們之間的距離拉開，他把他看得清清楚楚，而由於武功的居間催化，這個父親簡單明白，是既可欽又可親；單純父親的父親卻近得迷離恍惚，怎麼睜大了眼也看不仔細，而且只要這個父親一現身，就有糾葛不清的一團模糊跟著出現，總伴隨著莫名的恐懼，與母親有關的恐懼。這個父親他避之唯恐不及。

他把這師父的父親置放在正中央，日日只以他為念。他勤習他的武功，默念他的訓誨，每有領會，他就越發欽敬兼且親近這個父親。

在沒有新課的追逼下，楊君平以他天資的大部分反芻他自開始習武迄今，父親教導的內外功每一細節，他一進入細微，他就覺他全盤掌握了父親武學的精要，隱隱然更要發掘出父親之所未見。這是連日來他最感快意的事。

這一日早晨，楊君平盤腿坐在床上，潛心於內功的覆習，真氣運行一週之後，全身舒泰。他再把父親傳授的那套仗以名揚天下的「十八正」掌法從頭在心中演練；一邊閉目思索，一邊揮掌比劃。這時正演到一招以指引掌，而要以指風傷敵的招數，此招運用之巧，在內力拿捏的時機，楊君平演練數次均覺未得其妙。

他忽然心中一動，這是有外人自遠處接近的內心警訊。他略一凝神，已聽出此人雖然腳步輕捷，卻是個不會武功的。同時，他突然滿心厭煩，有一種古怪的切齒痛恨之情。他已知來人是誰。

果然有人在窗外大呼小叫：

「平少爺……」

楊君平右腕一振一抖，掌勢堅凝不散，一縷指風從食指破空而出，直點向窗外發話的人。只聽得這人大叫一聲「啊呀」。楊君平已從床上平飛而起，閃電一般從洞開的窗口直飛向外，一扭身，左手已扣住這人頸脖。

楊君平豁然開朗，說道：

「我懂了！此式應凝招於狠戾。無怨恨累積於心，不能盡展其威！」

喝了一聲：

「小福子，你來此做甚？」

此人不是小福子是誰？他的髮髻被楊君平的指風劈散，長髮披得一臉；這麼大個人在小楊君平的手下，倒像隻小雞一般動彈不得。被楊君平突來的一擊嚇得面如土色，半晌說不出一句話來。楊君平叱道：

「以後在我練功的時候，不得隨意進來！」

說著，楊君平鬆開扣住他的手。小福子大大喘了一口氣：

「我的小爺！小福子怎知您在練功哪！險些兒我這腦袋瓜都叫平少爺您給劈了！」

「你不妨試瞧瞧，看我會不會！」楊君平笑著說。

小福子一邊盤髮，一邊吐著舌頭說：

「我哪敢呀！說真格的，平少爺，是少主人命小福子要不時前來探望您的。這一晌可好？」

楊君平說：

「我好得很！以後不必常來了，有什麼要差遣的，我自會吩咐小廝去尋你來。」

小福子換上一副笑臉：

「平少爺，我帶你去大街耍去可好？」

這輕佻的笑臉是楊君平痛恨他的諸多原因之一。

「你帶我去耍？我們比比腳程再說。你要跑得過我，我就隨你去耍去。」

小福子又吐了吐舌，涎臉笑著說：

「平少爺，您有飛簷走壁之能，我小福子是什麼東西，能跟您比麼？」

楊君平忽覺此人也可憐得緊，一輩子奴才，憑其機伶，學得一些巧言令色，也只是這一幫人的苟延之道，何忍責之過切？

心中有這一念之仁，便不欲再尋他開心，說道：

「你下去吧，我還有半日的功課，司徒先生回頭就到呢。」

* * *

足足二月有餘，父親才從關外返回家中。楊君平記得父親是在半夜到家。那時他早已安寢，聽到窗口有微微鼻息聲，睜眼見是父親站在外面隔窗向自己凝望，翻身就要起來，父親向他擺手：

「是爹回來了，你不必起來，咱爺兒倆明日再談！」

隨即隱入暗中不見。

第二日清晨，父親並未前來，楊君平以為父親旅途勞頓，只怕仍在歇息之中也未可知，因而不敢前去謁見，自己在房中用功。晌午過後，照例應該是司徒先生的課，卻見父親走了進來。

父親不談他的關外之行，也不問楊君平這兩月的生活起居，一坐下便考問他的功課。有頓飯之久，爺兒倆傾談不輟，大都由父親發問，楊君平回答。父親臉上漸漸露出極為詫異之色。

「平兒，你的一些見地，爹這幾日還要切實印證一番，暫且先拋開一邊。來，咱爺兒倆來走一趟『十八正』拳法。」

於是兩人一前一後來至演武廳。楊君平一開頭便全神貫注，把他近日來對這套拳法的體會、他自己的創見及對細微處的闡釋，細緻綿密，盡數施展出來，其意在向父親徵詢討教。

父親也是全神貫注，一面與楊君平對掌，一面細細觀察。兩人對完掌，父親一句話也不說，一發連適才的詫異之色也融入一種深邃不可解的沉默。

回到楊君平房內，父親才開口說話：

「平兒，爹這兩月來關外關內，馬不停蹄，頗為勞累，明日再與你長談！」

楊君平見到父親轉身離去的背影，彷彿透發出一種落寞與沉重，心中不免忐忑不安：難道父親對自己兩月來的功課十分不滿？

但是次日一大早，楊君平的眼睛一亮：亮在父親昂首闊步的姿態，亮在他的神采奕奕。果然，似乎經過一夜好睡，父親洗去了昨日的模糊不清，變得明快俐落。昨日是在明暗之間猶豫不定，今日則斷然衝刺在光明磊落之下。

猶不止此。父親一坐下來，他就發覺父親簡直就是喜孜孜的。

「平兒，」父親眉眼舒展，未語先笑：「爹昨兒晚一夜好睡！此非關勞累。以爹的現況，這旅途的奔簸尚不足掛齒。實在因昨兒與你對談半日，加以我詳觀你在『十八正』掌路上若干創見，令我茅塞頓開，直叫我這做爹的慚愧！」

父親雙眼下垂，恍惚又露出昨日的落寞。楊君平不由得額門上直冒冷汗。原來如此！這樣說來，我倒真成了無知莽撞、罔知進退的黃口孺子了！

不過如一片浮雲飛過峰巔，瞬間崢嶸再現。父親意氣風發地說：

「這慚愧不應有，我應以你為傲才是。足見爹這養氣修身的功夫猶有不足。昨兒夜裡爹反覆推敲此事：難不成這與天賦亦不脫關聯？這且不去說他。爹要與你說的，是爹此次遠行首要在造訪我一位方外至友無念法師。爹與此老已逾十載未曾謀面。老法師以一套『浮雲十八式』劍法威震武林，爹當年與他並肩闖蕩江湖時，極傾倒此套劍法，兩人日夜切磋。爹忽發奇想，師門一套掌法亦源出佛門，頗具威力，所憾者，圓融周密之處甚是不足，何不趁機借助老法師的佛門修為，將此套掌法推上層樓？因此兩人經數十晝夜，廢寢忘食推敲捉摸，終得大成。這『十八正』掌法，源出禪宗十八界，『自性若正，起十八正』之謂，與老法師的『浮雲十八式』劍法若合符節。因而爹嘗思，習『十八正』掌而不習『浮雲十八劍』，猶如孤燈獨酌，十分無趣，反之亦然。而兩者兼修，在天資高絕之輩，其成就勢必無可限量！爹乃刻意去大悲寺拜見老友，懇他收你為徒。老法師至今未有傳人，聽爹述起你的種種，欣然答應。這是爹此趟遠行最為快意的事，平兒，這也是你千載難逢的機遇呵！」

父親一口氣說到這裡，滿臉喜色。

楊君平卻心有所思，惴惴然說：

「爹，平兒怕的是到時有負爹的期望呢！」

父親說：

「昨日之前，爹亦未敢有十足把握，至昨日親眼見到你發揮潛藏之能，爹已斷然無疑！只怕老和尚的『浮雲十八式』還得靠你來發揚光大！」

楊君平益覺雙肩沉重，一時之間幾乎有舉步維艱的感覺。父親一眼便看透他心中的艱難，藹聲說：

「平兒，爹的話是說得熱了些。爹以為只需你依照這一月來的自我潛修之法，不必執意求成，你即可左右逢源，坐收水到渠成之功。此是秉賦高低不同所在，些許勉強不來的！平兒，你到時自知。」

楊君平想想數十日來的遭際，的確有左右逢源，不求自來，神使鬼差的情況。這就是父親所說的天賦？

當下不再猶豫，說道：

「但憑爹吩咐！不知何時啟程前往大悲寺？」

父親喜不自勝，說：

「越快越好！不過，爹倒也有些事需得料理料理。」

突然眉頭一緊，雙目一垂，向地下橫橫一掃，藏到一邊去。

「爹總在數日之內就可打點妥當。爹與無念法師說定，每年臘八之前我來接你返家，翌年正月十五我再送你返回大悲寺。至於司徒先生那裡，昨日午前我曾與彼詳談，他對你亦讚譽有加，說你基礎之學已頗有根底，如無志於科場，日常之用已足。爹欲以厚禮相贈，以酬他數年來教導之功！」

楊君平欲言又止者幾次，終於還是鼓勇說道：

「平兒這一去少說也得年餘，娘那裡……平兒理應去辭行？」

父親不語，面色轉為陰沉。就是這樣的父親，與母親有關的父親，是楊君平力圖走避的，卻又不得不自己特意趨向前去，這就是他的尷尬所在。

楊君平這一問把父親的歡欣鼓舞吹得如泡影一般無影無踪，連話都懶怠說了。枯坐了一會，父親起身要走。到得門前，他回身說：

「你娘那裡……你自己定奪吧！」

說畢，頭也不回走了。

*　　*　　*

楊君平算定母親業已回到房內的傍晚時刻前往辭行。他避開大廳，是因前次大庭廣眾之下的屈辱：他以人子之禮前去請安，結果被淹沒於小廝之間，連他自己都不明白所去為何了。

一路行來，但聞花香，不見人影。石板小徑清掃得極其乾淨，半片落葉俱無，顯得頗為冷清寂寞；幸虧偶爾有枯萎的花蒂點綴帚痕猶新的地面，這潔淨才不致冷漠到絕情。楊君平納悶，怎地連秀秀都不見踪影了呢？

老遠就見母親窗口燈火燦爛，熱鬧非凡的模樣，卻又全無聲息。走到門口，仍聽不見裡頭聲響，他立在門外，猶豫著不知該怎麼辦。他略一運氣，托其聲於內力，把話語送進屋去，其聲不大，卻足以貫穿全屋。心想，若無回音，掉頭就走！

「娘，是平兒前來請安了！」

屋內立即暴射出母親尖銳的嗓門，精光閃閃，一如脫鞘而出的劍芒：

「是平兒麼？」

過了一會，極其冷靜而堅定地：

「進來吧！」

楊君平掀開門簾，左排最低下那顆琥珀至今未補，看上去倒像斜著個肩，一邊兒高一邊兒低。怔在那裡，一步兒都未往前跨。

小福子遠遠躬身站在屋子的那一頭，在白花花的燈光下，一身穿戴更是乾淨體面，只是像是衣服縮了水，有些兒緊身，箍得難受，因而那背越發像貓似地弓了起來。

母親坐在紫檀木茶桌的這一頭，一隻手在桌上向前伸得遠遠的，衣袖半捲，露出雪白細潤，豐腴異常的手腕。

母親並不轉頭看楊君平，只是淡淡地，毫不在意地：

「進來吧，楞那兒怎地？」

等著揚君平確實往前走了一步，她才放心似地開口說話：

「你只管照我的吩咐去做。三兒那裡先別聲張，事成之後，我自然有話交代他，可聽明白了？」

「小福子聽明白了！」小福子忙不迭回答，頭垂得更低。

「好，你下去吧。」

小福子垂手躬身，慢慢從那頭走過來，側著身從楊君平身旁走過時，低聲笑著說：

「平少爺，您今兒好！」

楊君平頭一歪，正眼也不瞧他；一時之間，只覺渾身熱血沸騰。母親眼角向這邊一溜，也不言語。

小福子這裡出了房門，母親才端起瓷杯喝了口茶。

「今兒怎麼想著要過來了？」

「平兒特地來跟娘辭行的。」他特意要語出驚人，但出口之後，覺得這話也不過爾爾，遂有巨大的不足感。

「哦？辭行？要到哪兒去了？」母親果真有些詫異，側過臉來，飛快看他一眼。

「是爹要平兒投師習藝去的。」

「習武藝？這幾年還沒有玩兒夠？」母親眉頭一揚。

「爹說這習文也罷，練武也罷，都是學無止境的！」

「好像我倒不知道！」母親冷笑一聲：「到啥地方去拜師去？不能夠請他到咱們家來？」

「爹說是一位世外高僧，輕易不下山的。」

「是在山上？」

「是！一座古剎，叫『大悲寺』的。」

「離這有多遠？」

「得有十來天的路程。」

「恁地遠？誰跟著去？」

「爹要送平兒去。」

母親便不再問。楊君平說：

「平兒這一去怕要有一年之久。爹說每年臘八兒平兒才能返家，正月十五又得返寺。平兒今後不能常來跟娘請安了！」

說著，心中如釋重負。辭行已畢，他隨時便可離開此屋。但母親似是還有話說，一下子還不想放自己走開。楊君平有奇異的被懇求的感覺。

「娘這幾年也頗知道些江湖上的門道，」母親說：「你這一出遠門，眼看著就要跟江湖上人物打交道，自己不可不慎！凡事不可太露，不要仗著自己會武功便目中無人，到時吃了悶虧還不知道。娘這些話是裁了跟斗才學來的。」

「是，平兒省得！」楊君平說。

「什麼時候上路？」

「爹說，這幾日內就要啟程了。」

一聽到父親，母親便不答腔。楊君平趁機辭了出來。這一路上，他思緒不斷，不得解脫。思來想去，只是一件事：母親到底與先前有什麼不同？他委實不明白何以此事這等重要，但他就是從頭到尾不能解其蠱惑。

沒有，沒有啥不同。母親依然冷靜、果決、絕情。一想到這些，他心中一寬、一亮。然而，不多久他慢慢地又冥頑不靈地兜轉回來：母親為啥問他那麼多話，還說給他江湖上的險峻？這可不像母親以前會問會說的。這巨大的不同著實苦惱著他。

問他這許多平日她根本懶怠一問的話，就是為了不放他走；為了旁敲側擊；為了……他驀地憶起那極不舒適、被懇求的感覺。

「平少爺，您今兒好？」小福子涎著臉笑著說。

驀地，他又是熱血沸騰，不可遏止。

他走在小徑上。天色已暗，他陷入漆黑一片。

他迫不及待要跟父親上路。

「爹，咱們多早晚去『大悲寺』？」

他的殷望全寄託在這一問，及他看向父親的雙眼。

「日內便可成行。」父親說，全然不是回來那數日的神采飛揚，看去竟像蒼老許多：「平兒，爹送你去『大悲寺』之後，便要立即轉返家中，料理一些瑣事。你拜師之後，無念大師自會照應於你。不過，這深山古剎，絕無居家的舒適，你可得耐著性子。」

「平兒知道了。」楊君平說，心中默默回味著父親心不在焉，憂心忡忡的神情。

＊　＊　＊

父子倆終於兩人兩騎上了路。楊君平生平從未出門遠行，不由得極為興頭，可是父親眉頭不展，話語不多，遂也不敢多言；只是忍不住左顧右盼，眉飛色舞。

這日行到一片桃林。桃林之後翠巒層層相疊；一灣清淺自密林深處歡欣奔流而出。清風一縷，送來撲鼻粉香。楊君平不覺心曠神怡。父親勒馬四顧，深吸一口氣，像是也被這美景吸引住了。

「平兒，此處景緻不惡，咱們稍歇片刻，也讓馬兒喝口水。」

鬆開韁繩，任馬兒碎步的答，在溪旁引頸啜飲。

無市囂之染，楊君平這時真是襟懷開闊，一顆赤子之心奔竄於天地之間，對父親更是有一種莫名的孺慕。

「爹，這是平兒從未見過的美景呢！」

「咱們中原類此美景到處都是，今後你行俠江湖，足可讓你盡情玩賞個夠。」

楊君平露出艷羨的臉色。父親不禁一笑：

「平兒，這五湖四海任你遨遊的日子已不在遠，不必羨慕。」

略作沉思，又說：

「你瞧這桃紅溪碧，再遠則重重翠巒，其美無極，不過其形已定。你我路經此地，固然為美景屏息，但你可曉得生於斯長於斯的村民，卻是視若無睹？蓋為形所拘，不能縱奇想於形上故也。爹要告誡於你的，便是這形之為物，對我輩習武者的大害。武林門閥之見古今有之，尤其師出名門者，動輒以某某派自詡，因而固步自封，不知求進，終至宗消派滅者，所在多有，其為門閥所害，直言之，為形所害，其意至明。爹曾多次要你以右手搏擊你左手，以已之長搏己之短，就是去除拘限的意思。『無形』即空，而『空界』非界，明乎此，你始能優游天地，無拘無束。平兒，你可知爹的意思？」

楊君平若有所悟：

「平兒當謹記爹的訓誨，每日反覆思維，以求徹悟。」

父親點頭：

「其實世間事無不如此，何僅限於武林？六祖說，五湖四海，天堂地獄，須彌諸山，總在空中。人心亦如此，設如……」

父親語轉低微，似有所感，唸唸有詞，卻只唸給他自己聽：

「『……心量廣大，猶如虛空，無有邊畔……無瞋無喜，無是無非，無善無惡，無有頭尾。諸佛剎土，盡同虛空』此之謂大智慧，可踱我到彼岸。」

父親落入沉思，半晌又喃喃自語：

「我知不可有形，卻終為形所拘；我知摩訶是大，卻日日困於此憂思。是我稟賦不夠，慧根不足所致？」

父親策馬前行，楊君平尾隨在後。這一日，父親未再說一句話。

* * *

兩人兩騎，漸漸行入山境。只見兩側奇岩高聳入雲，一徑蜿蜒其間，左側傍山，百疇之下，隆隆然奔瀉著一股怒流，遇傲石則崩雲裂雪；曲岩環抱處，則飽聚一潭晶藍，其色奇譎。

父親面色已霽，歡喜滿臉地說：

「如何？此處更是不同吧？咱們再有大半日功夫便可到『大悲寺』。當年無念大師行到此間，一見忘憂，有意在此靜修以渡餘生；但一個出家人，家無恆產，如何籌資興寺？是爹看出他的心意，也不與他明說，暗中為他在峰頂覓妥一地，僱工蓋了這『大悲寺』。竣工之日，爹只說咱們重遊舊地，到得峰頂，便以此寺相贈。無念大師如何肯收？爹說此寺亦為我自己所建，來日年邁之時，我與你在此共修，他才勉為其難允諾為我『代管』。出家人竟也這般拘禮！」

語帶調侃，但楊君平卻由此見出父親與無念大師交情的深厚。

父子倆一壁說笑，一壁觀賞奇景，才過晌午，便已登峰頂。

小徑越至高處，越見開闊，原來在兩崖互為遮掩之下，陽光不入，來至崖頂，豁然一亮。但見數百丈之外蓊蓊鬱鬱一片茂林中，偶見琉璃瓦映日生光。父子倆縱騎而上，蹄聲得得。一聲細如蚊蚋的佛號直送進兩人耳鼓。

「阿彌陀佛！是楊施主偕令郎駕到了麼？」語聲蒼勁。

「正是楊某率小犬前來拜見大師！」父親也以傳音之術回答。

「好極！老衲恭候多時了！」

語未畢，不知來自何處，當頭如白雲蔽日，僧袍飄飄，自空中落下一個老和尚。父子倆連忙一躍下馬。

「施主及小施主別來無恙！」

不知怎地，楊君平一聽老和尚的慈聲，心頭便有一股暖流，沒來由的直想哭。

「不敢！這是君平，大師叫他平兒便得了。平兒，還不上來拜見大師！」

楊君平趕緊搶前一步，噗地兩膝跪下，就要叩頭。只覺兩臂之間伸來兩隻溫暖的大手，輕輕扶住，似有意在他脅間一揉一抹，然後拉他起來。

「呵，呵，不必多禮！」

大手仍扶在楊君平雙臂，一雙含笑慈目，從上到下不住端詳著他。楊君平雖不敢直視無念大師，但在起身之時，他飛速偷望了他一眼。無念大師身段與父親相仿，霜眉覆眼，卻遮不住他雙目的慈光，雪白長髯飄垂及胸，膚色紅潤，不見一絲縐紋。

無念大師側臉向父親笑道：

「超凡脫俗，果是奇葩！我要為施主賀！」鬆開楊君平，以手捻髯。

「我也要為大師賀，」父親大笑回答：「平兒不就是當作你徒兒了麼？」

「果然值得慶賀！」無念大師笑說：「來，就請入齋堂。二位想必尚未用午膳？」

「可不，飢腸轆轆，一路上只要一念及大師的腐衣煨香菇，就恨不得長翅飛到！」

三人邊走邊說笑。有前來相迎的小沙彌將馬匹接過牽入馬廄餵食草料。

「平兒這內功只怕也得了你六七成真傳了吧？」無念大師一雙眼只在楊君平身上打轉。

「難逃大師法眼，」父親說：「真元已得，不過尚是一團頑氣，有待大師無上禪法的點化！」

無念大師不住點頭：

「要說功力，你我不必過謙，各有所長。不過，父兼師職，每易濃而不化或偏而不全，這亦人情之常。我自有分寸。」

說著，已來到齋堂。這齋堂不大，擺了三張方木桌，每側一條木板櫈，拭擦得潔白如新。青石地尤其點垢不沾。其中一張桌上擺了六色精緻素餚，三副碗箸。三人依序入座。

「平兒，」父親說：「大師武學修為，早已譽滿江湖，不必爹錦上添花；但大師的灶上功夫尤勝於他那套『浮雲十八式』劍法，卻無人得知！爹有幸多次為大師的座上客，這美饌佳餚，嘖嘖，想起來就……」

無念大師指著桌上說：

「這幾樣也無甚稀奇，倒是這一味頗為罕見。是老衲今晨在峰頂採得的一簍鮮蕈，以素油清炒，十分甜美鮮嫩。請！」

父子倆飢火正旺，不等第二句，展箸大嚼。楊君平生在優沃之家，美食美饌無日或斷，但這等精美素齋，卻是生平第一次吃到。連盡三碗飯，直吃得盤底朝天方才作罷。

飯畢，小沙彌端上茶來，父親啜了一口，連聲稱讚：

「好茶！這是什麼茶，這般俊雅？」

「茶倒普通，妙在煎焙火候的拿捏，因而能甘潤適喉。」

「唉，大師，楊某何時能終老此間，死也瞑目了！」父親嘆口氣說。

「非不能也，是不為耳！」無念大師目注父親：「施主，我看你此次似乎面有憂色，你……」

父親以眼角示意：

「說來話長，咱們擇日再談吧。」

無念大師便不再問。父親又說：

「明日便叫平兒行拜師大禮，大師意下如何？」

「咱們何必拘這俗禮？老衲直認平兒為徒不就得了？」

「不可！禮不可廢！」父親說。

於是無念大師親自帶路，把父子安頓在禪房內歇息。楊君平經過這十餘日晝夜趕路，十分勞累，和衣倒在榻上，一覺睡到入夜，直到小沙彌來叫吃晚齋才起身。晚上又是一頓豐盛素筵，比午間那一頓更是不同。吃畢晚齋，楊君平梳洗完畢，早早上了床。朦朧間，聽見隔壁禪房的父親掩門出去，想必是與無念大師敘舊去了，父親啥時候回房，他竟是一些兒也不知道。

次日一早，父親便領了楊君平前往無念大師禪房。大師早已盤膝坐在榻上。楊君平端端正正對著大師行了跪拜大禮。大師這時也不謙讓，神情頗為肅穆，與昨日的歡喜略顯不同，看往楊君平的眼神，慈祥之外，多了一份憐愛。

父親肅立一旁看楊君平行完拜師大禮，吁了一口氣，向無念大師躬身一個長揖，恭恭謹謹地說：

「大師，我這才了卻了我生平的大願！楊某今日把平兒託付給大師，今後只要他好自為之，前景可期。我從此可一無牽掛了！」

說到這裡，語帶哽咽。無念大師忽然睜眼喝道：

「施主！不可執迷不悟！修行在自身。一念修行，自身等佛。所謂『前念迷即凡夫，後念悟即佛』，實一念間事耳！」

父親面現慚愧，又是一個長揖：

「拜領大師教誨！楊某自當銘記在心！」

轉頭向楊君平：

「平兒，你今日得拜大師為師，是你的無上造化，你可得好好珍惜，一日也不可荒廢！」

楊君平但覺父親與師父像兩根擎天大柱一般，一左一右挺立在自己面前，一股熱氣自丹田直衝腦門，無端地熱淚盈眶，兩膝一屈，對著兩老跪了下來：

「平兒就是不吃不睡，也要把師父的武功學好！」

無念大師聽了這一片赤誠的童言，不禁莞爾，手略微一抬，隔空把楊君平托了起來：

「平兒，盡心就好。要知這刻意求精，於我佛家即是『繫縛』，念念在茲，則所見者，不過周邊百丈方圓，何能見宇宙之大？俗話說，坐井觀天，此之謂也。吾等當念念不住，外離諸相，始能放縱其心於天下。為師日後自會逐一為你解說。」

「是！平兒記得我爹也曾說，『無形』即空，而『空界』非界，要悟到這個道理才能無拘無束。」楊君平說。

無念大師含笑說：

「善哉！善哉！好孩子！」

面朝父親：

「施主已悟及此，誠大智慧者也！」

父親說：

「慚愧！我豈真的徹悟！不過略知其意而已。引經據典，具見斧鑿，與真慧根的頓悟，有天壤之別！」臉上出現極其憾恨的神色。

無念大師默然，眼中露出惋惜；卻是那種看著一匹心愛的馬兒脫韁異向發蹄而奔，不捨而又不能制止的眼神。

父親在「大悲寺」住了兩日，第三日便告辭下山。臨行，把楊君平叫在一邊交代：

「平兒，你在這裡專心習武，爹十分放心。你師佛門心法，與爹的師承雖有不同，但有殊途同歸之妙，你修習起來，不是難事。爹今後奔走江湖之時多於在家之日，除與昔日故友敘舊，亦望能做一點我輩習武之人應做的事。到得臘八前後，我自會前來接你回家。」

楊君平唯唯答應。心中雄心萬丈，但望這一年轉眼過去，好在父親來接他的時節，以這一年所學印證日前他自己誇下的海口：「不吃不睡，也要把師父的武功學好！」因而倒沒啥依依不捨的心情。何況，這兩日師父領著他父子倆遊遍這週遭的奇峰峻嶺，把個自小困居在華屋的楊君平驟然間鬆了綁，滿心只想仿效那引頸伸吭的兀鷹，整日價展翅遨翔在峰巒之間。

記得師父帶他們遊至一處千仞峭巖，岩壁如刀切一般，光溜溜無落腳之處，只在岩縫稀疏長著幾叢野草。無念大師指著那巖說：

「看好了，平兒，這巖是習練輕功極佳處所，我師徒二人今後會是這裡的常客。」

楊君平暗自心驚，不知師父要怎樣來教他這輕功。他自度以他目前所能，一口真氣只怕騰躍不及山腰，真氣一洩，就得滾落山腳，摔他個粉身碎骨。

「師父，平兒如何能從山腳縱躍到山巔？」他不禁問道。

無念大師看出他的驚疑，笑向父親說：

「施主，你為平兒解說解說！」

父親說道：

「毫無取巧之處，唯真氣方克臻此。你體內真氣尚未盡數化為已用，因此見岩生懼。一旦大師融通了你這股真氣，不要說眼前這峭壁，就比這更險峻的，亦可如履平地。大師，這卻要借助你的佛門大法了！」

無念大師含笑點頭。

因而擺在楊君平眼前的，是無數新鮮、無數好奇，真是目不暇給，沖淡了他的離情別緒。

父親辭別了無念大師。無念大師本待要伴送父親下山，父親不允。大師說：

「也好，平兒功課要緊。我今兒要略作預備，明兒一早咱們便要著手了！」

＊　　＊　　＊

楊君平在父親調教下，老早就練就了早起的習慣，所以次日天未明無念大師踏入他的禪房時，他已穿著妥當，坐在榻上恭候。一見師父進來，一躍下榻，便要跪拜。無念大師說：

「平兒，你敬師意誠，為師明白。不過，你我日夜見面，難不成每見一次面就要跪拜一番？這俗禮咱們從此免了吧。今兒是頭一日，為師想要先摸清你體內的真氣。你隨我來。」

大師領著楊君平到了另一間禪房，有楊君平的那間五六個大。房內除了四個蒲團，空無一物。師父叫楊君平坐上蒲團，自己在另一個蒲團坐下。

「平兒，」師父說：「你只管依你爹教你的吐納之法運起氣來，我要以真氣來測試你。」

楊君平盤膝坐好，依訣運氣，片刻工夫，體內那團火球便從丹田之內滾動起來，渾身如火。

「平兒，你如常運氣，為師要開始了。」

楊君平背脊上一溫、一涼，在他靈台明淨已極的這時，頓然如飛身雲端，虛空而甜美，如夢似幻。這一溫一涼在進入楊君平血脈之後，輕移緩進，雍容華貴，彷彿觸摸得著；而十分奇異的是，這不同的溫涼兩氣逐漸從可感化為可見，竟然是色澤明麗的紅藍兩色，並行而不悖。這壯盛威武，雍雍大度，戾氣全無的兩色巨流，一路尾隨著楊君平那團火球，運行了一週，不時地向前一湧，與楊君平的火球一觸即退。

過了盞茶時辰，只聽師父輕聲說道：

「好了，平兒，你收功吧。」

楊君平應聲而止，張開雙眼，只覺比平日運氣之後更為舒暢。他不知師父這一溫一涼形成的一紅一藍是何種真氣，但是這與父親所授的至剛至猛的內力大為不同，卻立即撼他至於不克自持的地步。

師父面色紅潤，笑容可掬，越顯出他白亮如銀的修眉長髯下的慈祥可親。楊君平由不得真想偎向師父那一襲寬大僧袍包藏著的溫暖與可靠。

師父含笑說：

「平兒，為師已知你真氣的詳情。你爹這一宗內功原是源自我佛門，百餘年前，你爹的祖師爺是一代奇人，其性至剛至烈，硬是把我佛門內功依其性增長補短，打造成他自己的宗派。十餘年前，我與你爹切磋武功時，曾有一奇想：何不將這剛猛之氣化入我佛的溫厚無極？但我當時不敢貿然輕試，實在因你爹除了也是個性剛烈之人外，常自恨秉賦不足，又極不服輸，養成硬打硬闖的拗性子，為師深怕一試，你爹走火入魔，釀成恨事。我今日看你的真氣雖是你爹所傳，不過頗見不同，這或許因你爹近年頗多參悟，漸見圓潤之故。這倒把我當年的興致又提了起來了。不過，茲事體大，雖然平兒你的稟賦遠超出你爹，只怕也不能隨意將事。容為師好好籌度籌度！」

楊君平聽到師父一口氣說到這裡，忍不住問道：

「師父，您老人家真氣進入平兒體內時，先是一溫一涼，稍後便呈現顏色出來，竟似是一紅一藍，這是啥道理？或者竟是平兒睡夢中的胡思亂想？」

無念大師捻鬚呵呵一聲慈笑：

「真正好孩子！小小年紀，已能從『心感』勁躍至『目睹』，難怪你爹要讚不絕口。平兒，你省了為師不少氣力！你爹的內力其紅至深，近於艷紫，我務必要在你體內把這三色內力調和統一，發而為無限大，期能無所不包！」

說著，滿臉歡笑，從蒲團上一躍而下。楊君平與師父雖然只有數日的相處，但師父的慈祥、純真宛如粒粒剔透晶瑩的珍珠，一星兒雜質都不摻，絕不似父親的沉鬱晦澀。與師父相伴，你只需閉起雙睛，一任春風拂面，無憂無慮；與父親相處，你可得小心在意，辨清風的來向，能迎則迎，該閃則閃。

「平兒，這內力為一切武功的基礎；如無內力，或內力不足，縱有高絕的拳譜劍訣，在為師看來，也不過花拳繡腿而已。因此目下當務之急，在於如何把你鑄造成為師心目中的大熔爐。為師這幾日內便會想出法子來！至於你的拳法劍式，我也不必看了，以你的悟力，必已得你爹真傳。你爹行前曾告我說，他那套『十八正』拳法，只怕要在你身上發揚光大，信然此語！」

師父要楊君平這幾日自行修練，不必等候他來傳授。

「少則十日，多則一月，為師定會想出一套漸進之法來。此法與你爹傳授的心法並不相悖，因此你儘管依前法全力修練，不必顧忌。」

果然，自這日以後，師父便不再現身。楊君平哪裡敢懈怠，日日加倍用功。練武之外，便勤讀諸子百家，兼及詩詞戲曲，各種雜學。有時他會獨自一人前往峭壁，遠遠從崖底一直看到崖巔，出神良久。

這一日他又來到峭壁，毫不停留，直奔山腳。他從崖底仰首望向崖頂，但見崖壁陡峭，一平如鏡；崖頂高聳入雲，從他立腳之處竟然不見其巔。這一帶的山岩都是億萬年成形的大理石，灰中透白，映著赤陽，閃閃生光。

他打量了半日，決心一試。他長吸一口氣，丹田之內那團火球驟然而燃，卻仍是橫衝直闖，難以駕馭，這是楊君平近日遭遇的新難題。往日他運氣之後，這火球固然應聲而著，卻沉重滯澀，轉動不易；而這幾日這火球直如塗足了油，飛速滾動，把持不住。「真元已得，不過仍是頑氣一團。」他記起父親的話。

眼前他也無暇去顧及這許多。他只依現今他所能的去做，也即如腳踩水中滾動的浮木，木頭滾到那裡，他踩到那裡。因此在他一飛身躍向斜壁的剎那，他就得兼顧兩頭，一則如何去踩動他體內的那團真氣；一則如何去攀騰峭壁。初時倒也應付裕如，去勢如電。上到百丈之後，便覺真氣有些不繼，勉強再上得百丈，額頭已是汗下如雨，氣喘吁吁，從眼角下望，一半都還不曾上得來。他氣力已竭，心想再不下山，真的要滾落崖下，屍骨無存了。於是再吸一口氣，止住上升的勢子，倒退而下。好不容易落到崖腳，早已經腿軟心跳，支撐不住，就地一坐，半日都站不起來。

楊君平心中懊惱。難道真要師父授我以奧秘，我才上得了山不成？歇息了好一會，總算復原，卻總不得釋懷。這一夜他輾轉反側，睡得極不安穩。他傾全力尋思不停的是：我習武這許多年，究竟是啥地方出了錯兒了，竟連座山都上不了？

這就是楊君平與父親不同之處。父親遇著難處，不尋根究底，一味蠻幹；楊君平先是全力施為，不行則反求諸己。經過這一夜尋思，楊君平次日便不去峭壁。他把泛泛在外的心思悉數收攏集中，專注於內功的潛修。他牢牢記住師父的告誡：內力為所有武功的基礎，沒有內力，拳劍再高妙也不過花拳繡腿而已。

這樣過了十來日，師父那裡沒有絲毫訊息。又過了半月有餘，一日清晨，楊君平正在禪房內運功，忽聽轟雷一般一聲巨響，側耳聽去，外間並無任何聲響。則這一聲巨響來自何處？正自納悶，體內卻有了異樣的感覺，彷彿抽絲剝繭，更像蛋殼碎裂，蛋液橫溢，心中極為飽脹。楊君平知道有異，趕忙盤膝閉目端坐，恭謹誠敬，一絲不苟地運起父親所授內功心法，驟然那橫溢四處如蛋液之物一陣攪動，散成一團霧氣，迅速被吸收一空，不知到啥地方去了。楊君平無心去過問此物的去向，只顧催動真氣。漸漸那飽脹之感終於消失於無形。心中呈現一片艷紫之色，四肢百骸輕飄飄的，有輕搔癢處的極暢適的感覺。

「你爹的內力是艷紫之色。」他想起師父的話。

然而這又是什麼意義？楊君平哪裡想得通這些。他把這無關練功的瑣碎盡數拋開。心想這已經過了一月有餘了，師父總該來了吧？第二日一早他就在禪房內恭候，誰知師父仍不見蹤影。他自行在榻上運功一週。有一事他至今未予理會，或無意中視它為理所當然：他運氣時，不再有那團游動的火球，而是瞬間即氣貫全身。

他下得榻來，信步向外行去，並不曉得自己要行向何處。等他來到一處幽幽崖底，一仰首，原來這就是那座那日他攀登不上的峭崖。

「楊君平啊楊君平，」他暗中一嘆：「你究竟還是忘不了此山！也罷！」

他收攝心神，微一提氣，飛身而上。初時跟前次也無甚不同，只是氣息均勻，足底輕盈。到了百丈左右，他記得上次是在那叢長草附近換氣的，此刻則是一閃而過，越攀越快。過了兩百來丈，他折翼而返之處，猶是毫無所覺，仍舊騰躍如飛。越過三百餘丈，眼中但見白霧升起，心中則是艷紫瀰漫，而真氣竟是越發充沛，源源送至腳底，足尖略點便躍升兩丈有餘，這還是未盡全力。轉眼他已經到了崖頂，他一路暗數，這崖全高約八百餘丈。他單腳立在一塊巨石上，一個大迴轉，在石上旋了一個大圈，臉不紅，氣不喘。他昂奮已極，鼓足了內力，撮唇一聲長嘯。嘯聲不大，但一股氣流自他唇間激射出去。適巧一隻禿鷹展翅飛經楊君平身前十餘丈，被這勁射而至的氣流震得翻落在地上。楊君平一個箭步躍上前，把這隻禿鷹抱了起來。還好氣息尚存，只是一時給震暈了。楊君平把牠輕輕放在地上，自己退後十數步在一塊大理石上坐下來，好讓牠甦醒之後，自己飛走。果然不多久，這隻禿鷹便展動雙翅，兩腳躓頓，顫危危站了起來，又過了一會，巨翅一展，滴溜溜一聲，急衝而上，瞬間飛得不見影子。

楊君平卻坐在那裡垂頭喪氣，自責不已。

「不過是攀登了一座山，便輕狂得這般！有這個能耐的，江湖上何止成千上百！都像我這樣，豈不要翻天攪地了？」

越想越懊惱。忽然有所悟：

「是了！這便是師父跟爹所說的『有形』。我現今如能超越其上，不為這七情六欲所囿，便是無拘無束，自由自在。」

心中頓時由空虛挫折轉而成為飽滿扎實。

他起身把衣衫略整，舉步下崖。他也不施展輕功，只自那小徑蜿蜒下山。沿路又得以細細賞玩他飛登峭壁無法得見的美景：時而壯偉，時而細巧。

「造物奇妙至此，豈是匆匆過客所能領略！今後如無必需，我斷然不施展輕功。我當捨囫圇吞棗，而取細嚼慢嚥，方不致辜負了這大地所賜。」

回至禪房，把昔時讀過的一些典籍，略加整理，決意從這日起把早先自以為爛熟的種種重新溫讀。這時，真覺胸懷無窮之大，簡直是無所不能包，無所不能容。

又過了數日，這天清晨，楊君平運功已畢，正想要去練功房練一趟「十八正」拳法。外面傳來腳步聲，從容不迫，雍雍大度，一聽便知是師父來到。急忙一步跨出禪房，拜伏在地，情不自禁地大聲說：

「師父，想死平兒了！」

無念大師呵呵大笑說：

「孩子，起來，起來，師父這不是來了麼？」

楊君平這才起身，雙手攙扶著師父進了禪房。這毫不矯飾的孺慕之情看在大師眼裡，十分欣慰。楊君平看著師父的臉，心裡不由吃了一驚。師父膚色依然紅潤，但是原本光滑如絲綢的臉上卻不知何故多了無數縐紋。大師目露慈祥，也是不住打量楊君平。

「平兒，咱們有多久沒見面了？」師父問說。

「足足一個月另十五天了！」

大師點頭：

「為師看你神采內斂，你這內功只怕極有進境，回頭為師就要試你一試。這月餘來我遭逢了生平未遇的極難之事，竟比當年為師首創那套『浮雲十八式』猶艱難百倍。我有十數晝夜不眠不休，僅為的勁氣如何相通相接，如何一以貫之這微末小節。所幸為師也有一股拗勁，終至豁然貫通，一通而竟至百通，真是人生快事！」

師父又捻鬚呵呵一笑：

「平兒，事不宜遲，我這就要看看你這月餘來的進境。」

楊君平不敢怠慢，在榻上盤膝坐好。

「你就運功吧。」師父說。

楊君平屏氣凝神，一片紫氣起於丹田。背脊上這時又有一溫一涼兩道真氣灌入，才入楊君平體內，師父忽然宣了一聲佛號：

「阿彌陀佛！平兒，你此時所見是何景緻？」

楊君平閉目凝神，緩緩說道：

「平兒見有師父的一紅一藍兩氣在前，平兒紫氣在後相隨。」

「善哉！」

師父話聲一落，楊君平體內的紅藍真氣悠忽不見。楊君平也跟著停止運氣。師父滿臉驚訝，目注楊君平：

「平兒，這月餘你去了些什麼地方？」

楊君平不解，十分惶惑地說：

「平兒哪也沒去，只在這禪房內練功讀書而已，閒時也曾到左近群峰去觀賞山色。」

師父笑道：

「你可知你已將你爹的真元盡數化為己用了？師父問你這話，以為你有什麼奇遇，別無用意。看來，平兒，你爹與為師都應從此歸隱山林了，呵，呵！」

師父一陣暢笑，笑聲才止，又說：

「為師得以茅塞頓開，乃是從這『色』字兒上下功夫。你爹真氣是至艷的紫紅色。那日我繞室苦思，不得其門而入之際，猛然省悟：這紫色不是藍紅兩色之合？得此一悟，便勢如破竹，不數日這拆解之法水到渠成。這於為師的修為也頗多激勵，是一舉數得的事。今日看你的內力，越發連入門的功夫都可省去了。平兒，咱們明兒就著手練功吧！」

＊　＊　＊

一連數月，師徒倆每日便在禪房內潛修苦練，足不出戶。無念大師每於一段進程，便以自己的內力去檢驗楊君平的所得。他是越試越心驚，心想這孩子果真不凡，他這天賦乃如水銀瀉地，無孔不入，何僅舉一反三！奇的是，他自己對他的如飛進展有時都懵然無知。無念大師在心中暗嘆：這因緣際會，集天地鍾愛於一身的事，一些兒也勉強不得，得之者當懍於上天的重託，絲毫不得恃寵以驕；失之者也不必羨妒交加，自恨自棄。說來也巧，平兒父子倆不正一人是失，一人是得？平兒他爹至今猶自陷於泥塘不能自拔；平兒則正當旭日東昇之時，我這為師的不可不為他預防於未來。

有這一層警惕，無念大師從此一語不提楊君平的秉賦等事。他只一心為楊君平那口無底大井加緊置備糧草，不停向裡頭傾塞充填。

這難不倒楊君平。師父向他傾倒多少，他便能吞嚥多少，一無難色。

這一日師父為他傳授輕功。講解要訣之前，先有一段訓誨：

「我知你爹也曾授你輕功。不過為師要授你的本門輕功與你爹的略有不同。你爹所長在於輕靈快速，為師則以源遠流長為特色。若在百里之內競速，為師不如你爹；如以五百里為距，則你爹或不如為師。你今日一身具有兩家內力之長，再兼習兩門輕功，將來可以無憾。」

於是師徒倆心不旁騖，自晨至晚，孜孜於研習輕功，這樣一耗就是三個月。兩人雖未至於廢寢忘食的地步，但的確是寸陰也不虛擲。無念大師對楊君平之能已知之甚稔，因此不必步步等他，總是一波接一波，波波相逐，楊君平也總是從容不迫，輕攬緩接，點滴不漏。無念大師教得酣暢已極。有時實在快意，就會說：

「平兒，為師今兒實在痛快，手癢難禁，等下我下廚弄幾樣小菜，咱師徒以茶代酒，暢飲幾杯可好？」

這是楊君平最喜歡聽的一句話，這無異是師父給自己的獎賞，何況師父的手藝著實高妙，只要師父一下廚，沒有三碗飯下肚，他是不肯輕易停箸的。

一日晚齋後，師父說：

「平兒，咱們只怕有半年未去諸峰一覽山色了吧？明兒暫歇一日，咱們一早就出門玩他一日如何？」

楊君平究竟是年輕人的心境，一聽這話如何不歡喜？連聲應好。於是第二日天色未明，師徒倆便相偕出了寺門，一路向東，奔向一座最高峰，師父叫它「飛雲峰」的，到得峰頂，正值曙光乍現的時刻。兩人立在徑寬不到十丈的一塊平石上，只覺勁風拂體；師父的一部長髯、一襲僧袍，迎風飄揚。金陽初露，把師父的白眉、銀鬚都染上一道金邊，看去直似仙人一般。

師父指著浮起的旭日說：

「平兒，你且看這初生之日，其形圓大，其光渾沌，看似拙鈍，其實含蘊無窮，你記住為師的話，日後自有大用。你並要細細尋思這個道理：何以咱們都喜朝陽，而於中天烈日，則走避唯恐不及呢？」

楊君平忙答道：

「平兒記住了！朝日含溫以待人，午陽噴火以炙人。為人當如朝陽，不知平兒說得對與不對？」

無念大師迎風大笑：

「阿彌陀佛！說得好！好孩子，不枉為師帶你來此一行！」

師徒倆又觀賞了一會山景，遂移步前往鄰近各峰。師父似乎心中若有所待，接下來這五六峰，景緻雖然也是奇絕異常，都只匆匆一瞥而過，到了那座峭崖，師父卻觀前賞後，戀戀不肯離去。楊君平已悟到了師父的用意，不由得忐忑不安。

果然師父在一塊大理石坐下，指著一旁一塊大石：

「平兒，此崖有趣，咱們在這兒略歇一歇吧！」

楊君平依言在大石上坐下，專等師父說到正題。

過了一會，只聽師父說道：

「平兒，記否前次咱們到這裡來時，為師曾說，此崖是演練輕功的極佳處所，今後咱們會是這裡的常客？」

「平兒不敢忘了。」

「你如今身兼兩家內力輕功，為師看來，你登此峭崖，應該是如履平地才對。平兒，你有興一試麼？」

楊君平不敢說他老早偷偷登過這崖，只說：

「師父吩咐的事，平兒豈敢不遵！且勉力一試！」

「終歸是要試的。為師與你一起走一趟吧。」

於是循路來到崖底。師父說：

「為師在前，你緊隨在後。」

不見師父提氣，人已飛起，僧袍飄動，身子穩穩斜釘在崖壁，回頭輕喝了一聲：

「平兒，跟著為師上來！」

楊君平絲毫不慢，騰身而上，飄然落在大師身後不及五尺，也是穩穩斜釘在崖壁。

「師父，平兒來了！」

「好，咱們上！」

話聲一落，師父已然騰空飄起，閃電般向上蹂升。楊君平緊跟在後，始終維持在五尺左右。

無念大師一面飛躍，一面不時以眼角後望。但見楊君平不慌不忙，亦步亦趨。這前半段無念大師也並不在意，他知道以楊君平的功力，這半崖是難不倒他的。過了三百來丈，楊君平不但未見落後，反有拉近之勢。無念大師心中說得一聲好，一提氣，竟是全力施展，如一隻巨鵬，腳不沾地，飛升而上。楊君平知道師父在試自己功力，既是測試，便不能謙讓。於是也是一吸真氣，整個人向上激射，依舊是不多不少，與無念大師相距五尺左右。這兩人一前一後，一大一小，在群巒環視之下，無聲無息地如兩抹黑影，不一刻便飛升到了峰頂。

無念大師腳步一停，一回身與也是剛落腳的楊君平面面相對。兩人均是臉不紅，氣不喘。無念大師捻鬚大笑說道：

「為師久不曾這般盡興了！痛快！痛快！平兒，為師料想你可以登上這崖，但想不到你腳程如此之速！可喜可賀！」

楊君平惶惑萬分，噗地跪在地上：

「是平兒誑騙了師父。平兒在師父閉關那月餘，曾私自來過此地。」

於是把他頭一次如何登崖不成，苦修內力之後，一舉登上崖頂的事一一稟告給師父。

「平兒事先未據實稟告師父，特此來向師父領罰的！」

無念大師一面聽一面點頭。等楊君平說畢，連忙雙手扶他起來：

「何責罰之有！為師喜歡還來不及呢！我輩練武的人本就該淬勵自發！好孩子，你做得好極了，對極了！」

師父喜得不知如何是好。

「我今兒又要下廚……啊呀，為師險些兒忘了！」

從衣襟掏出一個布袋來：

「我原是要來山上採蕈子的，幸好這時還不嫌遲！新蕈潤晨露，最是鮮美不過，走，平兒，咱們採蕈去！」

楊君平一聽，興沖沖就跟在師父後面，循著小徑深入茂林密處。師父低首彎腰覓蕈，嘴裡叨咕著：

「素油清炒固然是一絕了，就不知佐以鮮筍，覆蓋略燜，滋味又是如何……」

*　*　*

山中歲月，朝去暮來，簡明有致而又勁道十足，對潛心讀書練功的楊君平來說，感覺尤其如此。楊君平十分早熟，加上得自父親的沉鬱，早早就識得了愁滋味。自從來到「大悲寺」，有無念大師的慈暉燭照，透骨山風的慇慇滌蕩，把這無名煩惱悉數拋在腦外，還原了他的赤子之心，這是他懂事以來最快意無憂的一段日子。

就有那麼一日，晚齋之後，師父偕楊君平在寺門廣場前遠眺落日。師父閒閒說來：

「平兒，你入山快一年了吧？山中可不比你家，沒地方好耍的。你還過得慣麼？」

「師父，平兒怎的不慣？平兒跟著師父在山上，無憂無慮，正想著一輩子都在山上才好呢！」

楊君平瞇著眼望著遠山啣日，一片金黃的瑰麗景色，無限嚮往地說。

無念大師把眼從遠處收回來，落在楊君平臉上，細細地端詳了好一會：

「傻孩子，才多大年紀，就有這許多煩惱，要在山中來打發日子了？」

楊君平看著那漸漸被山頂吞噬的落日，幽幽地說：

「平兒也不知怎地，在家就是不快活。我爹在家可神氣著呢，可他也不快活。我娘，我爹說我娘是咱家的武則天，我看著我娘也不快活。」

餘暉漸暗，襯著滿天霞彩，翠峰黛巒越發明晰可見。無念大師只覺心中沉重，卻不知要如何來開導楊君平。但是這個結若不替他解開，他天資再高，只怕也難更上層樓。這一夜，無念大師竟然久久不能成寐。

*　　*　　*

陽光日見疲軟，晝短而夜漸長。草枯黃土見，日將暮未暮之際，裸露的黃土一片乾白，堅硬如石。入夜之後，但聞窗櫺格格作響，窗外則風聲呼嘯。

楊君平在家哪見過這些。偎在被中，聽著山風從群巒奔來，在窗外打幾個旋，又向群山歡呼奔回，把楊君平帶向一個奇妙、細密的幽微世界，終於沒入甜美的夢境。

時序邁向寒冬，朔風日緊。楊君平一日清晨醒來，推窗外望，只見漫天綿絮，飄飄而下，地下已是白茫茫一片，原來不知不覺已經下了一夜的雪了。

這日早齋略有不同。平日總是楊君平獨自用餐，這日小沙彌要楊君平等候師父。

師父一會兒便來到齋堂。仍如平日，一襲僧袍，並未添加衣裳。面色更見紅潤，一臉喜孜孜的笑容，楊君平一見便暖從心上起。

「平兒，今年這第一場瑞雪比往年略早了些。昨兒夜裡我聽這北風有些意思，料想中夜之後必會有雪，便把窖中我去年隆冬在這頂峰採得的幾味珍貴藥材，連夜熬製成一味滋補湯，果然這雪一如為師所料，下得十分有趣！」

吩咐小沙彌把廚房燉著的藥湯端來。

「這要趁熱一氣而盡。可別小看了這味藥，這是你祖師爺依祖法秘配的一個方子，功能增精補氣。為師在初入門的那一年，你祖師爺也曾要我服此藥一個寒冬，其神效不可言傳。自今日起，你每日早齋之前，都要先喝這一碗藥湯！」

小沙彌捧上藥湯，楊君平端起碗，一仰脖子，一口喝盡。只覺其味先苦後甘，津生舌根，餘味無窮；盞茶之後，丹田內暖洋洋的，無比舒暢。

師父並不因下雪便停了楊君平的功課。反倒是原在練功房內練的拳腳功夫，師父特意移到廣場外來。師徒倆練得興發，一大一小兩個人，逐漸變成一大一小兩團影子，慢慢更成為兩團霧氣，與週遭白皚皚一片終至於不可分。

師父直至今日沒有一語提及「浮雲十八式」，倒像忘了這回事，楊君平心裡納悶，卻不敢動問。

這日又是好一場大雪，至午稍霽，午齋過後，彤雲四聚，眼見又要大雪紛飛了。這時從通往山下那條山徑冒上一騎，緩緩向寺門行來。楊君平手擎一杯熱茶，正倚窗向外觀賞雪景，一見這一人一騎，丟下手中茶杯，奪門而出，飛跑出去，經過師父禪房時，一路大喊：

「師父，我爹來了！」

無念大師聞聲也忙不迭隨後大步趕來，一面說：

「我算算你爹也該來了！」

師徒倆迎向縱騎行來的父親。但因為雪深沒蹄，那駿馬一步一拔蹄，走得甚緩。楊君平情切，不知不覺地施展起輕功來。那日他穿的是一件父親留下的紅色皮裘，只見一線火紅，沿路燒過去，宛如把銀白一片切割成上下兩半。

父親看得真切，千里傳音，把話語逼進呼嘯的山風，直送進楊君平耳鼓：

「平兒，來得好，咱爺兒倆且玩他一玩！」

飛身下馬，腳未著地，人已俯身平貼地面，向楊君平疾滑過去。楊君平知道父親有意試自己功力，而自己也有意向父親展露年來的所得，於是也用傳音術回稟：

「爹，一路可安好？平兒便要以家傳掌法來迎接您老人家！」

說著，身形一變，一如父親，緊貼雪地約數寸，全身畢直向父親頭對頭直衝過去。父親穿的是一襲青色油布防雪大氅，這一青一紅兩條影子眼看就要對上，只見青色影子陡然升起，貼著紅色影子上側一滑而過，然後頭上腳下向上冒了起來，旋了一個大圓圈，又是平身貼地，頭卻對向了楊君平的雙腳，右掌一勾，直取楊君平下盤。楊君平等得父親右掌離自己雙腳尚有寸餘光景，一吸氣，右手中指略點雪地，身子懸空，滴溜溜如一個大羅盤，旋轉一圈，又是與父親頭對頭，左掌含勢不發，卻是直取父親的右腕。

父子倆在雪地上全憑手指點地之力，懸空左盤右旋，如兩隻巨鳥一般相互追逐。無念大師立在一旁，捻鬚含笑，不時點頭宣著佛號：

「阿彌陀佛！善哉！」

父子倆把一套「十八正」掌法走完，青紅兩條影子一分，分站在無念大師兩側。楊君平噗地一聲跪在雪地上，叩頭含淚說：

「平兒著實思念爹！」

父親眼中也是淚光閃動：

「起來吧，咱們這不是見面了？」

回頭向無念大師抱拳說：

「平兒在大師調教下，果然不同！數月不見，豈止刮目相看！」

無念大師大笑說：

「老衲不敢居功。平兒這自鞭自策，淬勵奮發的功夫非比尋常！施主，快是你我退隱山林的時刻了，呵呵！」

父親嘆口氣說：

「但願如此！」

無念大師挽起父親的手，楊君平則接過韁繩，牽著馬跟隨在兩老之後，向寺門走去。這時，風聲暫歇，烏雲壓向了頭頂，尚未走到寺門，雪花已經密密地飄落了下來。天色越來越陰沉。

無念大師仰首望天：

「這雪怕是要下一整夜的了。也好，我窖裡藏得有去秋釀得的一罈桂花酒，尚未開封，夜來咱們煮酒聽雪，豈不有趣？我前幾日又想得了幾色新菜，一併弄來就教於方家！」

「如此大妙！」父親說。

一時進了寺門，父親仍回上次住的禪房歇息，楊君平則進他自己屋裡做他的午課。然而他卻定不下心來。他發覺他乍見父親時瞬間洶湧而出的孺慕，在一接近父親就奇怪地消失了，代之而起的是莫名其妙的不自在。

父親眉頭不展，或許是原因之一。即使回師父的那句「如此大妙」，也不快活。這緊鎖的雙眉把過去種種都勾引起來，一一在楊君平心中展開。

這晚師父弄了一席極豐盛的素筵，又燙了一大壺酒，三人邊談邊吃。楊君平不善飲，略飲了幾杯，便捨酒而就飯。他特別暗中留意父親，只覺他話語不多，卻是酒到杯乾。師父也不在意，只是一味替父親斟酒。吃到半夜，師父說：

「施主，這酒似尚未盡興，不如移樽老衲房裡，咱倆徹夜謀他一醉，也好讓平兒早些兒歇著去！」

「正合我意。」父親說。

於是師父吩咐小沙彌生了一個小火爐送去禪房，自己一手抱著酒甕，一手扶著父親，回頭向楊君平：

「平兒，這一夜雪只怕要封山，咱們明兒放一日假吧！」

父親嘴裡唸著：

「『綠螘新醅酒，紅泥小火爐。晚來天欲雪，能飲一杯無？』雪已下得半夜，酒已罄其半甕，我等尤勝醉吟先生！」

已頗見酒意。無念大師向楊君平以目示意：

「你爹與我還要飲他千杯，你儘管去歇著吧，你爹有為師作伴呢！」

楊君平答應著，不知怎地，卻是愁緒滿懷。一個人回到房中，解衣睡下，耳中但聞山風呼嘯，洶湧澎湃，如何睡得著。父親這一來，便如一顆石子投入波平如鏡的湖面，粉碎了他無憂無慮的美夢。一剎那間，他就陷進了無休無止，難分難解的糾纏之中。

好不容易挨到破曉，索性起身，換上緊身衣靠，欲待開了寺門出去，不想這寺門卻不好開，他用上些許真力，才將寺門輕輕推開，原來這一夜雪下得地下積雪尺來深，把寺門給堵住了。

楊君平來到外面，放眼一片銀白，右側那叢叢翠松，被雪壓得枝枒下沉；左側那一排臘梅從雪中高高挑起，枝上紅梅怒放如火，映著白雪十分熱鬧。楊君平心胸一寬，夜來的煩惱一洗而盡。他伸展了一下四肢，運氣一周。他先試試腳下，才一落腳，那雪深及膝蓋。

「好，我不信你真能把我困住了！」

依舊是小孩子心性。當下一提氣，人憑空浮了起來，就在雪面疾奔向前，雪上連個鞋印兒都沒留下，竟是全憑積雪表層的些微硬殼，借力騰躍。楊君平這是頭一次在雪上施展輕功，覺得毫無難處，十分好頑，於是長吸一口真氣，全力展開腳程。他身上仍是披著那件紅色緊身皮裘，在皚皚白雪中，如一顆紅色彈丸飛射向前，聲息全無。

他一口氣到了那座峭崖山腳，毫不停頓，飛身而上。這七八百丈披雪峭崖，滑溜萬分，楊君平絲毫不在意，一如在平地上奔馳，片刻便到了崖頂，更不停留，一路電射回寺。全程少說也有六七十里，楊君平展盡全力，費時不及盞茶時間。他一返回禪房，剝開皮裘往榻上一丟，伸臂展腰，通體舒暢。他在禪房來回大步走動，一面尋思著：

「我身上這股氣血經這一番蹤躍，自己覺得又純淨許多，有沛然不可禦的氣勢。這還是其次，怎地我心中已然無憂，至少我已一掃昨日以來之憂。準此，我豈不是可以藉此而發菩堤之心了？」

反覆思維，有所悟，又有所不悟。

師父與父親直睡到午齋時刻才雙雙起來。父親眉頭舒展了許多，一見楊君平就說：

「平兒，昨兒夜裡你師這幾道菜及那一罈桂花釀實在不是凡品，爹忍不住多飲了幾杯，再與你師暢談竟夜，一掃爹一年來種種不愉，真正是人間快事！我要在這裡多盤桓三五日，到時咱們再動身回家去。」

楊君平情不自禁地說：

「爹既是喜歡這裡，何不度了歲再走？也省得平兒一往一返，枉費了許多練功的日子。」

父親嘆一口氣：

「爹也有這意思。無奈世間事難以盡如人意。咱們就學那台上唱戲文的，還是照著本兒唱吧！」

楊君平見父親臉上又有憂色，遂不敢再說。

這幾日父親倒是過得愜意極了。每日不是與無念大師冒雪遊山，便是在禪房裡烹茶煮酒。師父不時就下廚弄幾色爽口小菜，每日都有不同，父親與楊君平驚喜無限。

父親經來時那一測，已知楊君平功力，一顆心早已篤定如磐石，也不再試。這樣子敞開胸懷，痛痛快快過了幾日。這日，父親跟楊君平說：

「平兒，山中無憂，爹十分不捨，卻不宜久留。趁天氣轉佳，咱們明兒下山吧。」

楊君平縱有一萬個不情願也不敢說出來。第二日一早，雪果然停了，父子倆依舊一人一騎——楊君平騎的仍是他來時那匹馬——辭別無念大師。大師也是不捨，直送他們到山下。楊君平含淚說：

「師父，平兒這十數日不能侍候您老人家，您自己可得保重！」

無念大師憐愛地看著楊君平：

「為師省得。這數十年不也過來了？你此次與你爹下山，時隔年餘，識見應與你來時大為不同才是，評人論物，不可囿於兒時見地。」

這幾句話大有深意，楊君平一時不能悟解。父親倒是側耳細聽。無念大師說畢，父親縱馬向前奔了十數丈，無念大師一提韁繩，跟了上去，與父親比肩而行。

父親輕聲說：

「你這番話平兒可理會得？」

「老衲也只能點到為止，端看他的機緣慧根吧。」無念大師說。

楊君平也策馬追上來。父親大聲說：

「大師，我們這一去要有二三十日之久，你無平兒作伴，想必沒趣得緊？」

無念大師哈哈一笑說：

「有趣沒趣，端在一念間耳。我名『無念』，有趣即沒趣，沒趣即有趣，但求心無所染，來去自由，通用無滯。何況，你們去後，老衲即日起便有得忙呢。我每日為平兒燉煮的藥湯，藥材已用罄。這藥材就在這群山之中，得慢慢兒去尋覓，少說也得十日八日，才能採夠一冬之需，回來再需十數日之功加以煎炒，你們這不就回來了？」

三人來到山下，父親抱拳說：

「大師，有勞遠送，這就請回吧，我與平兒趁天氣轉晴，正好趕他一程路！」

大師雙手合十：

「阿彌陀佛，一路保重！」

楊君平一躍下馬，端端正正在雪地上向師父拜了三拜，眼眶含著淚水，望著師父掉騎走遠了，才上馬趕上父親。

6

青衫人一昧沉思，不見出手，似乎在思索一個不得其解的難題。忽然他仰面一聲大笑，終於茅塞頓開似地：

「是了，是了，我真是何其之愚！眼前這個年輕人，英俊挺拔，家財萬貫，正是那班大家閨秀、小家碧玉競相追逐的人，呵呵，年輕人，只怕你是為情所困，故而把我輩習武人的正經事兒拋在腦外，整日價情思睡昏昏了，呵呵！」

這一席連嘲帶諷的話語，把個汗流浹背，沉浸回憶中，一時不能自拔的楊君平震得如遭雷殛，他怒喝了一聲：

「住嘴！滿口胡說！在下雖然算不上頂天立地的漢子，但人倫大道還略懂一些。此時此地我楊君平何敢有兒女私情！你動輒以你小人之心來算計他人，足證你的惡毒無恥。怪道家嚴會著了你的道兒！」

「好啊，你倒教訓起老夫來了，」青衫人說：「依你說來，你父倒是個正人君子了？楊嘯天呵，老夫真個想要瞧瞧你平日是怎樣唬你這寶貝兒子的。年輕人，你挺身護父，我看著挺喜歡的。好，老夫先不提你父的事兒。你既非為情所困，那我倒想聽聽何以你把這『浮雲十八式』弄得這般不堪？不必歸咎你的天資，這誑不了老夫。其中必有原因，你不把原因尋出來，糊裡糊塗被老夫殺了，你死得冤枉，我勝得不快活！」

楊君平聽得氣往上衝，卻又不能怪老賊說得不對。原因？啥原因？楊君平自己也是茫然。要說恩師傳授這套劍法時的慎重其事，是從未之有的，自己習練時的虔敬嚴謹也是勝於往時；這套劍法的要訣無一不知，然而每次只要一揮劍動式，就韻味全失。他最心痛之處是偷眼看見恩師的失望眼色。而越心痛，就越練得荒腔走板。是啥原因？他何止尋思了百遍千遍！

青衫人見楊君平說不出話來，故示體貼：

「這比試就免了吧，比了半日不過是場糊塗仗。你且回去細細想他個明白，易日再來，老夫既不怕你，就不會躲著你。至於你父嘛，嘿嘿，既與我有殺妻之仇，自己不敢來報仇，卻叫學藝未精的兒子來送死，難道這就是正人君子的作為？」

楊君平再也忍不下這口氣，手腕一翻，再度掣劍在手，大聲喝道：

「老匹夫，你說得夠了吧？楊某果然學藝不精，但今夜不與你戰個你死我活，誓不罷休！」

一挺劍，劍芒直指青衫人前額。青衫人兩眼只盯住劍尖，把虛實之處看得分明，頭一側，連上身都未擺動，劍尖在他太陽穴掠過，他猶有餘暇，搖搖頭說：

「年輕人，你倒是怎麼了？這哪是『浮雲十八式』？這是下三濫的招式嘛。我適才如以右手中指擒你右手腕，左手直點你前胸，右腳攻你下盤，你此時還有命在麼？你如此醜態百出，就算你留得命在，回去怎還有臉見你師無念老和尚？」

楊君平怒火焚燒，一味搶攻，自以為招招凌厲。青衫人最後那句話如一枝冰冷的箭，直射進他的要害：「你如此醜態百出……怎還有臉見你師……」把他打入冰窖，既心痛到極處，又羞愧到極處。他似乎在模糊迷濛中，見到恩師忽隱忽現的慈顏，既惋惜又不忍深責的無限包容。

不錯，我在此丟人現眼，還有什麼面目回去拜見恩師？這「浮雲十八式」當初恩師並無意傳授，是我狂妄自大，自以為無所不能，還頗以恩師的不授為不然，如今落得這般下場，一語以蔽之，自作自受而已。楊君平心中愧恨交加，聽到沙沙的嗓門又在說話：

「你這一劍刺我之腹，式子用得極老，已無返防之力。我如就地疾旋，從你敞開門戶的左側，以左指截你左脛，你此時只怕已經血濺屋瓦了。」

楊君平不答話，只是加緊催動劍式。但是這老賊似乎對這一套「浮雲十八式」十分熟悉，楊君平每出一招都吃他封住，並暗藏截住楊君平退路的殺著，但是楊君平每次均能全身而退，青衫人並無意追擊。

「老夫看你招招在依樣畫葫蘆，與那小兒學步總沒兩樣，說一便一，說二便二，要說這是無念和尚的真傳，老夫怎能相信？」

青衫人青衫飄飄，一壁閃避楊君平的攻勢，一壁發語評論。

楊君平忽然想起父親的訓誨：要他如何時時破除拘限、如何時時以自己之長搏己之短。他不但牢記在心，奉行更不遺餘力。何以這一晌自己便如泥封頭顱，一式兒都不靈了呢？難道所謂「江郎才盡」在武學上也有其理？若然，我這「才」於何時起便盡了呢？

「我恩師所知所能，包羅萬象，他老人家傳授的自是遠不止此，以我的淺學，如何能窺我師武學的全豹？」

「卻又來！」青衫人沙聲帶斥：「老夫幾次說了，此事與你天資無關，你卻仍如籠中之獸，開了鬧門，也還是不出來！你是存心要氣死我老人家不成？此亦是你的大病。你如依舊執意不聽，我便不與你鬥了。」

楊君平像是未聽見青衫人的話，搶攻幾招，心中卻另有所思。他想的是方才他問自己的話：我這江郎之才盡於何時？他恍惚記得那怪異之感起於他夢中一心想向恩師求授「浮雲十八式」，而恩師檢視自己再三，只說時機未到，這一歇息竟至一年之久。

這才思枯竭的初兆，應該是在這時候，而恩師老早就有所知了！

青衫人又在前面發話：

「你方才數招實在無賴得很！第一招你傾力向前，臂已全長遞出，簡直未把對敵的人放在眼中；或者，你竟是存著僥倖，以為對方會不察。第二招，你彎腰右旋時，又把勁力用透，老夫如趁隙以指風微點，你不腰斷骨折才怪！如此對敵真是豈有此理！老夫不知你是何用意！你以為老夫不敢下煞手麼？氣死我了！」

何以一年之久，恩師都不再提傳授「浮雲十八式」這件事？只說：「平兒，凡事不可操之過急，為師以為眼下時機尚不宜習練這套劍法。」以恩師對自己的鍾愛，此話顯然有真意在焉，何以我當時竟一些兒都無警覺？

「時機不宜」，是恩師怕傷我心的權宜說法，說穿了，除了我如今已不堪造就這個原故外，還有什麼可說的？

「果然，你這年輕人不是目中無人，就是心存僥倖，」青衫人怒聲斥道：「你這是什麼劍法？嘴裡說是要替母報仇，心裡卻不當一回事，明擺著是尋我開心來的！你這一劍原應逆勢反向擊我小腹，怎地倒直刺而來？這般偷巧圖利，也是無念教的麼？」

咦，這老賊怎知我這一式應是逆勢攻擊？我又啥地方施展不對了？這套劍法不是我師無念大師教的，是誰教的？難道是我自創的？我楊君平哪有我恩師這超凡入聖的天資？不對，不對，如果我真是蠢材，何以我面前這老賊卻偏偏誇讚我是英材？何以我爹自我幼時即不斷躐等傳授？……

何以，何以恩師竟也說：「這『浮雲十八式』於你而言，易事耳……」

「你……你究竟要怎地？」青衫人啞著嗓子喝道：「看來不給你點顏色，你真的要做個夢中惡鬼了！」

楊君平陡覺臉上一涼，那涼風在臉上如洗臉一般抹了一把，從下頷直上頭頂，剎地一聲，楊君平的髮髻披散一臉。就如當頭一劍劈下；又如一盤冰水迎面潑來，楊君平悚然一驚，一翻身躍起數丈之高，落在兩丈外的屋瓦上，左手順勢把散落的頭髮盤繞上去。

青衫人縱聲大笑：

「何需蹤躍得那麼高？老夫不過以指示警，你就唬成那樣！我要殺你，還等你躍開麼？且這散髮又何需盤繞上去？看看就這付厲鬼模樣能否把老夫嚇癱了，你乘勢一劍把老夫結果，報了你殺母之仇，豈不大妙？」

楊君平在暗夜四覆之下，羞得滿面通紅，不是為青衫人惡毒的謗損，而是為了自己的無能失態。他怒聲說：

「老匹夫，休得以偏蓋全！我楊某不過一時失神，致為你所趁，你莫得意忘形！」

話一出口，就知又失言了。真是一著錯，全盤輸！自己何以會淪落到這不堪的地步？

「說得好！」青衫人豈會放過羞辱他的機會：「老夫還是頭一遭聽說戰場之上，有以『失神』為敗兵卸責的！依你這個道理，劍壓在你頸脖上，你豈不是可以大叫：且慢，我一時失神不察，咱們重新來過！」

楊君平羞得無地自容，一句話也答不出來。

「如何，咱們今兒就此散了吧，來日你不『失神』時，再重新比過！真正是有趣得緊！」

青衫人真的是興味盎然的口氣，一面以手理著頸間的白巾，狀至悠閒。

楊君平此時真有「退此一步，便無死所」之感。他吸一口氣，把心中蕪雜盡量撫平，集中心思，但是怒氣卻因而暴漲：

「老賊！我今兒來此，不是我一劍報我母之仇，便是你一劍將我就地斬殺，從來沒有再履這裡的念頭！你那些虛情假意，留著自己受用吧！」

青衫人聽楊君平左一句「老匹夫」，右一句「老賊」，一些兒也不在意，只顧捻著垂於胸際的白巾。這動作突地勾起楊君平對恩師的記憶：恩師總是在喜悅或若有所思的時候，手捻銀髯。他記得有一次他貼著恩師，仰望他老人家的慈容，右手輕輕撫弄他銀白如雪的長髯。從恩師灰布僧袍，散發出漿洗日曬，令人格外舒服的清香。從此，一見恩師捻鬚，那日曬的爽淨的氣味，便陣陣撲向鼻端，無論他站得多遠。

這時，他心中一如看見師父就站在前頭，手捻長髯，布衣僧袍的氣味又浮動在他鼻端；不由得一陣刺透心肺的酸痛。淚水不由自主湧上眼眶，他強力忍住，壓著聲音，冷冷地說：

「我今日如果不能以恩師所授的『浮雲十八式』為母雪仇，我從此也無顏面見我師了！」

青衫人點頭說道：

「有這必死的心甚好！不過這匹夫之勇也是不足為訓的。」

楊君平說：

「多謝關懷，你自個多留神吧！」

青衫人雙手下垂，頗有期待之色：

「既如此，你就出招，我仍要以這一對肉掌，十根指頭來鬥鬥你！」

楊君平怒火上燒，強壓自己不去理會老賊的調侃。右手平舉齊眉，中指食指搓動，劍尖挽起三朵劍花，直刺向青衫人。仍是「浮雲十八式」中的起式：「晨曦初露」。

青衫人先是盯住楊君平的來勢，繼而雙眉一蹙，沙著聲音說道：

「無可救藥！濁氣沖天，我怎地看見有挑糞之夫打我前頭走過？以這劍式，你縱然使盡吃奶的力道，也禁不起老夫的一根指頭。可惜呵可惜，你這年輕人！」

正如老賊所說，楊君平此刻正運起全身功力，向前搶攻。他自思以他現時的功力，這一輪猛攻，應可逼得他手忙腳亂，只要青衫人這邊亂象一現，他便可見機下煞手。

然而楊君平的如意算盤並不如意。他傾全力攻向青衫人要害的每一招都被事先封住去路，竟似青衫人對這套劍法十分熟悉，楊君平感覺就如以自己的左手來搏擊自己的右手，左手處處居於下風。依父親的說法，這時應該是左手作驚天一破的時刻，然而楊君平此時泥封的腦袋瓜，除了裝滿了一腦袋的怒氣，什麼也容納不下。

青衫人仍是一邊拆招，一邊風言涼語，全不見他進攻。楊君平提足內力，一招比一招狠辣。

青衫人左挪右移，輕鬆應敵，嘴裡說著：

「怎麼著？我說了你這勁道不管用吧，我這一對肉掌比你那把劍還見扎實！這你得認了吧？」

楊君平只是不睬他。

然而有一件事到這時忽然明白起來。他對青衫人除了怒意沒有恨意，自始就沒有恨意。報母之仇、雪母之恥，緣於一股堅強的意志；一腔鬱積的憤怒。此人之在，不斷提醒他的尷尬狼狽，提醒他與一種羞辱的關連，使他食不甘味，寢不安枕。他之決心殺死此人，就是為了一舉而徹底斬斷這莫須有的暗暗牽連，還他自己一個清靜安寧。

可是當他把功力提聚到十二成的時候，最近習見的情形發生了：那酣然精進的內力，忽地失去了後援，飄飄然軟癱下來，精銳之氣頓失，而在那銳氣之頂，分出了另一道尖叉，慵懶地、固執地、卻又十分悠然地蕩向無邊無際。

7

無念大師送楊君平父子下山，返回「大悲寺」後，即差開了小沙彌，自己關上禪房大門，打坐至深夜，一發連午齋、晚齋都未出來。次日一大早，肩揹一個搭連，入山採藥去了。臨行吩咐小沙彌照顧寺門，不必守候。他早則入夜，遲則明午，採滿這一袋藥才會回寺。

這無念大師豈真「無念」。送他們父子走後，單騎一人，踽踽獨行在空山之中，唯有積雪默默相映。抬首垂頷，總不能忘卻楊君平的音容笑貌。無念大師心想，自己苦修多年，何以不能忘情至此？於是一回山即刻閉門坐禪不出。

他反覆思索：「無相者，於相而離相；無念者，於念而無念」這個大道理。一日夜不眠不食，終於得悟「無念」並非「絕念」；有念若無念，無念若有念而能忘其念。「無情」非「絕情」，有情若無情，無情若有情而能捨其情，如此方才能得無拘無束的大自由。

這番道理，以前不是不知，但唯有經楊君平純真的實證，他才有血有肉地體驗到其真意。因此他次日清晨便歡歡喜喜入山採藥去了。

這第一袋藥無念大師費時兩日才採滿。這兩日他也不回寺，飢渴時以隨身帶得的乾糧充飢，雪水解渴。至於睡眠，於無念大師這等修為的高僧，並不緊要，只要在樹下擇一乾燥處所，略一打坐，氣運一周便精神百倍了。

第三日回至寺中，把新鮮藥材先儲入一個大甕。一袋藥材約夠楊君平一月之需，一年便需十二袋。因此第四日無念大師天不亮又入山。晴了兩日的天氣，這日又紛紛飄起雪來，無念大師仍是一襲布衣僧袍，連僧帽也不戴，雪下得越緊，大師面色越見紅潤。經過前次的採探，大師已知這藥草今年盛產在哪座峰，因而這第二袋藥不到入夜便滿了。

這樣日復一日，十二袋藥也費去了大半月之久，共得三大甕。無念大師把藥草洗淨，依照方子，按藥草的藥性，依序以不同時間先行烘焙，再混合煎炒，這兩大進程都得拿捏火候，這又費去了十餘日，總共月餘之久，方才大功告成。無念大師以小紙袋分裝三百六十五包，封入一個大甕，以備按日取用。

山中無歲月。無念大師既解了這繫縛之心，則楊君平何時返回全不在他念中。藥既已採得而且製妥，留待有緣人。這有緣人是否就是楊君平，也是無關緊要的事了。

* * *

這一日午齋過後，無念大師信步來至門外廣場，為那幾株紅艷如火的臘梅所引，逐一細賞過去。從上山那條路傳來一聲疾呼：

「師父，平兒回來了！」

接著是另一聲勁呼：

「大師，雪中賞梅，真好興致！」

正是楊嘯天父子上得山來。只見楊君平飛身下馬，幾個蹤躍，奔到無念大師跟前，雙膝一屈，跪在雪地，拜了三拜，抬起頭來，滿臉淚痕。

月餘不見，楊君平看去竟十足是個成人模樣了。雙眉濃黑原就一如乃父，但在他抬頭一瞬間，無念大師只覺這濃陰自眉擴散至眼眶，似累積了數晝夜不眠不休的疲憊，一般常人常會有的過勞之象。然而內功修為如楊君平，即使數月不著枕，只需略為打坐即可勞乏盡去，何至於此？且楊君平的表情大異於喜極而泣的激動，倒像是有滿腹委屈，乍見親人，再也憋不住肚裡辛酸那樣。

無念大師只說得一聲：

「平兒，這……」

見他以袖拭臉，似乎不願父親見到他的淚痕，便不再問，呵呵一笑，對著跟上來的父親說：

「山中不知歲月，施主跟平兒這一去竟有月餘了麼？」

父親說：

「可不！走馬入紅塵，不知不覺又渡一歲！前番在大師這仙山盤桓了數日，一入凡境，百般不適，人在桑梓，無日不翹首南望，這數十日著實思念我師！」

無念大師笑說：

「阿彌陀佛！山中無甚好處，少些塵埃而已。」

父親神情專凝，似在玩味大師的話。

「果然！」父親說：「大師說得透澈！」

「咱們盡站在這裡做甚？」大師挽起父親的手：「你爺兒倆可曾用過午膳？」

楊君平答道：

「用過了，我爹跟我才在山下的趙大店裡打過尖來的。」

「是了，我也曾在那裡用過膳。趙大嫂的齋食甚是不俗，只是頗不惜用油。如此，平兒你先將馬牽去馬廄，隨後便到為師禪房來，我沏一壺釅釅的龍井來為你爺兒倆解膩。」

「好極！」父親說。

無念大師嘴裡說著，表面也是若無其事，一顆心卻掛在楊君平身上，總覺他鬱鬱寡歡，心事甚重的模樣。牽馬去馬廄的背影，一手一匹馬，身子是壯碩了許多，卻似肩負重擔，少了一股精銳之氣。

無念大師說：

「施主既然來到山上，何不索性多住幾日？」

楊嘯天說：

「至多五日，我還有些俗務待料理，唉！」

他無緣無故一聲長嘆，眉頭重重地打起結來。無念大師心想：怎麼這父子倆都似心有重憂，卻又相互遮掩？我得相機為他們開解開解。

來到寺內，吩咐小沙彌生了一個小火爐進禪房，無念大師一邊煮水，一邊擦拭著茶具。

「老衲這一晌也並未閒著，」大師說：「你知我派有一益氣養身的方子，半年以前我即熬來予平兒服用，你們下山之時，藥材用罄，老衲趁此每日往山中採藥，很費了些時日。」

楊嘯天慨然說：

「大師如此厚愛平兒，是天賜他之福！」

「不然，」大師說：「平兒秉性惇厚，老衲得收他為徒，焉非我之福？」

「大師如此疼愛平兒，我自嘆不如，怪道他無日不盼望著回山！適才他拜見大師時，我見他面有淚痕，情真意摯，我心頗妒呢！」

無念大師微笑說：

「此所以老衲說他秉性惇厚。不過，老衲倒有一事耿耿於懷，只不知當問不當問？」

「大師但直說無妨。」

「平兒此次回來，眉間似有憂色，這一路上他可有什麼話說予施主？」

「不曾說得一句話！」楊嘯天略事回憶說：「平兒雖然事我至孝，卻非十分親近，對我頗有敬畏之心。此子年事雖輕，卻頗為深沉……」

無念大師微嘆說：

「這是我憂心之處。」

「大師說他眉有憂色，我也有此感。在家時也倒不見怎麼。動身返山前兩日，我才覺著他神色有所變。這，難道……」

楊嘯天忽然陷入沉思，半晌才說：

「除非是……不然……」

又住口不語。無念大師何等老練，知道必有隱情，也不追問，只說：

「平兒這心頭之隱憂得予以開解，否則於他武學的進展，必有大礙！」

說著，外頭響起了腳步聲，兩人便都噤聲不語。

果然是楊君平進來。無念大師說：

「平兒，這水還得煮他一會。水開之後，你用沸水……」

於是細細教給楊君平烹茶之道。

當晚無念大師免不了又親自下廚弄了一桌素筵。楊嘯天喝得酩酊大醉。無念大師暗中留意楊君平，見他也喝了不在少數，只是他話語不多，雖然在一旁陪侍著，不時把壺為他們斟酒，卻是獨據一角，自斟自酌地喝著悶酒。以酒品論其人，楊君平較他父親尤為深沉。

* * *

一回到「大悲寺」，楊君平等如換了一個人。自踏入山徑起，他就恍惚隱隱聽見群山在向他呼喚，把這數十日退踞心底深處的自己融雪一般暖暖叫醒。越進入深山，越登行至高處，他就越發明確無誤地感覺自己在回應那陣陣來自四面八方的歡呼，向看不見的萬山之魂騰空四散飛去。登至山頂，乍見恩師的慈容，他遂徹底溶化，完全解脫了。

翌日，微明的天色，把地上的雪光映入室內。天上猶在綿綿密密地不住飄著雪。楊君平結紮停當，披上那件紅色皮裘，輕輕開門出去。

他站在寺門口，展目四望。群峰未變，巨大而無聲，似乎每一座峰都以整個它自己默默注視著他，若有情又無情。他在心中發一聲長嘯，一提氣，在浮雪上疾飛而去。

他是在測試他自己，因而一開始便用上全力。依然循上次的途徑，先至峭壁，登岩之後，再飛躍回寺。

他以為可以尋回上次那一番蹤躍之後的無憂與忘我。然而怪異的是，這次他飛奔回來之後，有一種類似不乾不淨的束縛感，他總覺得遺憾。

他一下子找不出遺憾的原因，因而非常著惱。有這煩惱，何來無憂與忘我？

小沙彌為他送來藥湯。

「師父吩咐平師兄務必在早齋之前喝下這碗藥湯！」小沙彌說。

「有勞師兄了！」楊君平接下藥湯，一氣喝完。

楊君平與小沙彌一向以「師兄」互稱。「大悲寺」裡除了伙房裡的老和尚外，約有十來個小和尚，都是山下村子裡的孤兒，無念大師憐他們孤苦無依，收之為徒，暫時剃度出家，依大師的意思，撫養他們長大，教其識字頌經，成人之後，若不耐山中寂寞，可自行還俗下山。

楊君平直到午時，才在齋堂會見了師父與父親。師父與父親早已坐在桌前等候他。他一進齋堂便感覺到恩師一雙慈目披蓋著他全身，由頂至踵。不知怎地，他既覺溫暖又覺慚愧。他趨前向兩老請過安，在一旁落座。

「我與你爹正談及前番咱倆在山中採藥的趣事，」無念大師笑向楊君平說：「那次為師實在痛快！」

楊君平但覺心中一陣莫名刺痛。

師父又說：

「平兒，你大約不知那峭壁上那幾叢雜草旁，會長得有為師遍尋群山不得的藥草吧？這也是奇遇。那日為師依咱們那次上岩路徑，正蹤躍間，見雜草旁長著幾株草莖，極為眼熟，回頭再去細瞧，果然正是為師尋了幾日的一味藥草，真叫喜出望外！」

又轉頭對父親：

「可見凡事不能強求。無此機緣，求亦不可得。」

說畢，似有意若無意地瞟了楊君平一眼。楊君平低頭吃飯，裝作不知，其實是心煩意亂；總覺搔到了癢處，卻又發覺癢的不是搔的地方。

「早上喝了藥湯不曾？」師父又問。

「平兒一大早就喝過了。」

「此是新藥，其味較陳藥略為辛辣；存放兩月後，辛辣自去。」

「是！平兒覺著甚好。」他胡亂答應著。

他幾乎就要抓著那煩惱著他的那捉摸不定的原因，卻又被滑溜溜脫身閃開了。這一頓飯他真是吃得味同嚼蠟。

三人起身離座。楊君平一個失神把桌子碰得一斜，桌上一個菜碗裡的菜湯被震得直濺出來，潑向師父。楊君平慌忙伸手要去扶那菜碗，師父說聲「不妨」，身子向後略退，僧砲飄然而起，一個轉折，恰好避開潑灑過來的菜湯。

這僧袍的飄拂熟悉極了。正是那日他追隨師父上崖，他記在心中師父如何右腳輕點岩面，僧袍如何飄起的動作。於是峭崖上的雜草、今日他的飛躍登崖……等等全部鮮明準確地重疊在一起。

他突然牢牢逮住了那苦惱他一個早上的騷動之源。

這事就發生在他全力施展輕功，飛越茸茸雪地，躍登冰封雪凍的峭崖的途中。他發覺他一路奔馳時，彷彿他就要到達頂點卻瀕於力竭的模樣，這威脅沿路與他相伴，而這種空虛感是空前未有的。

這個苦惱一定型，楊君平立即有了新的苦惱。他心想，我之所以有這力竭的現象，一言以蔽之，用功不足所致。這十丈紅塵果然沾染不得，才不過三四十日工夫，便叫人疏懶困頓一至於此。

他一路檢視這些日子自己究竟鬆懈在何處。耽於飲宴？吃了山上一年未吃的肉而已；疏於練功？每日也在練功房勤練，啥地方也沒去。

則這沾染是無處不在，侵害我於無形之間。我如今重返清山，斷塵俗於萬仞之下，每日勤習我師我父本門心法，理當會還我原貌才是。

念頭走到這裡，心懷一寬。好的是，師父一連數日都相伴著父親，不是遊山便是飲酒，尚未問及他的功課；然而這也是可駭之處。師父似乎不是無暇問及，而是故意避而不問，這是為什麼？這「為什麼」變成楊君平另一個隱憂。

自他認定他的空虛是中了無形的塵世之毒，他就厲行克己的功夫。他不再喝酒；每餐飯量減半。每逢師父親自入廚烹調佳餚，他更是如臨大敵，正眼都不敢看盤中美食，生怕不敵誘惑，全盤崩潰。

他起身更早，練功讀書，一刻兒不放鬆自己，一鬆下來，就如背著人犯了錯、作了惡，立刻汗流浹背，坐立不安。

回寺之後第五日，父親一大早便要下山。

「平兒，爹這一趟下山，有許多事要爹親自料理，何時能重返『大悲寺』尚不能預計。」

「平兒知道。爹其實不用為平兒操心的。」

「我知道你在山上比在家中更加自在，我放心十分！」

「爹如果事忙難於分身，今年平兒就留在山上也未嘗不可？」

楊君平若無其事地說。

父親飛速望他一眼，不置可否，只說：

「也還早，到時再說吧。」

楊君平不敢再多說話。於是去馬廄牽馬出來。這次父親說什麼也不讓無念大師送下山，只說：

「有平兒相送就可，何敢又勞大師跋涉？」

大師無奈，只得在寺門口相互道別。

＊　＊　＊

儘管苦行僧的楊君平為了淬練自己，簡直是無所不用其極，卻不敢再去做一件事：重新從頭到尾測試自己一次。因而這一日師父要他次日早起跟他一道去遊山時，心中不由忐忑不安起來。

翌日天未明，楊君平就在師父禪房門外恭候。師父並未讓他久候，不多時就推門而出，肩上斜掛一個搭連。

「平兒，瞧瞧今兒咱倆的運氣，能夠採他一袋蕈子回來，豈不妙哉？」

師父笑展眉頭，心情十分的好。

一路上，師父有說有笑；而楊君平心裡有事，反倒拘謹小心，也無心觀賞山景。師父只留意路邊有無蕈子，走得甚緩，看來不是要試楊君平腳程的。

由於漫步緩行，又要鑽入小徑去尋蕈子，翻越一座山峰總要頓飯的辰光。

而師父總是說：

「平兒，咱們今兒不行了，瞧，半袋兒都還不到！」

這日雪一早就止了，天氣晴朗，陽光照得白雪耀眼。每到一峰，師父總要凝眸望著遠山。白眉掩垂的一雙眼睛深不可測。看了半日，他就會吁一口氣，似感慨，似驚嘆，自言自語地說：

「果然又是一番新氣象！」

說畢才又往前走。楊君平跟著師父，越走越覺前面困難重重，複雜難解。師父不是來採蕈，不是來遊山；而其實又是在採蕈，又是在遊山。這日，這所有的山，包括師父，對楊君平似乎都是在有意無意之間，而楊君平苦於不能追隨，不能深入，宛如他雖然緊跟在師父身後，卻彷彿被師父越拋越遠。

這時走在前面的師父回首說：

「平兒，這蕈子過午不採便不鮮甜了，咱們加把勁吧！」

一個不留意，人便沒入小徑不見，楊君平加緊腳步跟上去，卻哪裡去尋？數條小徑當前，師父是走了哪條呢？正探頭探腦，猶豫不決的時候，師父滿面笑容從一條小徑冒了出來，拍拍肩上的搭連：

「一心要尋他，他偏匿而不見；而這必得之心一去，遍地皆寶！平兒，我去了不到一盞茶的時光吧？你瞧瞧！」

果然一袋子都裝滿了鮮蕈。師父心滿意足把搭連卸於地上，自己在一塊大圓石坐下：

「咱們且先歇一會。」

從腰裡掏出一個紙包，原來師父早有準備，帶了乾糧出來的。當下師徒倆就著雪水，把饅首吃了。

「這下去便是『飛雲峰』，從『飛雲峰』咱們便直回寺裡去。」

說畢，閉目盤膝，打起坐來。楊君平肚子裡有一百個疑問，一句話也不敢問；也跟著盤膝打坐，心中思潮起伏。但覺師父一言一笑，一行一動都似在告訴他什麼，卻又毫無痕跡，全無尋覓處。

師父不一會便睜眼起身，也不問楊君平歇了不曾，逕自說：

「咱們走吧！」

一臉都是喜悅之色。在前去「飛雲峰」途中，必須路經那座峭崖。楊君平心想，這峭崖總該是解他心中疑難的地方了吧？誰知師父竟是正眼兒也不瞧它，反倒腳程加快，如飛而過。楊君平心中納悶。

正午過後，山嵐漸起，陽光經一陣子時隱時現之後，便全數斂跡。山中陰沉，不久恐怕又會下起雪來。

他們終於來到高聳不見其頂的「飛雲峰」側。師父把搭連又卸於地下，似乎一時不想走開。楊君平半句話也不敢問，默默看著這日慈祥中透著威嚴的師父在他們立足的一塊平地來回踱步，不時站住，雙手負背，仰首凝望遠處的「飛雲峰」；看一回，低頭沉思一會，然後又來回踱步。

楊君平突然明白這裡才會是謎底揭曉的處所。然而也許他又錯了：師父不過是以極尋常無奇的口氣開始說話：

「平兒，你看咱們此刻距這『飛雲峰』主峰有多遠？」
楊君平以目測距，心中盤算了一下：
「五里半以上，不出七里。」
師父點頭：
「為師曾經實測過，實足六里半。從此處觀峰，纖毫畢現。不過今兒彤雲又起，不能得窺全貌了。」
師父又來回走了數趟，兩眼望山，緩緩地說：
「平兒，你且把此時你眼中的『飛雲峰』形容給為師聽聽。」
楊君平不解師父的意思：
「師父是要平兒把『飛雲峰』的狀貌說給師父聽？」
「正是此意。你只需把你看見的說出來就是了。」
楊君平雖不明白師父用意何在，但師父要測試自己的意思則十分明顯。不敢大意，從上到下把「飛雲峰」又細細看了一遍，才字斟句酌地說：
「『飛雲峰』峰高四千丈……」
「不對，不對，」師父目注大山，搖頭說：「我要的不是『飛雲峰』誌，你只述眼中所見，心中所感說給我聽便得了。」
楊君平無端地懸起了心，遲疑了片刻，才又說：

「平兒只見雲低壓頂，掩去了此峰十成之中三成；三成以後，雲薄山見，卻只不過是一片蒼茫，其大無極，無形無體，莫可名狀。」
「與你往日所見『飛雲峰』相似否？」
「渾不似往日此峰！」
「爾試述其異。」
「此山逼於咫尺之前，蒼蒼然若積億萬年的沉鬱，隆然有聲，似有問於我。」
「問爾何事？」
楊君平忽然間神情恍惚，答不出話來。
無念大師又問：
「問爾何事？」
楊君平脹得一張臉通紅，也還是回不出話。
「是爾有問於彼，還是彼有問於爾？」
楊君平滿臉羞慚：
「平兒慚愧，於彼於我，似有所覺，又確無所見！」
無念大師面現憂戚，喃喃自語：
「阿彌陀佛，此障不除，只怕要前功盡棄！」

宏聲說：

「平兒，為師看你夙興夜寐，勤於用功，實則心有所懼，你所懼者何？」

無念大師以內力發聲，聽去似乎只在耳邊，然而片刻之後，隆隆迴音被群山送回，倒像是每一座山都在質問。楊君平如被包圍，無從逃遁，高聲回道：

「平兒所懼者，資質愚魯，有負師望！」

無念大師只是搖頭：

「不然，不然。此自欺之說耳。」

楊君平默然不語。

無念大師——不是專對著楊君平，倒像在對群山說法——揚聲說道：

「自性中有諸多心，恐懼心與焉。要常見己愆，除卻這一切心，不見他人的是非好惡，如此方能通達四方，自由自在。如念茲在茲者均為自性中這許多心，則如籠中之獸，一步之不能移，談何縱遊五湖四海！」

「我今日率爾來此所觀之物，不見其頭，不見其尾；不知其始，不知其終；有多事老僧伽戲名之為『飛雲峰』，實則無名無姓。」

「我今日要爾細觀此物！」

說畢，便盤膝坐於地下，不言不說打起坐來。楊君平不知所以，也跟著盤膝坐下來。山高雲低，飛鳥絕跡，大雪紛飛，悄沒聲息地飄向絕崖，落在四周，漸漸蓋滿了一身。

楊君平雖然面對「飛雲峰」而坐，卻因不解師父的意思，惶惑得如坐針氈，外披茸茸雪花，內裡急得一身熱汗。

過了頓飯時光，兩人坐處如堆起來兩個雪人。忽然聽得師父微微一嘆：

「只怕時機未到，強求無益！」

師父破雪而出，站起身來說：

「平兒，咱們回寺吧。」

楊君平起身抖落滿身雪花，頭垂得低低地，不敢仰望師父。師父渾如不見，把埋在雪裡的搭連拾了起來，拍掉上頭的雪塊，往肩上一搭，展開身法往回寺的方向疾馳而去；楊君平緊緊相隨。這時，天色已經大暗，唯有漫山遍野的白雪映出微光。

回到寺裡，師父一如出門時的滿心喜悅。正是晚齋時刻，師父喜孜孜地又親往伙房把這日採得的蕈子炒了滿滿一盤。

楊君平看得更加狐疑滿腹。在歷經這麼複雜難解的一天，為何師父能像沒事人一般，把清早的喜悅連串接下，彷彿一無中斷？他自己倒像是兩度為人，中間給師父嚴峻的考驗一分為二，如有萬鈞之重加在他身上，他連一絲喜意都擠不出來。

師父胃口奇佳，吃了一碗飯又加一碗。

「雪地裡奔馳了一日，午間一個乾饅首就著雪水，平兒，你難道不覺這暖屋中米飯之香乃天地間的至香？」

師父笑咪咪地說。

楊君平勉強回道：

「是！果然是天下第一香。」

師父不加思索，隨口接道：

「去除諸心，面對真如！」

一面加緊吃飯。楊君平如在籠中，不得脫困而出。這一餐飯只吃得他汗流浹背。從早至晚，師父的慈顏雖然是歡喜無限，總覺另有所屬似的；又似一道考題未完，冷不防又給他一道，而題題他都未能過關，遂一層一層，把他緊緊包裹起來。

這天夜裡他便做了這麼一個清楚合理的夢。這個夢的起頭不同於一般夢的荒誕無稽、時空錯置，因而楊君平覺得它「清楚合理」，一如實生活中必然的瑣碎。

夢中他跟師父之間清澈如水，全然沒有白日裡那一種的飄渺難懂。

他心裡想的，嘴裡明明白白，毫無難處就說出來了。

「師父，您至今都還不曾教給平兒『浮雲十八式』呢！」

他在夢裡向師父這樣撒著嬌。

「呵，呵，平兒，為師怎地竟沒有想到這『浮雲十八式』？」

然後，不知怎地，這中間經過了好久好久，師父才又在他前面說話：

「說的也是，這『浮雲十八式』得要有個傳人才是！」

忽然探首到楊君平胸前，而這時楊君平才發覺他衣襟敞開，前胸裸露無遺。師父說：

「為師先要瞧瞧你腹中尚能容物否？」

於是只見師父兩手在自己肚腹上不住盤弄著。楊君平驚異不置，想要探首看個究竟，卻怎麼也抬不起身子來。

折騰了許久，聽得師父喟然嘆道：

「你腹內果然俐落整潔，與人不同，只是這體外之物何其之多！已是間不容髮的局面，如何容得下我這『浮雲十八式』？」

再過了一刻，又聽師父說：

「時機未至，時機未至！」

雙手隨即撤離自己肚腹。楊君平腹中一涼，一陣劇痛，大叫一聲而醒，原來是一場夢。

楊君平挺身坐起來，胸前衣襟果然不知在什麼時候解開了。他怔怔地坐了半日才回過神來。師父的話真切如在耳邊，哪像是夢中的語言？「時機未至！」恩師鬚眉皆動，更是如在眼前。

時機未至。什麼時候才算時機到了？師父話中有什麼玄機？

從此，楊君平不再作非份之想，一心只等這時機到來。他堅信師父必然胸有成竹，早已經安排在先了。

＊　　＊　　＊

然而這一等就等了快一年。師父絕口不提傳授「浮雲十八式」的事。豈止「浮雲十八式」，就這日常練功，師父也不甚措意，只說：

「平兒，你根底已有，就照樣兒練去，為師到時自有理論。」

有了前次經歷，他把師父的放鬆當做一種溺愛，這對自律至嚴的他反如撒下了一張網，層層把他緊纏起來。他越發一刻兒也不敢鬆懈。他的苦行都看在師父眼裡。

「平兒，」一日，師父在飯桌上對他說：「我今兒放你一日假，你去遊山也罷，在屋裡睡覺也罷，只不許碰書，也不許去練功房。」

楊君平不解師父的用意，又不敢動問，只得唯唯稱是。平日師父從不設題，他一行一動反倒受拘，今日師父下了這一道嚴命，他卻如得到大解脫、大自由。他果真啥事也不做，只在禪房裡倒頭大睡。

晌午過後，吃也吃飽了，睡也睡足了，在寺裡一味逛來逛去，漸漸若有所失——這也都看在師父眼裡。

又一日下午，楊君平在禪房裡，正襟危坐地讀著一本《左傳》，師父翩然走進來。楊君平忙不迭起座相迎。

師父擺手說：

「你只顧讀你的，我略坐坐就走。」

楊君平哪裡敢坐下，只在師父一旁垂手侍候著。

師父一雙慈目微注楊君平，輕嘆一聲說：

「平兒，你如此為師反不自在了。也罷，你也不必讀書了，咱師徒倆就坐著說話兒吧！」

楊君平這才在一旁坐下來。

「平兒，你今年多少歲數了？」

「平兒今年十六整歲了！」

「嗯，你在山上兩年，那你是在十四歲那年上的山。為師十歲出家，二十歲出道，四十五歲與你爹以武論交，那年你爹整三十，名頭已十分響亮，一見成莫逆，二十載轉眼不見，為師今年已六十五了！」

楊君平傾耳細聽，一個字兒不敢漏。

「當年你父與為師互為傾慕，為師久聞你爹的『十八正掌』打遍天下，而為師的『浮雲十八式』劍法亦薄有虛名。相見那一日，我倆坐談終夜，唯以這掌劍為題，唇來舌往，互不謙讓；鬥到天明，相互撫掌大笑，互允為畢生暢事。」

「平心而論，你爹武功以剛猛見長，為師則擅柔綿，但我倆相識以來，既不爭長，也不揭短，倒是推心置腹地互作芹獻，因而到得後來，你爹的掌法，為師的劍法均有修變。『十八正掌』常有為師的拙見，『浮雲十八式』則屢參你爹的創意。雖然如此，『十八正掌』依舊是一套嫉惡如仇的掌法，大開大闔，招招氣吞山河；『浮雲十八式』也依舊宗旨不移，始於有形，沒入無形。」

無念大師臉含微笑，似乎這往事給他帶來無比歡悅。

「為師五十歲那一年忽有所悟，又蒙你爹建了這座『大悲寺』予我寄居，從此絕跡江湖，無心於武學；而你爹也繼承了父業，甚少在江湖上走動，然你爹從未斷念於武學的精進，則是為師所深知，也……」

無念大師臉色轉為凝重。

「……也是為師常引以為憂的事！」

大師住口不語，低頭沉思良久。

「平兒，」大師忽然又說：「你可知你爹這一生以何者為他的志業？」

楊君平想了一想說：

「我爹雖然營商致富，卻從來也沒把這當作他老人家的正業。我爹的畢生志業當是傾全力以求到達武學的登峰造極之境。」

無念大師點頭說：

「是。我且又問你，你爹畢生的憾事為何？」

楊君平面有難色，欲言又止。

大師說：

「我與你爹情勝兄弟，你直說無妨。」

「我爹常說他稟賦不足，雖有求全之心，但每在緊要關頭，功虧一簣，便如……」

忽然腦中靈光一現：

「……便如那日『飛雲峰』為雲所遮，缺了一個峰頂相似。」

無念大師微笑點頭道：

「阿彌陀佛，善哉，善哉！」

又嘆口氣說：

「此正是為師憂心所在！要知『飛雲峰』豈真缺頂？為雲所蔽而已。你爹執著於所見，終為缺頂所迷，如陷囚之獸，惶惶不可終日。」

「平兒，你當謹記：『心不住法，道即通流。心若住法，名為自縛。』你爹念念在茲，窮其一生猶在作困獸之鬥，其苦莫名；你豈可再蹈你爹的覆轍！」

大師白眉揚起，雙目炯炯地直視著楊君平。

「是！平兒省得！」楊君平垂首答道。

大師一雙慈目更加精光四射，總也不放開他，卻似終無所獲。大師語聲低微，像是說給他自已聽：

「時隱時現而已。得有驚天一爆，始得破繭而出！」

楊君平隱約聽見師父的話，不知究竟是說爹還是說他自己。

無念大師直到此時方才露出言歸正題的模樣。他把先時零零碎碎的種種面情，諸如：淡憂、淺急、摯愛、深慮一概收起；只見雲淡風清，諸事從頭開始似地。師父從衣襟掏出一個紙包，遞給楊君平：

「平兒，你爹託人捎了兩封信過來，前日為師才收到。一封是給為師的，一封給你。」

楊君平把信收下，正待拆開，師父又說：

「明兒大早，咱們就開始練『浮雲十八式』吧！」

楊君平突然滿心激動，熱淚盈眶，不知是悲是喜。師父只作未見，藹然說：

「你爹今年似有關外遠行，或不能來『大悲寺』……你爹信中必有交代，你看了信自然明白。」

說畢，起身離去。楊君平急急把信拆開，信上寥寥數語：

平兒如晤　為父原擬日內馳赴大悲寺　嗣因驟接關外故友傳書相召　其事火急　為父不得不兼程趕往　返梓之日未定　總在年後

為父亦有一函致上大師　懇彼務必早日傳汝浮雲十八式　以竟全功

則我兒於行功日緊之際　亦不宜遠行

事出突然　日後當為汝細說前後

楊君平剎那間如釋重負。旬日以來，與日俱增的莫名的憂煩膩憎，都如夏日午後的燠悶，被一陣暴雨洗刷一淨，但覺清涼蔽體，舒暢極了。而非常清楚的一件事是：他先前的苦惱都與歲末將屆，他即將返鄉度歲有關。特別是前番回家之後……

但這件事廓清之後，他立即被另一件事嚇得冷汗直流：師父明日便要授他「浮雲十八式」！他乍聽師父的話，心中五味雜陳，悲喜莫辨，即此一端已十分怪異，而後父親信中說他巳懇請師父「務必」早日傳授這套劍法，顯然這授劍一事不是師父本意。一念至此，他焉能不嚇得冷汗直流！這正如他夜間所有的噩夢都如實搬到白日裡來，一個環節一個環節都照著噩夢中的荒誕，絲毫不差地發生在眼前這一刻。噩夢中，自己猶濫用師父的疼愛，死皮賴臉地央求，磨得師父不得不直說出「時機未至」這話。

這就是此事的尷尬之處，而過錯全都在他自己。他堅決認定，以求略贖己愆。另一個贖罪之法是把這套劍法拚命學好，高出師父的期望，用以感動師父，收回——至少在師父心中——他先前說的話。

因此自這授劍的第一日始，楊君平便戰戰兢兢，全力以赴。他如飢如渴，把師父的一言一語、一舉手一投足，全數記住。

十日之內，這一套「浮雲十八式」的劍招及其騰挪變化都一一收入楊君平腦中。無念大師說：

「你學習之快，遠超過為師的預期。為師原以一月為期，奠定你的初基，如今你以十日成就一月的功課，我十分快慰。」

「不過，所謂『十八式』，皮相之說耳，說它是一具『臭骨頭』也不為甚。為師在草創這套劍法之初，劍芒所指即非單一與我對敵的人；意欲涵蓋我內力所及的一草一石，其極致為無劍式之劍式，從有形至無形。無諸相之拘，則以蘆草之柔，亦可來去自由，無滯無礙。」

「平兒，你再以五日之功，反覆習練，五日之後，為師要瞧瞧你究竟功行到了何處！」

誰知這第五日從此成為楊君平畢生抬不起頭來的日子。是在這一日，楊君平頭一遭見著師父對自己搖頭。

「意不馭劍，意不馭劍！」

是在這一日，楊君平頭一遭見著師父慈眉深鎖，頭一遭聽見師父這般肅然的訓示：

「平兒，你年歲一日長以一日，難免有許多心事，為師也不便細問。不過，習武之人，定心靜慮最是要緊，於本門心法之外，要記得克己復禮的功夫。你，不要辜負了你父及為師對你的厚望！」

聽得楊君平通體冷汗，一夜不能成眠。他只想找出他何以變得如此的原因，卻始終不可得。難道他這痛，就是江淹之痛？

＊　＊　＊

一日夜半，楊君平從睡夢中驚醒，聽得耳旁有蚊蚋一般的呼叫：

「平兒，平兒，開門！」

是內功傳音之聲。一般語聲在經內力擠壓成細縷狀得以藉內力穿透空氣而致遠，但其質也變，一時楊君平不知是誰在叫他，但他略一凝神，便知除了父親斷然沒有第二個人。

他一翻身起來，也運力以傳音術對著門外回道：

「請爹稍候，我掌燈即來開門！」

他點起蠟燭；動作雖然輕巧無聲，卻避不過無念大師的耳朵。楊君平才開了房門，師父便已走了過來：

「平兒，有人在寺外叫門麼？」

「是我爹！我這就去應門！」

無念大師頗覺意外：

「我與你一起去看來！」

此時臘月已過，時令已入隆冬。大雪連下了好幾日，屋外一片銀白；雖是深夜，白雪映輝，如同白晝。楊君平把寺門才剛開得一半，嘘乎乎，夾風帶雪，燭光應聲而滅。門外一匹瘦馬，一個中等身材的陌生男子，身披大氅，頭戴蔽雪斗蓬。無念大師目光何等銳利，奪口說道：

「阿彌陀佛！施主，你怎地這半夜到此？」

楊君平細細一看，果然是父親。兩年餘未見，乍見卻如陌生人，淒風苦雪，加上師父那親情滿溢的一聲呼叫，不知怎地，楊君平心中酸痛難忍，熱淚滾滾而下，不由自主雙膝一軟，跪在雪地上叫得一聲：

「爹！」

便哽咽得說不出話來。他脅下立即伸過來一雙顫動的手扶他起來，似乎也是難抑激動。

「平兒，起來，起來！」

等得楊君平站起身，父親已把斗蓬摘下，楊君平心中又是一酸。父親幾乎變了一個人，怪道雪光之下，看去這般陌生。他從一個偉岸的中年人，一變而為一個萎靡老人；長髮散亂，短髭暴長。

而最是令楊君平心神震動的，是他一抬眼，便接受到父親一雙奇異的眼光：碧如燐火、焦灼、不耐、銳利如刀地搜尋著楊君平的臉。

無念大師必然也見著了這些可疑的異狀，不動聲色，僧袍飄動，移前一步，橫在他們父子之間，嘴裡說著：

「盡在雪地裡站著做什麼？進來再說。」

又招呼著楊君平：

「平兒，你把馬兒先牽去馬廄，卸下行囊送到你爹房裡去，再去為師禪房尋那小泥爐出來，生他一爐旺旺的炭火，我要親手烹一壺好茶給你爹暖暖身子！」

父親說：

「生受大師！我一踏進此山，煩憂便去了一半，再得見大師慈顏，如對親人，好叫我……」

神情一黯。無念大師挽起父親手臂說：

「此刻說這些做什麼！施主日夜兼程，必然尚未進食，我去廚下弄些吃的來！」

不移時，寺內燈火通明。楊君平去父親房裡把被褥等鋪設停當，又去師父房裡尋出炭爐，照師父的吩咐生起一爐旺火。

楊君平一面幹活，一面心裡頭七上八下。父親來得這等突然，這是頭一樁不尋常。父親形容枯槁，猶如不識，這是另一樁令人駭異的事。這不尋常與父親的可驚可怖，把楊君平一顆心全盤打亂。

除了這立即的心頭之亂，楊君平心中極深之處，生起某種隱隱的傷痛。往日對久別重逢的父親，他總懷有深摯無瑕的孺慕，此刻他突然發覺這次他根本沒有這摯情；與此同時不見的，是往時對父親倚如靠山的依賴感。是這失落引起他的傷痛。

師父在這深更半夜，冷鍋冷灶的情形下，費時不久就熱騰騰地整治了幾色菜餚，一盆炒飯上來，一時滿室生香。父親果然是餓得狠了，狼吞虎咽，兩三下把幾碟素菜，一盆炒飯吃得精光。師父適時沏了一壺釅茶，父親又連盡數海碗。直到這時，父親才略微恢復了些昔日的神采，眼神略定，不似剛到時的碧光四射，警戒森嚴，看著楊君平時，也撤去了方才的密集探查，而透出了一絲溫柔。

「大師，你簡直要把在下寵壞了，」父親嘆口氣：「說真格的，我已經數月未曾如此飽餐了！」

「這算得什麼，」師父春風滿面，彷彿根本不曾看見父親的異狀：「咱們快三年未見了吧？明兒我下廚像樣地弄他幾個菜，老衲陪你一醉！」

又向楊君平：

「平兒，你就回房歇著去吧，為師與你爹說會兒話，也就散了。」

但是回房躺在榻上的楊君平卻怎麼也睡不著。他不由自主地運起十二成功力想要竊聽師父跟父親究竟在說些什麼。然而，雖說三間禪房一字兒相連，父親那間居中，父親在楊君平一離開便把房門緊緊掩上，任憑楊君平的紫微內功已極具火候，也無從從他們刻意壓低的話聲裡聽得見一言半語。偶爾有父親的長嘆聲，夾雜著師父低沉的佛號：阿彌陀佛！此外便是嗡嗡的一片模糊。

他們直談了一夜，楊君平也直守了一夜。他越是聽不清就越發傾全力要去聽。最後他發覺自己不知怎地，走了出去，或者竟是走了進去，進入一個不知其名，無形無狀，白茫茫一片的無邊無際，走著走著，自己也沒入了那一片空無，接著就是無可比擬的甜美。

父親第二日睡了一整日，直睡到小沙彌去喚他吃晚齋，才來到齋堂。父親的髮髻梳了起來，鬍鬚也修剪了一番。雖然比三年前大為清癯，但是與前日剛到時相較，卻振作了許多。

叫楊君平更不安的卻是：父親眼中雖然不再戒備森嚴，一觸即爆，但目光卻不敢與他單獨相接。唯有無念大師在跟楊君平說話時，父親才會跟隨著大師把眼看過來。

比如此刻，師父正說著：

「平兒，這道紅燜豆腐是你喜歡的菜，為師今兒特意加了些香椿末，風味又是不同。」

楊君平就感覺到父親的眼光落在自己身上。他不敢抬頭回望，生怕他自己的眼光一去，父親就會移目他望。

楊君平既沉重又悲哀。

楊君平在替父親卸行囊時，見有一個數斤重的陶甕，他知道這甕裡滿盛的必然是酒，且必是遠道捎來送給師父的，卻總不聽父親提起，這時便說：

「爹，您皮囊中的陶甕……」

父親猛然說：

「你瞧瞧，大師！我此次路經紹興，特地估了十斤女兒紅，要與大師共飲一醉的，怎地就忘得一乾二淨了！」

忘卻一件事，原也沒有什麼大不了的，何以父親這般懊惱，而且怎地如犯了大錯似地，一味地要遮掩呢？

不知怎地，這越發加重了他心中的傷痛。

父親說：

「平兒，你這就去把那一甕女兒紅搬去你師禪房，今兒夜裡我跟你師要痛飲竟夕！」

眼睛不看楊君平，只望著無念大師。

大師笑道：

「這女兒紅千里迢迢，得來不易，老衲少不得要叨擾幾杯！這下酒小菜自然是少不了的。」

父親跟師父也不是頭一遭徹夜飲酒，幾時曾先以眼徵詢過師父的意思，彷彿生怕師父回絕似的？

兩老自然又是一宿未眠。

*　　*　　*

因而次日一大早父親走進楊君平房裡來時，倒著實叫他吃了一驚。父親搖手要他不必起身。一開頭，父親顯得有些神色匆匆，像是嘴邊有幾句要緊話，開門見山說完了，回身就要走人。

但是父親一坐下身子，就安靜下來，同時或由於單獨相對，一種奇怪的父親的威嚴就自然而然散發出來。他先不忙說話，探首看了看楊君平攤開在桌上的那本經冊。

「喔，這《六祖壇經》是你師父要你讀的麼？」

「師父他老人家從未曾叫平兒讀經，倒是師父平日裡的教訓極寓深意，平兒前些日子偶然翻動這本書，覺著師父許多話，聽似無心之語，其實都有所自，一時興起便捧讀起來。」

「可有什麼徹悟？」

「平兒慚愧！似懂未懂，似悟非悟。」

「談何容易！」父親說，臉上現出些迷惘：「迷人非智者，頓漸自有別。這『慧根』與習武的天賦，豈可同日而語哉！」

父親到了這時才算徹底擺脫他入寺時，令楊君平深感疑懼的警戒與敵視，而復原了父親的主宰與霸氣。這原是往日與父親相處時，楊君平的不自在的源頭，如今反倒叫他鬆了口氣，莫名其妙地寬慰起來。

「是，」楊君平回道，簡直是快活的語氣：「平兒在這『悟』字上頭，只怕是萬分愚庸。」

「也不盡然，」父親說：「我輩習武的人，病在過於進取，自縛太深，但察秋毫，不見輿薪。」

楊君平心想：是了，這正是師父詬病父親的所在。既然父親也有見於此，何以……

只聽得父親又說：

「我人一味只求造極，然登此峰已然不易，何況還有千萬其他之峰猶高於此峰！」

楊君平突然覺得父親彷彿又從光芒四射、威霸四方的氣勢逐漸黯淡下來。他等著父親的下文，卻只等到父親的一聲輕嘆：

「而人生苦短，空有滿腹的壯志！」

楊君平不禁若有所失，但又不知自己對父親的不滿在於何處。他低頭不語。

父子相對無言。父親忽地警覺起來：好似與對手過招，自己露出了空門。面轉溫和，他換了一道話題：

「這幾年爹在外奔波，無暇照顧於你，爹心中頗為不安。」

「爹終年勞碌，席不暇暖，平兒知道！平兒在山上十分安適；何況平兒如今長大成人，凡事均可自己照應，爹千萬不必為平兒憂心！」

「我知你師愛你、護你，勝過爹百倍，你在山上，我豈有不放心之理！」父親神色落寞地說：「你師是一代奇人，爹數十年行走江湖，只服過你師一人。不過，不過……」

父親沉吟了一會，毅然說道：

「不過，你師世外高人，宅心無比仁厚，只怕他太過寵愛於你，難免有失之過寬之處，這對你的武功進習，似亦未必佳。」

楊君平聽得心頭一驚。父親說得何嘗沒有道理？師父傳授自己武功，從不疾言厲色，也不嚴於要求；虧得自己尚能舉一反三，又尚知上進，才能把師父的武功學得點滴不漏；如果換了一個偷懶的，十成裡頭看看能不能學到三成？

父親說：

「你師父想必已經把『浮雲十八式』傳授給你了？」

「是！」楊君平面露愧色：「師父教是教了，只是平兒對這套劍法的博大精深，至今尚未能十成十領悟……」

父親聽得極為注意，這時插嘴說：

「且慢！平兒你是說你尚未學會這套劍法？」

「卻也不是，」楊君平不知如何解說，想了一想才說：「平兒對出招變式倒也記得滾瓜爛熟。不過，每試演一趟下來，師父的評語總是那四個字。」

父親急問道：

「是哪四個字？」

「意不馭劍！」

父親皺起眉頭，眼中碧光閃爍，照著他突起的顴骨，看上去有些猙獰。他喃喃地唸著：

「意不馭劍，意不馭劍……」

「爹對這套劍法也略知一二，」父親說：「但你師此語必有深意，爹一時還想他不透。」

兩人又沉默了一會。父親突然語氣極其慎重地：

「平兒，這套劍法十分要緊，你務必儘早把它通前徹後食而化之！爹有重望寄託於你！」

楊君平心中震動，不由得舉目看了父親一眼。

「我此次上山，為的就是要告知你這件事，」父親眼中碧光散去，原來隱隱約約的一點猙獰，失去了碧光的支撐，驟然間變得憔悴不堪：「爹這數年關內關外馬不停蹄，亟亟於辦一件大事。事未辦成，爹心力已瘁，爹希望你來續成它！」

楊君平說：

「以爹的武功，天下還有什麼事辦不成的？」

父親搖搖頭：

「平兒，這話不可亂說！況且此事也非……」

話未畢，沒有任何警示，右手中指如鉤，閃電般直取楊君平咽喉。楊君平大吃一驚，本能地一偏頸脖，吸了一口氣，全身橫移了數寸；他本是坐在椅上，這一挪移，人便懸了空，他也不改坐姿，手指輕按桌面，就利用這一口真氣，繞著椅子騰空轉了一圈，依舊面朝正面，坐回椅子上。父親手指如影隨形，跟蹤而至，楊君平不得已只好起左手食指，點向父親右手手腕。父親全不閃避，眼看楊君平食指就要扣住手腕，忽然父親點向楊君平咽喉的中指，疾如蛇頭，匪夷所思地一個大逆轉，反過來扣楊君平的手腕。楊君平左手急速一沉，卻已來不及閃避，被父親指尖在腕脈上掃了一下，被掃之處頓時火辣辣地灼痛起來。

「爹，您……」楊君平驚呼了一聲。

父親已經收手，憂形於色：

「平兒，除了這移形易位之術，你這數年武功進境不大呵！」

楊君平羞愧得不敢抬頭。

父親說：

「你師父除了對你『浮雲十八式』有意不馭劍的評語外，尚有其他話說給你否？」

楊君平想了想，坦然說道：

「師父曾直言平兒心意不專，要平兒平日多致力克己復禮的功夫。」

「嗯，你師父必有所見。爹引以為異者，前番爹來山上時，只覺你有日進千里之勢，何以這三數年你便停滯不前？殊不可解！」

楊君平囁嚅說道：

「平兒以為，平兒或者蹈了江文通的覆轍。」

父親大大搖了兩下頭：

「荒唐！你才多大年紀！且文學、武功截然不同，『江郎才盡』之說豈可延用於我輩習武的人！」

話雖如此，父親卻苦思不得其解。

「平兒，」父親沉思了許久，說道：「你倒想想，這心意不專的情形起於什麼時候？」

楊君平茫然無從作答。

父親幫著他算日子：

「爹前次上山發覺你如初發之箭，勇猛精進，銳不可當。那次爹是來帶你下山回鄉度歲的。此後爹便不曾上山，然則這事起於返鄉之後……難道……」

楊君平突然覺得心中一陣錐心刺痛，臉色跟著一變。這些都沒有逃過父親的一雙利眼。

父親這時索性閉起了雙目，也不知他在想什麼，眉頭緊鎖，兩頰深陷，又是那夜他初抵寺門時那付形容枯槁的可怖而陌生的模樣。

他忽然睜開眼，從桌上拾起那本攤開的《六祖壇經》，翻至一頁唸道：

「……心量廣大，猶如虛空……無瞋無喜，無是無非，無善無惡，無有頭尾。諸佛剎土，盡同虛空。」

停了一會，又唸：

「自性能含萬法是大，萬法在諸人性中。若見一切人『惡之與善』，盡皆不取不捨，亦不染者，心如虛空，名之為大；故曰摩訶。」

父親還書於桌，說道：

「你師要你克己復禮，在俗世中用以致仁。然這終究也屬自縛其身，不能縱放自我於寰宇之間。要做到於斗室中而與五湖四海、須彌諸山共沒於虛空方是徹悟，不過這禪定的功夫……」

「不過這禪定的功夫非一日可就，而時不我予！」有人接口說道，門口站著的正是鬚眉皆白的無念大師：「老衲日思月慮，想要有所開導，總是不得善策！」

慈眉打了一個結。父親及楊君平連忙起身相迎。

「施主適才一番話說得甚是透澈！施主有見於此，不日當可得見菩堤！」

父親苦笑道：

「近日雖有所感，不過亦旁門左道耳。」

父親手執無念大師的僧袍，說道：

「大師，你我外頭說話！」

於是兩人相偕走出楊君平的禪房，一逕走向寺門，越走越遠，似乎要沒入群山之中不見了。此時已近晌午。午齋時不見兩老返回。晚膳兩人仍是行蹤渺渺。到得深夜，方見兩老披雪而歸。楊君平想要從他們的滿面風霜，看出一點端倪，但以楊君平終年深山，從未涉世的生澀，何能窺探這兩位飽經世故的老人心中的隱密？楊君平心內納悶，一夜輾轉難寐。朦朧中，似乎父親與師父又是傾談終宵，父親直至天明方才回房。

＊　＊　＊

「平兒，」父親第二日見著楊君平，開門見山就說：「昨兒我跟你師父長談了一日一夜，我倆無所不談，而以你的來日前程說得最多。你師及爹咸認以你的現狀，應是入世歷練的時候了。」

楊君平不由得一怔說：

「平兒學藝未精，怎能造次去闖蕩天下？」

「若就你的所學而言，行走江湖也不是難事；至於你說的『學藝未精』，我知你之所指，只能一步一步來。這山中日子的樸實淳厚，怕無能為力了。這幾年不就是明證？」

「只是……」楊君平怎麼樣也想不出不下山的理由。

「爹曉得你心中不捨你師父，」父親不容他多說：「還有這山上無憂無慮的日子。但此地終非你久居之地。我……我即刻便會有一個重任要你去完成！」

這正是數日來楊君平悶在心頭想問而不敢問的：是什麼樣的重責大任，要父親這般慎重其事地一說再說？

「爹，」楊君平終於忍不住：「是什麼樣的大事恁地要緊？」

父親忽然又顯出那掣劍在手的戒備森嚴，卻又急於脫出戰圈的神情。

「自是十分要緊，我到時會細細說給你聽，」父親似乎想到一件事，又因能藉此另闢話題而眉頭一鬆：「不過時機未至。我得要在這之前，預為你作若干準備。比如這數年雖然你自個勤練不懈，卻並無進境，這事頗為可怪……爹無日不在苦思，你師也是百思不得其解……」

說著神思便恍惚起來。楊君平明白再問無益，說：

「平兒悉聽爹的吩咐，只不知何時下山？」

父親說：

「雖非火急，也不宜遲。這麼著吧，你這幾天就先拾掇拾掇，我跟你師尚有些話要說。咱們說走就走。」

接下來幾日，父親每日都與師父長談到深夜，隔日，父親的臉色總是變化不定。有時剛猛豪壯，霸氣十足；有時則謙和退讓，與世無爭，因此而格外憔悴。

師父臉上從無異色，始終如一，白眉覆眼，溫煦如春，從他老人家身上散發著慈和恬淡，只是不時嘴裡輕聲唸著佛號：阿彌陀佛，阿彌陀佛。

這日晚齋時刻已到，楊君平在齋堂久候兩老不至，一人不敢擅自動箸，便前來相請。父親禪房中空無一人，想來是在師父房中。果然，行到門前，便有低語聲傳出來，聽不真切。只聽得師父宣著佛號說了一聲：

「我佛慈悲！這等殺氣，老衲……」

忽聽父親一聲斷喝：

「外面是平兒麼？」

屋內隨即寂然。楊君平連忙高聲回道：

「是！是平兒來相請師父跟爹吃晚齋來的。」

「知道了，」父親說：「你先去吃著吧，咱們隨後就到。」

於是楊君平先回齋堂，把兩碗飯盛好了，端坐著等兩老到來。不一會，父親高談闊論地大步走進齋堂。這一餐飯只聽父親一人有說有笑，十分高興。師父說得不多，偶爾回應一聲，倒像是托著一個寬大深厚，容納無限的托盤，沿路托接父親四散飛落的話語。

「平兒，」父親說：「咱們明兒一早就上路。看這雪還有得下，我們卻怕他怎地？」

師父在一旁說：

「施主既然執意要走，想來老衲要留也留不住，只是老衲與施主數十年交情，與平兒師徒一場，這一別不知何日才得相逢；且稍留一日，容老衲明日下廚整治幾個菜，為你父子送行，後日一早再走，如何？」

父親不知怎地，情緒突然激動起來，碧眼裡，淚光閃動，半日才說出一句話：

「大師吩咐，在下敢不從命！」

一旁的楊君平早已淚流滿面，卻毫不自覺。大師輕輕嘆了口氣，慈眉微微一抬，宣了一聲佛號，隨口唸道：

「思量惡事，化為地獄；思量善事，化為天堂。念念起惡，常行惡道；回一念善，智慧即生。」

唸畢便不再多言。父親默然。楊君平茫然不解，但不知怎地，只是渾身打著哆嗦，莫名的驚悸瞬間爬滿了一身。

第二日，師父親自在廚下忙亂了一整日，到得晚上，桌上整整擺下了十道精緻素菜。師父又命小沙彌在齋堂四壁燭台遍燃粗燭，真個是燈火通明，如同白晝。

這一餐飯竟然吃得毫無聲息。平日酒量甚豪的父親，這晚不過一壺之量便已醉倒。楊君平連扶帶攙，把父親送回禪房內睡下。自己回房躺在榻上，聽得外面朔風轉緊，群山呼應。看樣子，這雪只怕要下一整夜了。

次日楊君平起身推窗外望，原就冰封雪蓋的四野，夜來更是覆上了半尺餘深的新雪，銀白一片，不分東西。他把前日就摒當好了的行囊提到門外，聽聽父親及師父房中都無聲息，料想已在齋堂用早膳了，連忙趕往，果然兩老都坐在桌前等他。他請過安，看看桌上又是一桌菜。

「下得一夜好雪！」師父說：「老衲晨起到寺外周遭略為巡視，見那登山路徑已被雪封了。你爺兒倆下山須得老衲領路，方不致有誤。」

「恭敬不如從命，」父親說：「經這一夜狂雪，山路委實難辨。只是又勞大師上下跋涉，好叫在下過意不去！」

「些許小事耳，」師父說：「要不是路徑不熟，這雪再有尺來厚，也難不倒你爺兒倆。」

一面說話，那一雙慈目始終望著楊君平。楊君平一見師父，不知怎地，喉頭就作哽，食不知味，連話都不敢說，生怕一出聲，飽含在眼眶裡的淚水就會滾滾而下。

草草吃過飯，師父略作交代，一行三騎迤邐下山。有師父領頭，下山之路便走得極快。雪已止，天卻依舊陰沉如晦。三人心境一如天色，難得說上一句話。

到得平地，父親一拉韁繩，止步說：

「這一路前去都是坦途，大師就請回吧。我此去若能脫卻萬難，從此便決意絕跡紅塵，與我師長隱深山，逍遙餘生！」

大師雙掌合十，垂首閉目，寶相莊嚴，片刻之後方開口說道：

「施主，用一『忍』字，眾惡無喧！凡事但請三思而行。」

父親在馬上長揖不語。

師父又對楊君平說：

「平兒，為師摘《壇經》一語相贈：一念愚即般若絕，一念智即般若生。望好自為之！」

楊君平翻身下馬，在雪地裡跪下，端端正正對著師父拜了三拜，別過頭去，熱淚撲簌簌地自臉頰一直滾落到衣襟。

* * *

別過無念大師，父子倆一路無語，策馬飛奔，似乎要藉熾烈的狂奔急馳來除去周身莫名的重壓。

楊君平有數年未履平地，這一路途經熱鬧市鎮，竹林小莊，五顏六色，目不暇給。楊君平究竟年紀還輕，被這花花世界一分神，原先的愁緒竟而逐漸淡薄下來。

父親自辭別了無念大師，便沉鬱如山，輕易難得一句言語。雖然如此，對楊君平卻照顧得無微不至。父母對子女的「照顧」，不外飲食起居，自古皆然。因而每到一個村落或市鎮落腳打尖，父親總是叫滿一桌菜，也不管吃得完吃不完。他一個勁替楊君平佈菜，自己卻吃得極少。有時他全然不舉箸，或沉思，或只看著楊君平吃。路經熱鬧的市鎮，見楊君平有留戀之意，便會多留一日，任楊君平自己逛去，他則在旅邸擁衾大睡，到了夜間吃飯時，便叫店家估幾斤酒來。楊君平不善飲，父親也不勉強，自斟自酌，直至深夜。

一連數日，楊君平非但沒能親近父親，反覺他生疏得緊，如城門緊閉的一座古堡，不用戒備，不用閃避，只把他自己在那方位一放，以他的無顏與無言，就拒人千里之外。

這一日，父子倆奔馳了一個上午，來到一個不大不小的市鎮，父親叫楊君平先入鎮尋個像樣的飯莊打尖。楊君平於是縱馬先行。入得大街，老遠就見一面酒帘子斜插在一個店家的門柱子上，隨風飄揚，酒帘子上三個草書寫得龍飛鳳舞：「滿頰香」，還未到門前，已飄來撲鼻的滷牛肉的濃香。楊君平心想，這店名倒取得實在。門前坐放著幾個大蒸籠，蓋子半掀，露出熱氣騰騰，白白胖胖的饅頭包子。裡頭擺著幾副座頭，窗明几淨，就這數樁，已撩起了楊君平肚中的飢火。

他掉轉馬頭，卻見到斜對面十數丈外圍著百十個村民，七嘴八舌，人聲鼎沸。楊君平不暇細顧，直奔到父親坐騎前。

「爹，這前頭有一飯莊，看著挺乾淨的。咱們就在這兒歇腳？」

「也好，」父親無可無不可地說。

父子倆蹄聲得得，路經那圍觀人群時，父親眉頭一皺，駐足傾聽了一會，似頗為不耐，便又往前行，直到「滿頰香」前下馬。楊君平交代店家給牲口餵飽草料。進得裡面，挑了一副面窗的座頭坐下。

肩搭毛巾的店小二滿面堆笑，趨前躬身問道：

「不知兩位爺要吃些什麼？」

父親說：

「先來一壺上好的茶，要好的。你們貴店有哪些拿手絕活？」

店小二方要報上名兒，父親擺手說：

「不必報了，你挑你們店裡頂尖兒的就是了。咱爺兒兩個人，你酌量著上菜吧。饅頭包子各來四個。」

不一會，店小二端了一個托盤前來，上面放著一壺茶，兩個瓷杯。父親先斟了一杯在手，舉到鼻前聞其香味，再輕啜了一口。

「這是雨前龍井，茶香茶湯尚稱不惡。以茶論菜，其菜應在中上，只不知店家善釀酒否？」叫來店小二一問，少不得又得聽他一番吹擂。

父親說：

「這二鍋頭既是你們的家釀，不妨打四兩給咱爺兒嚐嚐！」

等店小二走開，父親說：

「平兒，今兒你陪爹喝幾盅，咱們飯後先不忙上路，找件事來做做！」

楊君平頗感意外，甚而有些驚喜，彷彿那陰沉難測的古堡，城門開啟了一縫，放出一點生氣。但楊君平隨即覺著一絲不安，他似乎覺得什麼地方太過了。是哪裡？為什麼太過？一時他卻捉摸不住。

店小二先送上兩個冷碟子：涼拌羊頭皮、麻辣牛蹄筋；一錫壺二鍋頭。店小二把酒斟上，陪笑說：

「二位爺先嚐嚐這酒。後頭幾道熱炒，不是小的吹牛，這方圓百里，只怕找不到第二家！」

父親笑著一揮手：

「瞧你說的！果真好，我自然有賞！」

這張嘴一笑，在父親枯槁的臉上，像是拉開一道巨大裂縫，露出滿嘴白牙。楊君平驀地明白這「太過」來自何處：不是這裂嘴一笑，不是滿嘴白牙；是父親臉上突然現出的異樣的兇狠惡毒的戲謔。楊君平心中原先的喜悅一沉，消失得無影無蹤。

酒味十分純正，濃醇順喉；父親連盡兩盅。羊頭皮脆嫩入味；牛蹄筋柔中帶韌，麻辣有勁。

「這小店有些意思！」父親說，舉杯一飲而盡。

因有方才那發現，楊君平怎麼也放不開胸懷；他小心謹慎，步步為營似地，勉強陪著父親飲了兩杯。

這邊，店小二走馬燈接連著上了六道菜。

父親帶著酒興說：

「店家，這酒與菜果真不賴，你不曾誆我，等著領賞！」

店小二喜孜孜連聲道謝。

「爺慢慢用，要什麼儘管吩咐！」

父親轉頭跟楊君平說：

「小店竟能得此至味！可見這喜樂之事無處不在，無需打著燈籠去尋。」

手撫短髭，唸了一句：

「如來原是賣花人！」

又搖搖頭，目注窗外對街振胸攘臂，爭鬧不休的一群人：

「可這至傷至哀的事也無處不在。這壁廂撫之慰之，那壁廂摧之折之！天意之難測一至於此！」

父親一仰脖子，又飲乾一杯酒，壺中業已滴酒不剩，高聲吩咐店小二再打四兩酒來。

父親連飲數杯，不言不語。楊君平但覺父親濃黑一片，簡直撥弄不開。許久，父親終於又開口說話：

「平兒，你長年居住深山，幾曾見過這喜怒哀樂如此雜然並陳的？此之謂人生。爹要你下山，無非要你見識、歷練這荒誕不經的人生諸相。」

父親雖然把話匣子打開，卻依舊雙眉深鎖，鬱鬱若有所思。

「我輩習武人侈談行俠仗義，實則一言以蔽之，多管閒事而已。因而這是非對錯須得拿捏得恰到好處，否則豈不違背了叫得天響的『替天行道』的至理？不過這路見不平，拔刀相助，難免會有殺戳互殘的事，而我人的劣根性，見血則狂，常常一發不可收拾，殘局難收，終至冤冤相報，江湖上遂永無寧日。這方寸的拿捏，以及如何見好就收，是你來日行走江湖最當著意留心之處！」

父親挾了一筷子醬爆羊肉，咀嚼品味良久。

「我們把這饅頭包子分吃了吧，」父親說。

父子倆一個是心事重重，一個是戒慎恐懼，默默無聲把這饅頭包子吃了。父親叫店小二算帳。

「店家，」父親說：「這酒與菜十分合我的意，飯錢之外，我另有重賞。不過，我爺兒倆一時還不想上路。你先替我們另沏一壺好茶來，我還有話問你。」

店小二諾諾連聲，飛也似去沏茶，不移時，端了茶托子過來，連杯子都另換了。

「店家，你們這個飯莊子開了有多久了？」父親啜了一口茶，先作了一個開場白。

「咱們掌櫃這店已是兩代經營，至今少說也有三十來年了吧。」

「這就是了，」父親說：「這杓上功夫非同小可，非經祖傳，難有這等高妙！此刻店中尚無客人上門，店家何不坐下說話？」

店小二左右看看，果然除了這爺兒倆別無客人，遂坐了下來問道：

「爺不知有啥事相問？」

父親指著窗外說：

「對街這一干人，自我們入店至今，猶在吵嚷不休，不知都為了些什麼過節？」

店小二笑道：

「原來爺想聽這段故事！說來不稀奇，有人給人戴了綠帽子，這戴了綠帽子的人越想越不甘心，找這人理論，卻又鬥他不過，叫這人打得頭破血流，險些兒出人命，現正鬧著呢！」

「哦，有這等事？」

父親眼睛陡然一睜，碧光暴射，頷下短髭如亂箭倒插，根根見肉。店小二嚇得一跳，站了起來。

父親眼中的碧光斂去，卻餘威猶存，口氣倒是和緩許多：

「店家，坐下來說。依你說來，這惡徒是個會武功的人了？」

「誰說不是？平日裡仗著他武功高強，又是咱村裡的首富，真個是呼風喚雨，縣太爺都巴結著呢！」

父親點頭：

「知道了，店家，你請便吧，我爺兒倆這茶喝完，也就要上路了。」

等店小二一走開，父親朝楊君平說：

「平兒，這事爹想管他一管。不過，方才我路經他們時，略聽得幾句，與店小二所說不盡相同。這麼著，平兒，這事你來處置，你這就前去弄他個明白。」

楊君平楞了一楞，心裡一時沒有主張。

「爹要平兒怎麼處置？」

父親搖搖頭：

「不必問我！你見機行事。如果實在棘手，我自然會前來相助。記住兩樁事：一須得弄清底蘊；二須妥為拿捏分寸。再則，不可傷人，」

父親忽然雙目一垂，顯然又是那戒備森嚴的面情。

「如果咱們是苦主，則又當別論！」

楊君平說：

「平兒省得。」

站起身，頭一抬，胸一挺，昂然走出店門，直向對街走去。他心中一片清明，雖然對如何著手毫無主見，但只覺腦中秩序井然，頗有左右逢源，綽有餘裕之概。這時便顯出了楊君平的性格來。

楊君平一走進人群，略一打量便知八成兒都是看熱鬧的。他排開眾人，擠到前頭。原來這七嘴八舌圍觀的人圍成了一圈，擠在一個大宅園的門前。門前一字兒排開站著四個雄糾糾家僕模樣的巨漢，臉上木然無表情。這四個巨漢前面，席地坐著一個瘦弱的中年漢子，頭上紮著一塊血跡已乾的白布頭巾，一個勁地嘶叫：

「只叫那淫賊出來，我跟他沒完沒了！」嗓門兒都啞了，想必從頭兒吵鬧不休到現在的就是這漢子。

楊君平忽然對此人毫無敬重同情之心。設如他直立門前，挺身面對這四個大漢，據理力爭，或者楊君平對他會有另一番看法。不過，他還無暇想及這一層。

他問一旁站著的一個裂嘴而笑的年輕人：

「此人就是苦主？」

年輕漢子瞅了楊君平一眼，點頭不語。

「這宅裡的主人叫什麼名字來著？」楊君平又問。

年輕漢子斜眼又打量了楊君平一眼：

「你敢情是外地來的？這大名鼎鼎的李漢生李大員外，誰人不知，哪個不曉？」

楊君平笑說：

「在下正是外地來的，路經寶地，聽得這邊甚是吵鬧，想來探個究竟。」

這人見楊君平雖然年少，但談吐不俗，不敢怠慢。

「原來是路過敝村，怪道不知這全村皆知的臭聞！」

「看來這是一起家務糾葛，依你之見，這兩造的爭執，究竟誰是誰非？」

這人偷眼看了看門前的壯漢，以手掩唇，低聲說：

「照說，這雙方都各有對錯。李員外淫人妻子，是他的不是，而張七藉機要挾，又好到哪兒去了？如今兩邊兒談不攏，叫全村看笑話兒不說，眼看這臉都要丟到外地去了！」

楊君平連忙說：

「在下過路客，不是那長舌之婦，這毋庸過慮。不過，」

楊君平看看坐在地上的漢子，又看看四個家僕：

「不過，雖說如此，這是非曲直總有個公理在，難道諸位就如此袖手不成？」

那人說：

「清官難斷家務事，我們看熱鬧罷咧！何況這李員外何等厲害角色，誰敢招惹？」

楊君平佯作無辜狀，冒冒失失地說：

「我路經此地，回頭拍馬就走，不怕什麼張員外李員外，我來把這淫徒找出來，兩造當眾對質，弄他個水落石出，豈不甚好？」

那人斜著眼把楊君平上下打量半天，搖頭嘆道：

「瞧你知書識禮的，怎地恁地不知天高地厚？奉勸你趁早兒上路吧，這渾水淌他做甚？」

就這一問一答間，楊君平心中已有了底；遂不再理會那人，使出移形易位身法，人已站在四個家僕與席地而坐，猶在嘶喊的中年漢子中間。那年輕人唬得面無人色，怎地說著說著話，這人就到前面去了？忙不迭躲得遠遠地，生怕惹禍上身。

楊君平在閃過坐在地上那漢子的瞬間，已看清了他的眉目：心想這是個無懶小人殆無疑義。如果不是仗著那一群圍觀村人的勢子，怕不早已躲得不知去向了。

楊君平指著四人中最是高壯的那個家僕說：

「請你家老爺出來說話！這多人圍聚在你家大門吵嚷終日，還裝作沒聽見麼？」

那壯漢怒視著楊君平，喝道：

「你是什麼人，在這裡大呼小叫的？」

楊君平搖頭說：

「你且先別管我是誰，只管請李員外出來，在下有話要問他！」

那僕人怒不可遏，揮臂暴喝一聲：

「什麼阿狗阿貓也要見我家老爺！滾一邊兒去吧！」

楊君平笑道：

「果然狗仗人勢，我倒要看看你是請也不請！」

不睬那張牙舞爪的惡僕，右手掌對著緊閉的宅門遙遙一推，只聽得呼喇一聲，丈來高的兩扇紅木門豁然洞開。這木門原有一把大銅鎖鎖住，再有四個壯漢守著，以為萬無一失，無人闖得進去，不想楊君平隔空一推，那銅鎖連釘帶栓全根拔出。大夥齊聲驚呼，四個家奴更是面如土色。

楊君平說：

「你不去請也罷，我自個兒進去了！」

四人之中一個頗機靈的，慌忙搶前一步，施了一個禮說：

「且慢！這位小爺請留個大名，也好讓小的進去通報！」

楊君平說：

「我無名無姓，你快快去請你家老爺出來就是了！」

那家僕不敢再問，使個眼色給三個人說：

「你們好生侍候著這位小爺，我這就去請老爺！」

不多時，腳步雜沓，當先一個年約四十餘歲的胖壯男子大步邁出，後面跟著五七個僕從。此人雖然頭戴方巾，卻眉粗眼暴，滿頷亂髭，看去扎眼。他左顧右盼，嘴裡嚷著：

「是哪位朋友這般抬舉李某，大駕光臨寒舍？」

只見外面亂頭攢動，圍成半圓，空地上坐著張七；眼前站著一個年輕人，二十不到的年紀，雖然不是十分俊秀，方臉大耳，自有一股英挺之氣。

楊君平雙手負背，微笑說道：

「是在下不揣冒昧，斗膽要貴下請李爺出來，當著這許多鄉親的面，有一句話相問。」

李員外是個見過世面的人，不然如何四十餘歲上便掙得這一片家業？一見是個未經世故的少年，固然放下了一半心，卻也不敢大意。一雙暴眼自左至右把圍觀的眾人一路掃視過去，凡被掃到的人莫不低首垂目，閃避他的一雙厲目；然後又看向張七。這張七在李員外一現身，便噤了聲，此刻更是把下巴抵著胸口，正眼兒也不敢去瞧他。

楊君平心中越發秩序井然，層次分明。他知道自己閱世不深，尤不善辭令，若與這人鬥口舌，八成兒讓他佔了便宜不說，這事說不定還要弄擰，因而決意不與此人嘴上爭機先。至於店小二的武功高強之說，他一見此人肩寬背厚，骨架粗重，挺著個肚子，兩手骨節暴起，便不把他放在心上。

「原來是這位小兄弟要見我，」口氣顯見得輕佻了許多：「只不知我李府什麼地方得罪了你小哥，話還沒問，倒先破了我家的門？」

已是興師問罪的態勢。楊君平微笑說：

「在下要問你的話，就擺在眼前，這張七腦袋瓜帶傷，坐在尊府大門口，這事兒的起因，眾所皆知，我倒要問問李爺，你打算怎地還人家一個公道？」

李員外哈哈一笑說：

「我瞧你不是本地人，這事還輪不到你來過問吧？」

「李爺你威霸一方，本村父老兄弟都叫你給嚇破了膽，誰敢問得你半句話呢！說不得只好我這外地人來管管閒事了！」

李員外冷笑道：

「倒要看看你怎麼管！」

突然，一雙暴眼睜得跟牛眼一般，頭一抬，對圍觀的街坊鄰居高聲說道：

「也好，今日衝著大夥兒都在，我李某人把話說清楚。我的確跟張七的女人相識……」

方說到這裡，張七扯著嗓門嘶叫起來：

「冤枉呀，什麼跟我家娘子相識，他用強在先，如今一不做，二不休，把我娘子擄到他家去了，不信，大夥兒進去瞧瞧……」

李員外暴喝一聲：

「住嘴！且等我把話說完！你老婆有心跟我，因你是個窩囊廢，這得怨你自己去，怨得了誰？我那日好心好意要給你一百兩紋銀自謀生路，從此跟你老婆一刀兩斷，你嫌少，獅子大開口，跟我反要五百兩！天下有這等賣老婆的沒出息下流胚子！是我未曾答應他，他便死皮賴臉來跟我拚命！我不過略推他一推，是他自己趁勢一頭撞上了牆，擦破了頭皮。是我傷他的麼？」

楊君平擺手道：

「李爺，這個中原委、是非曲直，在下不擬置喙。不過，我倒有一著活棋，頃刻間可為你倆解套。」

楊君平之所以置身是非之外，實因這兩人半斤八兩，皆非善類，一個是土豪劣紳，一個是卑鄙小人，這是非曲直，稱斤論兩的事，一時片刻如何結算得清？不如實事論事，快刀斬亂麻，斷其後患，還地方上一個安寧來得正經。

李員外老奸巨滑，已猜到楊君平這「活棋」的意思，臉上便有急切之色。

「嘿嘿，你這小哥的如意算盤只怕行不通。若論銀子，就這一百兩，多一兩休想！」

張七又嘶吼起來：

「我張七今兒是來要銀子的麼？實說了吧，我把你這淫賊祖宗八代的底兒全摸透了！我今兒就全給你抖露出來！街坊鄰居都在這兒，你們當這人面禽獸是個好來歷麼？我……」

李員外臉色紫脹，不等張七再說下去，一歪身子，從楊君平身邊大步衝向張七。可憐這李員外不會輕功，身重體沉，咚咚咚，把地擂得山響。

楊君平喝道：

「李爺，不可動粗！」

李員外氣得早把方才的斯文忘得一乾二淨，隨口亂罵：

「操你娘的屄！臭小子管起你老子的事來！乖乖回你娘肚裡吃奶去吧！」

一拳向楊君平搗來。楊君平心想我等的時機已到，見他每一落腳都震得塵飛土揚，遂趁他一腳將起未起，反彈之力正強之際，以鞋尖勾起一顆石子，踢向他的足底。這一顆姆指大石子，在楊君平一勾一踢之下，力道強過反彈之力何止千百倍，李員外一個身子經此一震，忽地彈了上去；楊君平順勢以兩根指頭夾住李員外搗來的那隻手臂向上一抖，只見李員外胖大的身軀向半空裡直飛上去。

李員外正咚咚咚跑得起勁，不知何故自己左腳板一陣劇痛，右手臂一陣痠麻，人便騰空而起，其勢迅猛，把個腦滿腸肥，上個台階都要喘上一喘的李員外，被一口氣逼得臉紅耳赤，氣血翻騰。他兩腳落了空，心中著慌，手腳亂舞。彈飛到了十餘丈高處，去勢已盡，一個翻滾，頭下腳上，倒裁下來。圍觀看熱鬧的人原來看得稀奇開心，指手劃腳，這時同聲驚呼，有人更是眼皮兒也不眨地緊盯著楊君平，像是要瞧他又有什麼戲法要變。

等得這空中肥軀落到五六丈高處，楊君平雙掌遙對著他一托，身軀又一個翻轉，倒回到頭上腳下的姿式；楊君平雙掌依然隔空遙托，緩緩放他下來。這時李員外見自己落向地面，才回過神來，卻又一時雙腳夠不著地，兩手亂划，雙腳亂蹬；嘴裡倒是可以出聲了，只聽得他亂吼亂叫：

「妖人，妖人，這是妖人！使的什麼妖法把我拘在這半空中？」

下面哄然大笑。李員外落到地面，站穩了腳步，只見他頭巾也歪了，露出半顆禿頭，鞋也蹬落了一隻，露出一隻白布襪。面如土色，目露驚恐地看著楊君平，神態萬分狼狽。

「你既是有心學斯文，就不該無故口出穢言。」楊君平微笑說：「露出馬腳，就張七不揭你底，也叫人看穿了！」

李員外還待說什麼，楊君平說：

「你暫且委屈一下。」

伸指一點，李員外頓時目瞪口呆，動彈不得，只剩得一對眼珠左右亂滾。楊君平向張七招招手：

「張七，你過來！」

楊君平這手一露之後，這一干人直把他視若天神，百來雙眼睛，齊齊集中在他一人身上。張七焉敢不聽話，趑趄著走過來。

「你跟李員外這檔子尷尬事，誰是誰非，一時難於論斷，只怕追究下去，便如掏糞缸，越掏越臭，污了各位街坊鄰居的耳鼻。不過，你老婆無意跟你，一心求去，你心裡該是老早有數，不然怎地開口跟人要五百兩紋銀，你便撒手不管？」

張七苦著臉打岔：

「這位小爺有所不知，我豈是當真要他的銀子……」

楊君平笑道：

「好啦，這話就留在心裡吧。既然都跟人家開了口，這事便好辦，不過是多是少罷咧，我說的可是？」

張七歪著頭，只是不言語。

「如今我倒要聽你一句話，」楊君平續往下說：「你要李員外給你多少銀子，才能消了你這口氣？」

張七一逕歪著脖子不作聲。

「你倒說話哦，」楊君平語氣轉厲。

張七偷看了楊君平一眼，嘴一癟說：

「這等事就一百兩銀子，也未免太小覷我張七了！」

「那得多少？五百兩一兩不能少？」

「我原也不是這個意思……」

「好，」楊君平嘴角含笑：「我來替你拿個主意，三百兩可行？」

這「三百兩」一出，楊君平早看見張七眼中一亮，只是這個潑皮嘴巴子還挺硬。

「咱們螻蟻相似一條小命捏在人家手裡，還不是聽人擺佈罷咧！敢情我還能道聲不？怕不早給撂上半天空去了咧……」

人群中就有人呸了一聲，笑罵道：

「張七，別不識抬舉了！你屋裡那一泡臭屎又不是沒人知道！」

張七趕忙去找那發話的人，卻哪裡去找？

楊君平撇下了張七，回頭去看那眼珠亂轉，紋風不動的李員外。

「李爺，你可都聽見了？」楊君平說：「你還有什麼話說？」

說著，伸指在李員外喉結處一點，他嗆咳了一聲，話是能說了，身子還是不能動。

「銀子事小，這張七是個潑皮，回頭銀子拿了，滿村子造謠生事，到得那時，怨不得我就要宰了這窩囊廢！」

「李爺，你也知道醜話難聽。不過，你說的倒也有理。張七，」楊君平轉頭朝猶在歪脖子瞪眼睛的張七說：「你拿了李爺的銀子，從此可不許在外頭說長道短。要知放下屠刀，立地成佛，李爺在本村落戶，雖然名聲不佳，並無什麼大劣跡，此後他更要洗心革面，你要是壞了他向善之心，此罪不輕！」

張七頭更是撇向一邊，滿臉不屑。

「李爺，這三百兩紋銀你什麼時辰能籌齊？」

「又不是三千兩！明兒一早準有，叫這潑皮自個兒來取！」

「甚好，」楊君平說：「李爺，你有心斯文，可不能叫斯文掃地！」

周遭爆起一陣哄笑。

楊君平說著，指頭在李員外身上一拂，他一個身子便像條肥蛆一般都蠕動了起來。他忙不迭把一旁的鞋子拾了起來，把襪底的塵土拍了又拍，才穿了上去；接著雙手小心翼翼把方巾扶正。折騰了半日，氣喘如牛，才算停當。

楊君平等他收拾齊整，見他忿忿不平卻又驚恐未定，只是偷眼覷著自己，如此這般地立於一側，也不去睬他，向圍觀的一干人抱拳說：

「諸位街坊鄰居都親耳聽見李員外跟張七的話，此事有各位仁人君子見證，兩造今後各走各的路，再無相互糾纏之理。如有哪方藉故再起事端，諸位可群起而攻之。大家就此散了吧！」

說完又抱拳一禮。左睨李員外，右瞪張七，說：

「你們也散了吧。」

李員外巴不得這一聲，一轉身，兩隻長袖垂地，如鎩羽的母鴨，扭動著一個大肥臀，率著上十個奴僕一溜煙進園子去了。張七猶自站在那斜脖子瞪眼睛。

楊君平也不去管他，逕自走開。這邊圍睹的一干人，見楊君平走來，自動讓開一條路讓他過去。有人拍掌喊了一聲「好！」這一聲起，大家轟然跟著喝采。

楊君平還不到「滿頰香」門口，店小二早迎了上來，滿面堆笑：

「不知這位小爺原是位少俠！都說您少年老成，這事兒大夥看在眼裡，打心眼兒裡佩服！難的是清明公正，老江湖也不及！」

楊君平說：

「店家好說！『公正』兩字還罷了，『清明』卻如何擔當得起！這兩人雖非十惡不赦，但所作所為傷風敗俗，我卻只能遷就現狀，權宜行事，無能從根匡正，是我所不能釋懷的。」

店小二哪裡懂得這個大道理，只是躬身稱是。

「我爹在裡頭麼？」

「老爺在喝茶等著小爺您呢！」

楊君平快步入內，見了父親就要稟告一切。父親搖手道：

「平兒，這事的始末我已聽得十分仔細，你不必再稟。大體而言，你的處置尚稱不俗，只是稍嫌霸氣了些。」

父親低頭喃喃自語，似是一直在思索這件事。

「無念大師若能見此霸氣，必有所感……『外若著相，內心即亂；外若離相，心即不亂』……」

父親重覆唸了幾遍。忽然抬頭說：

「平兒，只怕今兒咱們走不成了。」

楊君平不解說：

「此間事已了，而辰光尚早，正好趕一程……」

父親說：

「就因此事尚未了結。」

楊君平越發不解：

「這……」

「你細想想看！」父親低著頭，也不看他。

楊君平果然從頭細細想去，猛然省悟：

「是了，爹怕我為德不卒！」

父親只說了一聲：

「好孩子！」便高聲叫店小二：

「店家，這左近可有乾淨的客棧？咱爺兒倆捨不得你家的美酒美饌，今兒晚飯還得要在這兒喝上幾斤酒，明兒一大早才上路呢！」

店小二大喜，忙說：

「有，有！前面不到半里便是『悅賓寶棧』，有極乾淨的上房。不瞞爺說，咱這小店還有幾套看家本領，今兒夜裡都叫使出來，給二位爺嚐嚐！」

於是父親給了店小二賞錢，叫牽馬出來。店小二千恩萬謝去了。父子倆上馬前行，果然不及半里，便到了「悅賓寶棧」，只見門前掃得連片樹葉都無，十分整潔，兩人心中歡喜。要了兩間極寬敞的上房。父親說：

「咱倆先歇息會兒，吃了晚飯卻再理論。」

楊君平說：

「是！平兒心中已有盤算，越發讓平兒來了結此事。」

父親點頭，似就在等他這句話。

是晚父子倆仍回「滿頰香」晚飯。店小二慇懃待客，果真連壓箱底功夫都施展出來了，父子倆大快朵頤，父親獨自飲了五斤酒；楊君平因夜裡有事，只淺嚐了幾杯，倒是連盡了三碗飯，十分暢快。

但這是口腹之欲的事，他心頭如受重擊的是父親飲酒的拚命姿態，彷彿過了今日便沒有了明日似的，以碗代杯，一碗接一碗。然而——這是致楊君平於莫名的不安與傷痛的所在——父親卻一些兒也不快活，連話都懶得說上幾句，只顧埋頭灌酒。

晚飯之後，父子倆回到客棧。楊君平說：

「爹，平兒以為此事得在那李員外未就寢前做一了斷。」

父親醉眼惺忪，搖搖晃晃地說：

「你待怎樣結此公案？」

楊君平先不說話，去櫃台要了紙筆，一揮而就，把寫好的短箋呈給了父親。父親略一展讀，還給了楊君平，說：

「也只有這樣。」

楊君平稟道：

「平兒這就去辦完此事。」

父親乜斜著眼，酒氣醺然地說：

「早去早回；些……些許小事……頃……頃刻可辦。……然……然而……然而若要打破五蘊煩……煩惱塵勞，……卻需大……大智慧。卻何處……何處……去覓……覓此大……大智慧……」

一邊搖晃，一邊走入他自己房內，碰然關上房門。楊君平面對緊閉的房門，久久不能平復心中煩亂。楞了好一會，才轉身回房，略事整理衣服，掩上房門出來。

到底是鄉間小鎮，此時不過初更，路上已無行人。楊君平緩步來到李員外的豪宅前，看看四周沒半個人影，飛身上了圍牆，足尖一點倒插的鐵蒺藜，疾射向一個窗口露出燈光的房間。他隱在暗處，果然看見燭光下坐著一身寬袍便裝的李員外，與他面面相對坐著一個婦人。這婦人約三十歲上下，白淨面皮，一對黑白分明的眼睛在燭光下，更見活溜溜，水靈靈。

這婦人正在說話。只聽得她說：

「……你也忒膽小了，一個臭小子就唬得你飯也吃不下了。他左不過是個過路客，這會兒不定在百里開外，怕他做甚？難不成真格的白花花三百兩銀子白送給張七去？」

李員外愁眉苦臉地說：

「你有所不知，這臭小子厲害得緊，他雖是無意傷我，卻害得我丟人現眼，比狠揍我一頓還疼！再說，我終究不信這小子就這般輕易信了我……我看哪，這三百兩銀子就算給偷兒偷去了不就得了？怎麼說白送給張七？我不是有了你？」

「我偏不給，你待怎地？」那婦人狠狠地瞪了李員外一眼。

「唉，實跟你說了吧，」李員外嘆了口氣：「你先前把你那男人說得豬狗不如，怎地他倒有通天本領把我的舊底子都捅了出來？我來此窮鄉僻壤，可是要隱姓埋名，過個太平日子的。」

婦人冷笑一聲：

「哼，原來你怕的是這樁，看來你一般不是個好貨！」

楊君平心想，這李員外本性未泯，倒是這婦人可惡！無心再聽下去，從懷裡把寫就的短箋托在右掌心用內力輕輕向窗內一送，左手從地上拾起一顆石子，照那婦人彈了過去。屋裡兩人正說著話，忽見窗口有異物閃動，來速似甚緩慢，足以讓人看得真切。先是李員外，他看見的是一張薄紙，卻堅硬如鐵片，直向自己劈來，看來徐緩，其實其疾如電，竟閃躲不開，那紙片直向他喉頭割來，他唬得大叫一聲：「啊呀！」紙片已然抵喉，就在這一剎那，紙片一軟，虛飄飄落在隆起的大肚皮上。

那婦人那邊也是如此，只見一顆彈丸一般的物事向自己射來，她可是絲毫不懂武功，如何閃得開，那小石子直彈向她頭頂的釵鬟，叮噹一聲，一隻金釵頓時被彈得跳向牆壁；一頭秀髮散滿了兩肩。

兩事同時發生，嚇得兩人張口結舌，喊都喊不出聲。

李員外怔了好一會，見無動靜，才回過神來，拾起短箋，讀那上面兩行字：

幸勿失信，否則此箋

將如利刃，斷汝之喉

李員外結結巴巴說道：

「如……如何！我……我說了吧，還不快去把銀子備妥了！」

驚魂未定的婦人，依舊說不出話來，卻披著頭髮，乖乖地去櫃子裡取銀子去了。

楊君平回到客棧，見父親的房門緊閉不開，料想已然熟睡，遂回自己房裡去。這一夜他怎麼也睡不穩，想來想去，想的是父親怎地就如一塊向一口黑井直掉進去的石頭，越掉越深，漸漸連自己這做兒子的都快看不見，認不清了。

* * *

然而楊君平的驚詫，要等到第二日，以及其後數日，他明白無誤地實感到父親的形同陌路之後，才算印證了不是他的多疑。

這第二日他們上了路，父親不是沒有話說。說的不是前一天夜裡楊君平怎地向李員外示警。這一件事父親一個字兒不問，他只泛泛地說起江湖上的事。

「平兒，你昨日所見的事，」父親不知為何，說著話臉色就陰沉起來：「這江湖上無日無之。而其詭譎難解，甚於昨日千百倍者，所在多有。我輩習武的人，要在江湖上行俠仗義，實在是不易為的！如何明辨是非，如何伸張正義，懲治頑兇，絕非憑著一股豪氣便能夠。有時，那是與非之隔，細在毫厘之間，偶一不慎，便釀巨禍。」

楊君平與父親並肩而行，彷彿由於父親眉宇間隱隱的怒意，他感受到來自父親那邊的重壓。

「你以為你懲治了李員外與張七便功德圓滿了？」父親惱怒地說：「大錯！你不過治了個標，這根源之處仍是混濁不清，你奈何不了他！這就是難為之處！難為啊難為……」

父親所說，楊君平自己也有所感，俱在他說給店小二的話語中。然而，父親突然的感慨、突然的怒氣卻讓楊君平覺得極其陌生，證實了他心中的詫異。

父親卻不再往下說，顯得越發陰沉難解。此後他幾乎不再與楊君平說這一類話；神情冷漠，如隔千里。

*　　*　　*

這一日他們來到一個大市集，只見人頭鑽動，十分熱鬧。父親似乎極熟悉此地，一逕奔向一個大客棧，匾額上幾個金字：「上賓樓」。父子倆要了兩間上房住下。

父親雖然言語不多，陰沉抑鬱，但對楊君平依舊照顧周到。他領著楊君平到了一家大飯莊，掌櫃的一見是父親，連忙出來相迎。

「楊爺，這一晌來得勤。前回是半個月前？」

「錢掌櫃好記性，」父親說：「此次我是專程攜犬子返家。喏，這就是小犬。」

「唷，」錢掌櫃眉開眼笑朝楊君平抱一抱拳：「少爺我這還是頭一遭見您哪！跟楊爺一個模子！得，今兒敝店作東！」

「這卻生受錢掌櫃了！」父親說。

「哪兒話！楊爺是敝店貴客，今兒少爺頭一回光顧，格外不同，就請賞個臉！」

當下把父子倆引至臨窗的一副座頭，吩咐店小二好生侍候。

父親說：

「恭敬不如從命，不過，請勿太過，二小碟佐酒，二小碟佐飯，足矣！」

店小二搶著回答：

「楊爺您請安坐，小的自會張羅！」

不一時，酒菜一一上桌。這哪是兩人的便飯，直是一桌盛宴。父親苦笑，又不便拒絕，只得向楊君平說：

「咱們就叨擾他這一頓吧，爹往時給的賞錢也不在少！」

父親自己斟了酒，一飲而盡，卻不動箸，眼睛只望著杯裡；不一刻又斟了一杯自飲，勉強笑道：

「這燒鵝與醬鴨是此店的拿手，其味與別處不同，你可多吃些。」

楊君平不安地說：

「爹也吃些兒。」

父親容顏慘淡，文不對題地：

「咱們還有兩日路程便可到家了！」

楊君平突然大有醒悟：父親這與日俱增的惱怒愁苦，似乎與距家日近有關；然則這又是為何？

聽得父親又在說：

「咱們到家之後，仍得理出一個章程，一如往日……」

驀然住嘴，楊君平只見父親臉色大變，嘴巴半張，眼中碧光暴射，瞪著窗外。

楊君平順著父親的目光一溜望去，看見的只是一個頭梳高髻的華服麗人，由一群僕從簇擁著，在窗口一閃而沒，除此之外便只有熙來攘往的行人。

父親呆了好一會，陡地警覺過來，說：

「平兒，爹去去就來！」

不等楊君平回話，父親已經離座，竟然在光天化日，大庭廣眾之下，使出移形易位的輕功，一晃便不見蹤影。

楊君平獨對滿桌佳餚，卻哪裡吃得下飯。極其怪異的是，他自己也不知為什麼，心頭突突地狂跳不已，就像是有大禍臨頭的那種徵兆。

約摸過了有一盞茶時刻，父親才由外面垂頭喪氣進來。是楊君平看錯了還是怎麼地，只覺父親一出一進之間又消瘦了許多，形容更見枯槁，兩顴高突，隱隱約約的猙獰之狀越發可辨。

父親一坐下來，迫不及待地斟滿了一杯酒，一仰脖子喝個精光。頃刻間，連盡三杯。

楊君平耐不住心頭狂跳，問道：

「爹，您方才去……」

父親擺手說：

「咱們回客棧再說！」

再也不言語，只是不停地灌酒。楊君平自然不敢再問，但心中的憂懼卻越積越高，直似要崩塌下來。惶惶無主，於是也就一杯一杯地喝起悶酒來。

父子倆把一罈燒刀子喝得點滴不剩。楊君平本不善飲，加上一杯杯悶酒，澆在那無名恐懼之上，把那無形懼怕幻成巨怪，在他心中橫衝直闖。

他歪著頭瞧瞧父親杯子，又瞧瞧自己杯子：

「爹，這……這……什……什麼來著？……少說也……也有十斤吧，咱把他喝……喝得……丁點兒……也……也不剩，也算……算能喝的了……」

大著舌頭，結結巴巴地。父親像是直到如今才發覺楊君平在跟著自己喝酒；而且從來不曾見過謹慎小心的兒子這般鹵莽燥亂，彷彿茸茸一團亂草似的。他目不轉睛地望著楊君平。

楊君平卻是頭都抬不起來，只顧說話：

「爹，好酒……好酒……趕明兒再……再喝他幾斤……既是……不……不得跟師父在山……山上，便遊……遊遍他五……五湖四海……也……也強似回……回家裡去……」

父親豎起耳朵聽楊君平說著；但他似乎更不敢相信自己眼裡看見那出現在兒子臉上的強烈情感：憂慮、恐懼、煩苦等等的混合。

「平兒，你說你不想回家裡去？」

「為啥要回家？……我都……都這……大……大個人了，還回……回什麼家……爹，您……您不……不是說過，男……男兒當出……出門闖……闖蕩江湖……轟……轟烈烈……」

「你不想你娘？」

楊君平忽地抬起頭，像是給燙著了一般，眼睛變得極為怪異，彷彿只是什麼都不剩——眼睫毛、眼瞼全沒了——的兩顆光禿禿的眼珠子：是這一類的赤裸裸。

楊君平忽然又垂下頭，十分氣餒地。

「不想，」他矇矇矓矓地說：「娘也不想我。」

「你怎知娘不想你？」

楊君平只是搖頭，已是醉得可以了。

父親卻神情專注，一個勁問下去：

「平兒，你不是不想回家，你是怕回家，爹說得可對？你倒是怕什麼來著？」

楊君平把頭亂搖：

「怕？……我怕……怕什麼來著？不怕！怕？……笑……笑話……怕誰？……我……我怕誰？……怕小福子？哼，嫌我給他臉上那兩劍還不……不……夠？」

父親從座上跳起來。

「平兒，你醉了，咱們回客棧去！」

不由分說，一手架起了楊君平，就向外頭走去。辭謝了錢掌櫃，另又重賞了店小二，半扶半抱地架著楊君平出得飯莊。外面已是萬家燈火的時刻。

走不了幾步，經寒風一吹，楊君平的酒越發湧了上來，張口便吐。父親側著身子，一手攙扶著他，讓他吐得乾淨了，索性把他夾抱起來，加快腳步，回到客棧。

父親吩咐沏一壺熱茶進來，這裡他把楊君平抱到房內，為他脫去鞋子。絞了一把熱毛巾把他的臉拭淨了，蓋上被子。楊君平早已昏昏睡去。

父親掇了一張椅子，在床側坐了下來，兩眼望著熟睡的兒子。

＊　＊　＊

楊君平夢中乾渴難耐，只望有一杯釃釃的冷茶來解渴，但是炎炎炙陽，照得兩眼茫茫，什麼也看不見，卻哪裡去尋冷茶去？急切間猛一睜眼，發現自己原來睡在床上，房內燭光搖曳，父親坐在床邊。這灼眼的陽光只不過是那一對蠟燭的光。

楊君平翻身坐了起來。父親說：

「想著要喝茶不是？這裡倒有滿滿的一壺茶，只是有些涼了。」

「平兒就想這一口冷茶喝！」

一伸手就接過父親遞來的茶壺，對著壺嘴骨碌骨碌痛飲了幾大口，父親既憐愛又憂心地只是看著他。

楊君平把一壺茶一氣喝光，抹抹嘴，不覺神清氣爽起來。

父親含笑說：

「平兒，這是你生平頭一遭醉酒，滋味不怎麼好受吧？」

楊君平有些赧然：

「我卻怎地又在客棧呢？」

「是爹攙你回來的。你那時已醉得不省人事，險些兒吐我一身！」

楊君平越發不好意思。

「只不知平兒有沒有胡言亂語些什麼，得罪了爹？」

「這醉言醉語，誰去當真。」

兩人一時半刻找不到話來說。這時已是半夜，原本人聲鼎沸的鬧街，都已寂然。

這是極為奇妙的新體會。平日父子雖有接近的時機，尤其這數日，無日不比肩而行，彼此卻是雲來霧往，誰也看不清誰，或根本就是誰也躲著不去看誰。

此時雲消霧散，萬籟俱寂，所有一切瑩澈見底。而楊君平，不知是自己喝了一壺冷茶，心清腦明的緣故，還是怎麼的，發現父親也如水洗一般的不同。從方才他臉上久矣不見的微笑，到此刻的安然坐於一側，他看見一個怡然端正，流靜水深的父親；雖然清澈，卻是修飾了的清澈，連短髭都是服服貼貼的。

楊君平全心全意體味到這不同，忽然感到這一日的恐懼不安都被父親承擔了過去。他一邊在心中咀嚼著這巨大的恬適，一邊開口說：

「爹，平兒無礙，您回房歇息吧！」

父親意態安祥，並無起身的打算。

「不忙。還要不要喝茶？」

楊君平連忙說：

「剛才那一壺茶便如及時雨，足夠了。要時，平兒自會去取，怎敢再勞動爹？」

父親點頭說：

「你確然已經長大，凡事都可自理，甚而獨當一面了。爹先時尚還矇懂，猶自把你看作五六歲大的稚兒，經前兒村中那樁快事，爹自夢中驚醒，便如見你從對面走來，這那裡還是當年膩著你侍月姨娘的小兒了？唉，歲月飛逝如此，怎不叫人興嘆？」

楊君平直感到父親有話要說，而且其勢將如山崩地裂；然而此時此地，他竟一無所懼，因為父親寧定巨大如神，縱然天塌下來，他都一肩承挑了。

同時，他終於分清他一直難於辨別的師父與父親兩人的不同。他現時知道師父更像一個慈父；父親則更近嚴師。這是師父作為師父的缺點；父親作為父親的短處。

父親停了片刻，又說：

「然而，這也是常情。我人習於常規，總以為凡事與我有關者，理當千年不變，萬載不易，因此一旦覺著其變遷不居的時候，就會傷痛難抑，如被刀割。對世道的無常，不到遍體鱗傷，總是不易徹悟的。這是我輩迷人所經的路；大智頓悟，咱們怎能望其項背！」

父親嘆了一口氣：

「這是題外話。」

他起身走出門外，不多時又進來，手內多了一柄茶壺，一個杯子，原來他去他自己房裡把茶帶過來了。他替自己倒了一杯茶，啜了一口。

「平兒，我倒是一直有一番話要說給你。先是以為你尚年幼，說之不宜，今兒夜裡我通前徹後，好好思量了一夜，又覺此時不說，更無可說之時。」

宛若晨曦漸露，原先的迷濛一片都清晰了起來。果然父親是有話要說。

「爹要說給平兒的，必定是極緊要的大事了。」

父親抬起頭來，雙目碧光如炬，彷彿從極深極遠的地方，掣電般出發，翻山過海，穿雲越霧，被萬花之香薰染，千樹之葉洗梳，無聲無息投抵楊君平的眼前，清澈如銀月。憤詈、憂煩、糾葛全都過濾一淨。

「是，是極要緊的事。平兒，人生在世，以咱們俗人眼光看來，何事最大？是生？是死？爹以為生是喜，故不能稱大。死是寂滅，從有化無，是無可抗衡、無可比擬之大。故我佛才說涅槃無上。」

楊君平正襟危坐，聽到這裡，頭腦明澈，平靜地問：

「爹可是要告訴平兒家中有什麼大變故麼？」

父親眼瞼一垂，碧光斂去，猶如室內滅去了一盞燈似的。擎起茶杯，喝了一大口；又替楊君平斟了一杯，楊君平連忙欠身雙手接下，一飲而盡。

「爹正是要告知你這等大事，」父親又舉目望著楊君平，此次不見瑩瑩碧光，只是柔和安祥的尋常眼色：「你此番回家，家中已非昔日模樣。唉，物是人已非了！」

楊君平雖然重重戒備，步步設防，但是突然之間，那大禍臨頭的兆頭還是莫名其妙地覺醒過來。

父親慢慢地，一字一句，極其謹慎，極其簡扼，又不知怎麼，極其乾淨整潔地說道：

「你此次回去，見不著你娘。今後，你也永遠見不著你娘。」

楊君平瞬間怪異的反應是，丟下一切當務之急，傾力去記憶母親的容貌，而更怪異的是，他卻無論如何都湊不齊她準確的容顏。而眼看著要湊齊了，一陣風起，那依稀的可能面貌又如水泡一般破滅不可追尋。

那一瞬間，楊君平是陷進這樣一種迷離恍惚，如在夢中的虛幻之境。他只記得自己愚笨地問：「爹的意思……」

父親在他模糊不清的幻境中，越發顯得切割整齊，毫無浪費的模樣。

「爹要告訴你的是，你娘年前被惡人所害。那時爹正奔走關外，聞得惡耗，趕回家中，只見得你娘最後一面。爹只知殺害你娘的，是個頸纏白巾，身著青衫的淫賊，自稱來自蜀山。我為了報你母之仇，費了數月之久，才尋獲此賊。」

父親從椅上站起身，雙手握拳，來回在室中踱步。

「不意這老賊武功極高，我第一日與他交鋒，由午至昏，戰成平手，一些兒便宜也佔不到他的。約好第二日清晨再戰。」

父親在窗前佇足，向窗外望了許久。

「想不到次日這一戰，爹卻著了他的道兒。」父親回轉身，在楊君平對面坐下：「爹復仇心切，次日本想速戰速決，一舉解決這淫徒；但此賊機靈得緊，看出爹的心浮氣躁，在掌心暗藏了毒針，在兩掌相接，我略一分神之際，以毒針刺中我掌心，」

父親伸出右掌，掌心仍見隱隱一暈青黑色。

「我右臂旋即酸麻，使不上勁道。這惡賊倒是住了手，說我如覓得解藥，尚能活命，五年之內，與他再戰。這是一個生死之約。為了雪此奇恥，爹去歲尋遍名醫，這毒是解了，功力卻折去了一半，雖然爹以本門內功療其餘毒，但要回到原先的十二成功力，只怕需時數年之久。這五年之約就在後年，屆時爹至多可恢復七成功力，斷乎不敵那賊徒了。」

父親下頷垂到胸口，似乎十分慚愧的模樣。

楊君平一直到此時都在一種遙遠狀態，並無悲痛，卻不時有一種抗拒、一種躲避，這只是隱在暗處的一個模糊而頑強的要求，而不是明白果斷的行動。

他問了父親下面這句話，因此而不知怎地痛感到自己的無情與不孝：

「爹，以您的武功，怎會中了這賊人的暗算？」

說到這「賊人」時，突然冒起莫名的憎厭，彷彿他一說出「賊人」，他就與這「賊人」有了糾葛，而這憎厭又似乎與他的抗拒、躲避前後若有關聯。

父親搖頭說：

「這大話可不能亂說。此賊雖是咱們不共戴天的仇人，但其武功確乎不在爹之下。爹不是在強他人志氣，而是咱們要知敵人的長處，方能有致勝之道。這也是題外話。」

父親雙目又緊緊鎖住楊君平：

「爹今兒要說的是，爹要你替我來踐此五年之約，為你娘報仇！」

說到這裡，碧光從父親雙眼暴射而出，其強烈、其霸氣、其兇狠，令楊君平眩目。

「離這五年生死之約尚不及兩年，爹無時無刻不在盤算，要如何才能叫你手刃此賊。最後終於得你師父的首肯，放你隨爹下山。爹有意要你在這兩年之內，越過爹終生無法跨越的鴻溝，達到極限，不但要你替娘雪此奇恥大辱，洩我心頭之恨，而且要……哈哈……要你從此天下無敵！」

父親裂嘴大笑，露出一口白牙。楊君平打了一個寒噤。這不光是因為那一口白牙出現在那枯乾的臉上造成的獰惡，而是父親臉上那強烈奪目的光彩，那種複雜的表情：極殘酷、極狂暴、極悲壯、極快樂……等等。

「哈哈，天下無敵！」

父親又大笑著說，隨即便沉默下來。他舉起杯子來，欲待一飲而盡，似乎發覺那不過是一杯茶，飲了一半便將杯放下。

＊　＊　＊

楊君平這時聽見自己幽幽地在說話，同時因為聽見自己可怖的話語，他發覺他是如何在違背自己的意願，一味執拗向前，做自己最不願做的事。他幽幽地說：

「爹，您跟……跟娘相處……相處一直很好麼？」

父親從獨霸一方的不可一世，驀地萎縮下來，但是兩眼牢牢罩住楊君平。

「爹與你娘一直相敬如賓，怎麼不好？」

楊君平的目光卻飛快越過父親，躲過一切，望向窗外：因為滿地爪子肉、滿屋窒息的甜香，以及從門口一波一波送來的酒氣；然後是匕首抵著頸脖的母親……一一精密、準確地出現在屋子裡。

父親不肯稍微放鬆釘牢在楊君平身上的雙眼，如讀書一般，讀出了楊君平心裡頭的一切：

「平兒，平兒，你兒時眼裡所見，耳中所聽，有時非你所能理解，不可輕易据以論斷是非。爹到時候自會把前因後果都說給你聽，那時候你就會明白，爹何以跟你娘之間不同於跟你姨娘……」

一聽到「姨娘」兩個字，楊君平如受重擊，擊在他最脆弱的所在，一時心中如狂風巨浪，翻騰不能自制，淚流滿面，語不成聲地說：

「姨娘……姨娘不死，豈……豈不甚好……就……就不會……不會有……這……這些事了……」

父親低頭默然無聲，燭光跳躍下，眼中淚光閃動。

*　　*　　*

第二日深夜，父子倆返抵家中。

這一日沿路父親告訴楊君平母親故後，家中的一些變化。父親在馬上說：

「你娘遭此不幸之後，爹把所有女眷每人給予重金，或送返故鄉，或依願出嫁等等。你娘原先住的這一進廂房都封存了起來。

「至於鹽絲買賣，爹雖無意經營，卻因是你祖父所遺，不敢輕言結束。幸而余管家早有安排，那錢博志十分得力，比當日余二，不遑多讓。」

父親忽然住口不語，似在思索什麼，過了一會才說：

「至於今後這一片家業如何處置，平兒，爹要你來拿主意。爹已經心力交瘁，無心於此了。」

說著，嘆了一口氣，縱馬飛奔。

這錢博志果然十分勤快精明，算準了東家跟少爺這兩日要抵家，遣人日夜守候，因此父子倆才到家門，錢博志已得人通報，在大門口相迎。

父親頗為動容，說：

「博志，何必親自夤夜守候，倒叫我過意不去了，」

錢博志恭敬而不失熱絡地趨前行禮，說：

「老爺說哪兒話！老爺風塵僕僕，博志理當恭迎！」

他不敢僭越余管家的「少主人」稱呼，尊稱「老爺」，這是他老成世故之處，又親熱地向楊君平行了個禮：

「少爺長得恁般高，要不是跟著老爺一道，博志都不敢認了！」

楊君平原就對他印象極佳，笑說：

「錢管家好說！」

錢博志是頭一次得此稱呼，知道自己在楊府身份已定，不由得熱血沸騰，只覺這一條命是賣定給這一家了！

次日一早，楊君平跟錢博志要了鑰匙，獨自向母親這一進廂房走來。從父親這一邊到母親等女眷這一進，原有一條花徑可以直達，楊君平刻意避開這條小徑，繞了一個大圈，把這闔府大宅院走了一遭。

他並非巡視，這件事他一如父親，了無興緻。他是在尋找一個人。他尋找父親的貼身小廝：那個白淨得可憎，周到得可厭，諂媚得可恥，卻又狂妄得可恨的小福子。往日，有父親的地方就有他；而父親不在的地方也有他，他似乎無處不在，不知為什麼，這總讓幼時的楊君平渾身不自在，近乎一種毛骨悚然的感覺。

但是這無處不在的小福子，卻在楊君平的搜尋下，連個身影都不見，不要說不見人，連他的細尖嗓門都沒有聽見。

他叫住一個小廝問：

「怎地不見小福子？」

小廝像是吃了一驚，又像是不解何以平少爺竟然不知。

「錢老大說，老爺遣他回老家去了。」

「噢？是幾時的事？」

小廝垂手低頭說：

「是年前的事了。」

楊君平說道：

「知道了。以後不許再叫『錢老大』，叫『錢管家』，或是『錢爺』，可聽清了？說給大家去！」

「聽清了，這就告訴他們去！」

楊君平忽然腳步加快起來。找不到小福子，不必與小福子見面，此事瞬間予他的感覺不是解脫，不是輕鬆；而是一種詭祕的失望，空落落的失望。

* * *

母親這一進房屋自楊君平搬去與父親同住之後，其實他就甚少過來。他打開大門，逕自走到母親那一間：突然一種熟悉的感覺在那冷清清闃無一人的長廊膨脹迴盪，把他一下子托上了一個高絕的孤峰，被那淒冷穿透、割裂。淚水潸上了眼眶。

他在母親房門口淚眼模糊，站了好一會。就是這道門，他進進出出跑過多少回？他記得每次衝進房門一身汗酸，爬上青花瓷鼓，端起茶壺就灌，這時他就會聽見琥珀珠簾來回擺動，發出篤篤相撞的聲響。他記得最後那次瞧見那珠簾右側那一串不知因何底下少了一顆琥珀珠，斜斜地，似乎歪著頭有所詢問，或者，竟是憤憤地有所不平。如今呢？

這些念頭穿梭在他心中；巨大無朋的孤寂從四面八方包圍著他，擠壓得他喘不過氣來。

他打開房門，那面珠簾隨著房門向他迎來。一般的顏色，一般地少了一顆。不管這外面變遷有多大，這琥珀珠是靜止的。

紅木桌依舊；桌上的茶壺、茶杯依舊；青花瓷鼓依舊；一般的粉紅羅帳、大紅被子。大床旁邊一張小木凳。就是這張小木凳。是誰與他共有這樣的記憶？在失去蹤跡恁久之後，母親不在了，這張小木凳卻又重現，似乎不甘於就此消失。然而，滿地的瓜子仁呢？還有……

他打了一個寒噤，彷彿有鬼魂拂體而過。他過去把窗推開。朝陽隨著寒氣一起流入房內。

他記得從窗口如何看見外頭的漫長夏日，像是這火陽永遠在照著，沒有盡頭；燕子如何在窗口啾啾築巢，這是在白日；到得黃昏，便只有疾飛無聲的蝙蝠，疾去疾來，上下翻飛。無數的蝙蝠，是看見蝙蝠，才有那靈機一動……

他在空中一個轉身，手腕一抖，便有五七隻蝙蝠跌落下來；然後……

然後便是「啊呀」一聲尖叫……

8

這就是這一陣子無聲無息潛進楊君平心中的異象：在他凝聚功力，欲待向巔峰挺進的時候，突然，如斷了線的風箏，他軟癱了下來，全然失去了方向，搖晃擺盪，忽升忽降，忽焉左忽焉右，像是只需你一指戳去，他就會崩然而碎，如一盤散沙，四散飛去，入於空無。

他最初以為他經歷的便是他跟父親所說的「江文通之痛」。但是在這一剎那間，他的恐怖遠大於這才盡之懼。江淹不過是再無佳句而已，他面對的卻是文不成句的崩潰。

虛飄、空洞、毫無著力之處。驀然，裂帛一聲，從足脛至膝蓋，涼颼颼一片。這驟冷把瀕於潰散的楊君平集中起來，瞬間明白他方才又做了一樁蠢不可及的事。

青衫人冷冷地在一旁說道：

「哼，你這人竟自稱是楊嘯天之子、無念大師之徒！你要不是騙徒，便是你父親及你師父瞎了眼，教出你這麼個無用之才！空有這無可限量的秉賦，我為老天叫屈！方才我那一指若是用得實了，你已是斷腿之人了，還容得你閃開麼？」

原來就在楊君平胡思亂想，瀕於四散之際，青衫人一指點向楊君平前胸。迷離恍惚中，他向左一閃，青衫人這一指卻不知何時點向了他的下盤，指風所及，楊君平衣襟下擺應指撕裂了一塊。

楊君平的愚蠢便出現在這一刻：他理應在青衫人指風掃及之前，或逆攻其要害，使之收指自保；或以移形換位之法避過指風，轉到一個自己易於進擊的方位。但是兩者他都笨到錯過了時機，一直到自己衣襟被劃裂，他才又被冷凝回來，然而已經遲了，他只能像個普通武師，為了護命縱躍開去，縱得又高又遠。只此一端，便要羞得他無地自容。因此在青衫人冷嘲熱諷，極盡挖苦能事的一番言辭之後，他竟是垂頭喪氣，無言以對。

青衫人見他頹喪如此，越發得理不讓人，冷笑道：

「什麼名人之子，高僧之徒！不過是個會兩手花拳繡腿的護院武師罷咧！你就再練二十載也不是我對手，說什麼為母報仇，羞也不羞？趁早閉嘴，再也休提！回去叫你父親前來是正經！難道是你父叫我給打怕了，不敢前來見我不成，竟命他這無用的兒子來敷衍塞責？嘿嘿，這有何用，不過來領死而已，什麼五年之約，可笑哦可笑！」

青衫人簡直狂妄到視楊君平為無物，昂首向天，連正眼都不看向楊君平。

楊君平原就羞愧得滿臉通紅，這時聽他把父親說得如此不堪，幾乎氣得一口氣接不上來。心中只是想：「楊君平啊楊君平！你今兒是怎地一回事？怎麼一見此人就失魂落魄到這步田地，竟然連像樣的一招半式都施展不出來？父親要我報殺母之仇，為他洩心頭之恨，卻反倒被這惡賊一頓辱罵，你還有什麼顏面回去面見父親？」

他長吸一口氣，強忍怒氣，但語氣卻無法平靜：

「仗得你一張利嘴，損盡天下人，怎地不罵罵你自個？」

青衫人說道：

「這就奇了！你父五年前被我一掌擊得至今不敢現身，你來此混攪，說什麼為母報仇，武功又如此不濟，不是老夫憐你一身好骨架，指下留情，你早沒命了，這乃實情實說，怎地倒說我罵盡天下人了？至於老夫嘛，好好兒坐在這裡，想清靜喝他一杯茶，被你胡纏歪鬧，怎麼倒要自己罵起自己來了？」

圓睜著雙眼，斜斜地看著一邊，一臉無辜的模樣。

楊君平怒聲說：

「真是好一張利嘴！你也不想一想，當年你如何殘殺手無縛雞之力的婦孺！就此一樁，你已是天良喪盡，萬惡不赦，還待追問其他麼？」

「哦哦，」青衫人故意點頭吟哦了一聲；忽然沙啞之聲盡去，低聲說道：「楊嘯天啊楊嘯天！你真是一派胡言！」

過了一會，沙啞之聲又起：

「看來這話跟你這隔代之人是說不清了，你父又不知龜縮在何方，老夫縱有天大的冤曲，卻向誰交代去？也罷，年輕人，老夫也懶得去費這口舌了，你說說看，你待要怎的？」

楊君平說：

「今日不是我一劍殺了你，雪我母之仇，便是你一指畢我之命，縱然不能報母之仇，奈何藝不如人，我也只好認命了！」

青衫人點頭說：

「氣倒是壯得很！只可惜武功稀鬆平常。你既然執意要來送死，到時也怨不得我了！」

楊君平氣又往上衝，大力忍住，腮幫子脹得赤紅。

「哼，你這大話只怕說得早了些，誰要送死，豈是你說了就算！」

「我嘴說不算，我雙掌打了可算！」

楊君平不答，劍一振，搶前數步，一抖劍花，刺向青衫人咽喉。

青衫人一瞄劍尖，搖頭說道：

「我承望你『一怒黃河清』，這腦袋瓜兒想通了，有什麼新招兒出來，誰知還是這般不長進！」

一閃不見。楊君平只覺腦後生風；招不使老，一收手，吸氣彎腰，疾躍數丈，旋身挺劍便要刺青衫人，卻不見人影，而腦後風聲依舊。

沙啞的聲音就在耳側：

「這是怎麼了，怎麼了？連你家傳的輕功都變了樣兒了，你到底怎麼了？」

這怒責把楊君平所處境遇的真相說了個清楚。他原以為他清醒明白，正氣浩然地與這萬惡淫賊對敵，其實他只是掙扎著在那清醒的邊緣；如今青衫人這一吼，他全面回到他目前的處境中去，不再掙扎。

這是兒時的絕對的屈從，不容口辯的全盤認錯。他有一次跪在母親前面為了打破杯子領受責罰，與月芬為了打破青花瓷瓶長跪終夜的境遇全然相同。

就是這一種面對鐵面無私，無可退讓的嚴格的古舊回憶，既熟悉又悚慄，全面包圍了他。他此時陷入的夢魘，是他竟然在絕對的屈從中奮力反抗，在不能理直氣壯的卑屈中一再挫敗。

他是在這樣的迷離恍惚中，左一劍，右一劍，全無章法地奮戰著。

耳邊又響起青衫人的喝叱：

「這算什麼打法！到這辰光還不覺悟麼？」

楊君平只是瘋子一般，把劍舞得如狂風驟雨，沒命攻向青衫人的要害。而場面更見淒慘——便如撒潑耍賴的小孩兒在向一個大人無理取鬧，大人越是不予理會，小孩越是纏鬧得起勁。

青衫人見楊君平拚了命，一味搶攻，更加氣定神閒，毫不把楊君平看似凌厲的攻勢放在眼裡，或見招拆招，或輕移緩縱，怡然自得。

似乎是要把他的優游自在發揮得淋漓盡緻，他一面隨興還招，並不蓄意進擊，一面挑些無關緊要的話來說，但是如今他既不漫罵，也不嘲諷，倒像是閒話家常一般。例如，他就問候起無念大師來：

「你師父無念大師真是今世第一高僧，老夫與他亦有一面之緣。那時，你師尚在江湖行走，俠名遠播，我仰慕他的那一套『浮雲十八式』劍法，特地……」

這時，楊君平一劍刺來，青衫人一躍一縱，又回原地，繼續說：

「我便要與他較量劍法。和尚只是微笑不允。故而我雖聞『浮雲十八式』的威名，亦曾旁敲側擊，得知這套劍法的一些底細，終未能親炙他的威力，本以為今兒遇著大師的傳人，可以一賞宿願了，不承望……真是可惜呵！令師還健朗麼？……」

楊君平狠命一劍直削青衫人雙足；青衫人足尖略點，騰高數寸，待楊君平的劍鋒閃過足底，他足尖在劍身上借力一彈又躍起數寸，輕輕落在地上。

楊君平一面運劍，一面隨口說：

「我恩師知你人品，豈會輕易與你交手……」

心中卻仍在苦思，那次究竟他跌破了母親什麼寶貝杯子，竟惹得母親生恁大脾氣，罰自己跪在她床前；她則從晚飯之後一直滔滔數說到二更將盡。他只記得燭光下，母親一張白臉上血紅的胭脂，只記得在母親劈頭劈臉的責罵下，他渾身上下一無是處。

一如在青衫人的冷嘲熱諷下，他一無是處。

「我人品好壞，豈是你這小兒所能論斷。你師不願與人爭這高下，自有他的禪理，與我人品好壞無關。我且問你……」

青衫人右手中指點向楊君平的手腕，使他不得不撤回揮來的一劍。

「……你師號稱『無念』，你可知何謂『無念』？」

楊君平單足點地，劍指青衫人前額，欲待劍招乍出之際，一個旋身，改刺小腹。但一句「無念大師」，狂風捲雪一般，把他捲到飛雲峰上。師父與他埋坐於雪堆中；他急得一身熱汗。然後便是師父的輕聲一嘆：「時機未到，強求無益。」他忽地忘了出這一劍目的何在，也未旋身，楞了片刻，只聽得青衫人在說：

「你如果還讀了幾年書，當知《壇經》上有『知見一切法，心不染著，是為無念』這句話。老和尚修為高深，自不會去爭這俗世虛名。你是他的傳人，難道『無念』不曾教你去參悟這般若三昧？」

楊君平茫然不知所答。他現時的第一要務乃在如何劍斬這萬惡老賊，但是又發覺此賊無敵之處不在他的武功，而是他談笑用兵的能耐。他楞在那裡，如在夢幻之中，滿腦袋瓜鑽營探究的，是如何以鋒利一劍，刺穿青衫人的泰然自若，因而他可以長驅直入，勢如破竹地斬此賊於地，從此獲得他永遠的平靜。他瘋狂地振劍直劈過去。

但是青衫人如水蛇一般滑溜，楊君平這一劍連他的衣角都沒沾上。而在迷糊不清之中，他似乎見到青衫人眼中極複雜難解的一道閃光：似奚落、似惋惜、似焦急……似……，總之，是視他如螻蟻的一種鄙夷目光。

青衫人談興極濃，似乎打得不過癮，只好以說話來解悶，又聽他在說：

「你師的言語你不聽，或是聽了當他耳邊風，難道你爹他也就任你這般無用下去？難道他就讓你這般虛耗青春，一日一日浪蕩下去不成？」

楊君平只聽得一句「你爹」，便怒斥道：

「你休得再提家父一個字！我父子與你有不共戴天之仇，豈容得你在此挑撥！」

青衫人冷笑一聲，啞著嗓子說：

「話都聽不清楚，難怪你沒頭蒼蠅似地，橫衝直撞，哪個門兒出，哪個門兒進都弄不明白，只顧閉眼張嘴，一個勁兒叫報仇雪恥。我是說我就不信你父竟是半個字兒都不曾啟發得你，一任你如此不成材？」

楊君平一劍猛刺。這一劍雖不成式，去勢倒也淩厲，青衫人橫移丈餘讓開。

「我說呵，你父楊嘯天在江湖上名頭震天響，殺人無數，有你如此這般的一個兒子，也算是報應了，再加上嘛，」

青衫人故意停了一停，好整以暇地手捻頷下那一綹長鬚，搖搖頭說：

「有妻如你母，把他看得糞土不如；雖有個紅粉知己，偏又早早死於惡疾，老夫也頗為他可惜……」

這句話直刺進楊君平心中，痛得他直跳起來，舞起一枝劍，亂揮亂砍。他突然回到母親燭光明亮的房中；突然想起跪在床前，全身一無是處的感覺，或者也正是父親這一生的感覺。

青衫人不再說話，只是皺著眉頭一味閃避。這樣又纏鬥了頓飯時間。對青衫人而言，這哪裡是生死之戰，不過是被纏得不可開交的一場鬧劇，厭煩已極。楊君平則已全然錯亂，瘋狂亂砍，談不上劍式章法。

青衫人越來越顯得不耐。他飛身而起，停在數丈開外，喝道：

「不長進東西，這般冥頑不靈！什麼辰光了，還不覺悟麼？」

楊君平紅了眼，欺身跟進，仍舊一劍一劍亂砍過來。

青衫人沙啞的斥喝聲再起：

「也罷，老夫今兒索性成全了你！」

說著，不再閃避，併起兩指，兩股銳利指風，去勢如電，直點楊君平的臉。楊君平早已昏亂如盲，如何閃得開青衫人這爐火純青的一點，臉頰上一陣劇痛，兩道交叉血痕，血流如注。

青衫人背著雙手，悠閒問道：

「怎麼，這滋味還好受麼？」

楊君平被雷轟電擊般獃獃地站著，驚愕、迷惑，全然不解地望著青衫人；一任臉上兩道血流沿著面頰、下巴，滴落在衣襟上。

接著，他整個胸腔，整個軀體都迴響著母親那一聲淒厲的銳叫「啊呀」……

9

這一聲「啊呀」之後，母親伸在桌上的一雙白手，指甲塗得鮮紅，突地緊緊握成拳頭，骨節暴起。一雙眼睛瞪得那麼圓、那麼大，射出奇異而陌生的熠熠寒光。從這種含意的目光中，楊君平既恐懼又悲哀地，痛切感到連結自己與母親，然後從母親到矇矓的童稚的那一座橋從此斷裂；從此，他再也回不去。

* * *

那日是這樣開頭的：他們父子倆第二日便要返回「大悲寺」，父親要他「跟你娘辭行去」。他挨到傍晚才蹭到這邊來。

日落之後，冬日陽光的餘熱把紅梅的異香蒸得滿園騷動。熟悉的古老感覺回到他心中——每到花香滿園的黃昏，他就會無端愁悶起來。

他走在花香滿徑的石板路上，十分憂愁。而同時十分訝異：何以這裡竟是一個人都不見呢？都大膽得跑去耍了，不怕母親隨時召喚麼？

這怪異的寂無一人的空洞，讓他生像自己又在做一件一無是處的大錯事，既痛恨自己，又無端地覺得恐慌。

母親房裡透出極明亮的燭光；房門洞開著。琥珀珠簾斜斜地傾向一邊，依然，它憤憤不平地歪著頭永遠在質問著什麼。

他一跨進房門，站在明亮如白晝的燈光下，便彷彿周圍有什麼東西太危險而令他不安。母親坐在白亮之中，白皙豐腴，一隻白手在桌上伸出去，伸得老遠，指甲塗得鮮紅。而在房間緊裡頭靠窗那個角落——是在屋裡頭，不是在房門這一邊，他格外記得這一點——躬身站著那個小福子，十分恭敬、十分卑顏、十分唐突地笑著。屋子裡靜悄悄一些兒聲響也無。

他突然明白，這太危險的東西是這太明亮的燭光，以及這太安靜的房間。

他奪口而出，大聲叫道：

「娘——！」

他聽到自己聲音中一種橫掃千軍的憤怒，感覺到那聲音擊潰了房中的寂靜引發的尖銳快意。接著就是母親特別高亢、特別迅捷的回話，而這昂奮與快速在他心中勾起的巨大失望淹沒了方才那一點點快意。

「是平兒麼？」母親說，不曾回過頭來。

她伸出去的手也沒有縮回來。楊君平刻骨銘心地記住了母親這兩個舉動。他搶前兩步，回過身來，橫在母親與小福子中間，面對母親。他正眼也不瞧卑顏笑著的小福子。

「是我，平兒。」他垂首說，同時決定了此後面對母親的態度：低頭垂目。

「這會兒不跟著你爹，到這裡來做什麼？」既不訝異，也無震動，母親冷冷地，眼皮兒也不抬地說。

「平兒明日一早便要跟隨爹回『大悲寺』去，今兒先來跟娘辭行的。」

母親一時不說話，過了好半晌，微微吁了一口氣說：

「自年三十兒至今，咱娘兒倆通只見了一次面，話說了十句，這會兒說走就走，我這哪還像個做娘的？」

楊君平一顆冰雪般冷硬的心如遇暖陽，就要溶化。身後的小福子尖著嗓門說：

「這回『大悲寺』又不是進京趕考，就遲些兒回去諒也不打緊，平少爺理該多陪著些少夫人是正經！」

楊君平渾身如針刺。此時失守，這個小人便將如附骨之蛆，驅之不去了。想到這裡，他覺得自己如一座山一般壯大穩固起來。從這座山，發出他極致的輕蔑，連聽都不去聽小福子的話。

母親又嘆了一口氣：

「這『大悲寺』到底是個啥地方，恁地迷人？只不過是個寺廟罷咧，一個和尚老住持吃齋唸佛的所在，憑這就叫人成年累月苦守在那兒？」

楊君平越發把頭垂到胸前，低聲說：

「大悲寺住持無念大師是平兒的師父，乃是真正的世外高人，不可以世俗眼光等閒視之。」

「這般說來，娘倒是個世俗之徒了？」

「平兒不是這意思。」

「世外高人！娘倒不知他高到哪兒去！真要是世外高人，怎地連個棲身之所都沒有，還要你爹花大把銀子蓋個寺廟給他去住去？我這帳本子上還有這筆帳呢！」

楊君平突然覺得燠熱難耐，站立不安。

小福子在後面說：

「是！這筆帳是小福子經手，小福子還記得，總共是十萬八千兩銀子。」

楊君平提高聲音說：

「當年爹蓋這座寺廟，原只是借給恩師修行。爹原意是日後他老人家自個到山上去清靜度日的。」

說到這裡，改用千里傳音，以無上精純的內力，把話直逼進小福子一人的耳鼓：

「你給我住嘴！這裡哪有你說話的餘地！」

小福子耳裡如一聲暴雷，轟然響起這句話，唬得他臉色發青，張目四望，卻只見少夫人沒事人似地，什麼也沒聽見。自此小福子真的不敢再開口。

母親冷笑說：

「這倒好！嫌咱們這裡不清靜，躲上山了！索性剃度出家，跟老和尚做伴去，豈不更加乾淨！」

楊君平手心汗出如漿，一句話也說不出來。

「我倒問問你，你成日在那山上都胡弄些什麼來著？」

楊君平囁嚅了半天，慢慢說道：

「平兒在山上一如在家裡，讀書、練武，勤奮用功，一日也不敢荒廢。」

「既是在山上一如在家中，何苦千里迢迢，翻山越嶺，去那勞什子『大悲寺』？不如你仍在家中，娘去把這什麼『大悲寺』收回來，或賃給別人，收些香火錢，或索性賣了，有這一筆閒散銀子，娘可有大用場呢！小福子，你替我去問清楚，有這麼一個地方兒，依現今行情該值多少銀子？少說也該有十來萬兩吧？」

小福子哪敢出聲？只顧低著頭，看著地下，不時拿眼去偷瞄楊君平的後背。

楊君平正色回道：

「娘，此事說著玩可以，不可當真！爹蓋這『大悲寺』有極虔誠的心，極深的用意；此語若落在爹耳裡，怕會招致爹的雷霆之怒！」

母親一聽這話，似乎一下子就火冒三丈，尖聲說：

「哼！才幾年功夫，滿嘴理兒，教訓起你娘來了！怎麼著，你爹游手好閒，他倒有虔誠的心，行事兒有深意，娘苦撐著這一片家業，倒是沒有誠心，沒有敬意的了！你們楊家人忘恩負義到如此，著實叫人寒心！」

楊君平欲待辯解，結結巴巴地偏說不清楚：

「娘，平兒不是這……不是這意思！平兒是說……」

急得一身是汗，只逼出了這句話：

「平兒是說，虔心禮佛也是至善之事。何況爹何曾游手好閒……」

「好，你們爺兒倆一個鼻孔出氣，錯的全是我！你爹不游手好閒，你說給我聽聽，他除了使刀弄槍，花拳繡腿，還識得什麼？」

楊君平彷彿覺得自己又跪在母親床前，接受徹夜的質問。

「爹一生喜愛練武，這一身武藝天下難有敵手，這是何等光彩的事？」

「就算天下數他第一，又待怎地？也不見他掙個功名祿位回來！若不是托庇祖蔭，有口飯吃，臨了兒終歸是要做個打家劫舍的強盜頭兒去！」

楊君平臉脹得通紅，只覺全身一無是處。自己如此，父親也是如此。

「娘把爹說得太不堪了……」

母親面色也是通紅：

「怎麼，娘說錯了麼？你細想想去：想想你爹，想想你自個兒，若不是仗著這一片祖業，你們能夠三天兩頭縱馬南北，過你們的清閒日子麼？唉，唉，我這是為誰來？」

楊君平身上直打寒噤，不知是悲、是怒、是氣，還是怕。他微一側身，立即——像是被針扎了一般——瞥見房角落低首垂頸的小福子臉上露著竊笑。楊君平只見眼前一蓬火似地燒得滿天通紅，高聲說道：

「娘，學武又有什麼不好？您看這一招！」

隨手從筆筒內拈起一枝筆，人已經飛出窗外。這時正是黃昏將盡，黑夜將臨的黯黯辰光，近窗口十數隻蝙蝠疾來疾往。楊君平在空中運筆一揮，只見五七隻蝙蝠紛紛跌落下來。

楊君平在空中又叫得一聲：

「娘，再看這一招！」

一道黑影自空中飛射入內，在小福子身前閃得一閃，又飛向窗外，這時黑影的飛速由快轉緩，現出了空中的楊君平，衣衫飄飄，像隻大蝴蝶，姿勢華麗優美，在空中盤旋了一匝，慢慢向屋內飄進來。這都是後來發生的事。

這黑影在小福子前面一閃之際，只聽小福子劇號一聲，雙手捂臉，瞬間從指縫滲出幾絲鮮血；他嚇得蹲了下來，似是要找地方藏躲。然而桌子在屋中間，他躲到哪裡去？只得又站起了身，兩眼亂張。除了少夫人，卻哪有楊君平人影？他站立不住，伸手去扶窗櫺，於是將一張塗滿鮮血的臉露了出來；面頰上交叉兩道血痕。

一眼見紅，母親嚇得「啊呀」尖呼一聲，銳聲高叫：

「你還不快走，等死麼？」

楊君平在這時飄進了屋內，母親那一聲「啊呀」尖叫，如一把尖刀，刻進了他腦中、心中、靈魂中。

就是這一把尖刀割斷了那條掛索，把一面簾幕驟然放落下來，隔絕了所有通道，從此他就走不出去。

10

楊君平呆呆地一任兩股血流從面頰滴落到衣襟。窗內投射出來的燭光把衣襟上兩團血跡照得通紅。

青衫人這時嘴裡卻念念有詞，聽他唸的是：

「『有情來下種，無情花即生，無情又無種，心地亦無生。』到這節骨眼，若還不開花結果，我佛亦難渡無緣人了！」

楊君平渾如不聞，迷離恍惚中，只覺此人無處不在，真的是如芒刺在背。他慢慢還劍入鞘。

青衫人雙睛閃動，光芒似隱若現，把楊君平的一舉一動一一看在眼裡。他點頭說道：

「老夫早就說你不是我的對手，你偏不信邪，折騰了半夜，阿彌陀佛，你到底明白過來了！不過，你糊塗也就罷了，卻叫老夫陪著你糊塗，平白一夜不得好睡，這真正是無妄之災！」

楊君平瞪大了眼狠狠盯住青衫人，半句話也說不出來。半晌，他垂下頭，竟似不再掙扎，舉步欲行。

「嗯，嗯，」青衫人極滿意地：「果然是個識時務的俊傑，打不過人家嘛，本就該夾著尾巴開溜，站著幹嗎，等死麼？」

……你還不快走，等死麼？……

楊君平仰臉向天，長嘆一聲，緊緊咬著嘴唇。

青衫人說道：

「許是老夫老眼昏花，不曾看出你的深意亦未可知。或者你起了所謂『正直般若觀照，一剎那間，妄念俱滅』；或者你竟是識得了自性，一悟而至佛地。這般高深佛理，老夫愚昧，自是不識。」

楊君平厲聲說：

「無恥老賊！你淫行惡跡，天理不容，還厚顏談什麼禪，說什麼佛，休得污了佛門聖典！」

青衫人呵呵大笑說：

「罵得好，罵得痛快！只不知這淫行惡跡的無恥老賊到底是誰來著？」

楊君平冷笑道：

「不必顧左右言他，自己所作所為，自己心裡頭有數，難道還需人指名道姓不成？」

青衫人大笑說：

「只怕你連老夫姓甚名誰都不曉得，還指什麼名道什麼姓呢！」

楊君平語塞。他果然不知道這老賊的姓名，父親從未告訴過他；而他基於某種類似椎心刺骨的肉身痛楚的嫌惡，也從不曾問起父親此賊的姓名，彷彿由於自身潔癖的必要，他要離得這惡賊越遠越好，而知他的姓，識他的名是一種近身接觸，會引起橫掃他全身的悚懼。

但此時卻因此事他又脹得滿面通紅。

青衫人把他的奇窘又一一看在眼裡，越發縱聲大笑起來：

「如何？我說吧，連仇家的姓名尚且不知曉，高談闊論什麼報仇雪恥！你固然糊塗得可憫，你爹更是好不到哪裡去。你是小糊塗，他是老糊塗，楊家父子一對寶，也算得是江湖奇聞了！」

楊君平狠狠咬緊牙根，舉步又要走。青衫人似乎意有未足，又把話來纏他。

「這仇看來是報不了了。第一嘛，糊裡糊塗找了個不相干的人當仇家，即此一端，便是大笑話，傳到江湖上去，真正要笑死人了；再則嘛，胡纏歪鬧了半夜，偏偏又打不過人家，連人家衣角兒都沒摸著，自己先掛了彩，普天之下有這等荒唐事！」

說罷又哈哈大笑起來，其聲沙啞，其狀可怖。

楊君平仰起一張漲得紫紅的臉，像是要引頸奮力一呼，卻終於沒有出聲。他垂下頭，大步向屋簷走去。

青衫人緊緊相隨，嘻笑之聲亦相隨：

「嗯，年輕人，看來你真的已見佛性。罵也不聽，傷也不痛。這不聞不痛，不是見了佛性是什麼？真正不愧無念和尚的高徒！」

楊君平陡然止步，似要回首喝叱，但只頓了一頓，舉步又行。青衫人亦步亦趨，嘻笑聲如附骨之蛆，越鑽越深。

「不過，見之於你的諸般糊塗，又不知你是否真的到了彼岸；不知你此刻究竟是著境還是離境，真是纏夾不清。罷了，罷了，我老人家何必為這麼個糊塗小兒自尋煩惱？」

楊君平並不停步，一味前行。青衫人大嘆一口氣說：

「大仇未報，謎團未解，換了我，我當捫心自問：如此一走了之，固然落得個乾淨，卻怎地向父親稟告去？是忝顏直承自己無能，還是撒他個瀰天大謊言？」

楊君平忽然止步，冷冷地說：

「此事楊某自有區處，不勞你費心！」

青衫人歪著頸脖，點頭晃腦地：

「嗯，自有區處，自有區處！是了，是了，到了這個田地，進不能進，退無可退，不如找個見不得人的所在，學那婦道人家的行徑，自己抹脖子了事！這倒也乾淨俐落得緊！只是如此一來，從此便生是個糊塗人，死是個糊塗鬼了！」

楊君平不作聲，邁步又行。

青衫人一刻兒也不放鬆：

「自尋解脫，的確是一了百了，乾乾淨淨。乾乾淨淨麼？如若你只為開脫一時困境，擇此自了之途，仍只在輪迴中受苦。照你那寶典中的說法，所謂『涅槃真樂，剎那無有生相，剎那無有滅相，更無生滅可滅。』悟到這等自由自在之境，死始為至樂，而非匿藏逃避。你且想想你這一路走來，有一處清清楚楚，明明白白，自由自在的麼？」

青衫人說到這裡，便立足不前，似有捨棄之意。

楊君平原是垂著頭一步一步往前走，此時忽地也立住腳，靜立不動，一副凝神傾聽的姿勢。

青衫人雖然站立不動，嘴巴子卻沒有停住。

「老夫說你腦袋瓜不清，自囿他囿，儘在小圈子裡打轉，終不能飛身雲端，通觀宇宙，此情唯『糊塗』兩字可以當之。老夫但聽你口口聲聲報仇雪恥，看你卻是心神不屬，一心數用，全然不知你真正所為何來！」

楊君平凝立不動，似在反覆玩味青衫人的話語。

青衫人冷冷地又說：

「你這人連自己來歷都尚未弄清楚，報仇雪恨，你報什麼仇，雪什麼恨？」

這冷峻沙啞的嗓門，在這冷清清的暗夜屋頂，如一柄雪亮利刃，寒芒閃閃，一刀一刀刮著楊君平的肌膚，刮著他的心。

楊君平陡然回過身來，大步向離他數步的青衫人走去，到了他跟前，一揖到地，然後一語不發，直直地立著，兩眼圓睜，不知看向何處，神態猙獰怪異，十分可怖。

青衫人睬也不睬他，背負兩手，向一邊走了幾步，背朝楊君平，全未把他放在眼中，只是自顧自看向暗暗夜色之中，搜尋著什麼。

沙沙的嗓音突然在靜寂中響了起來，那嗓音彷彿凝聚了精純內力，聲音不大，卻句句捶在楊君平的心上，把他從痴迷之中震醒過來，不由自主地側耳傾聽下去：

「楊嘯天啊楊嘯天，你自詡掌劍無敵天下，卻不僅是個欺世盜名之輩，亦且是個謊話連篇，造謠生事之徒。」

「當年你巧遇孫馨君於市肆，迷於她的美色，想盡法子，設局計誘她於先，威逼強暴她於後。她惑於你的偽善，兼以後來肚中這塊肉，不得不含恨下嫁於你，你啊，你枉自搏得一個英雄豪傑的虛名，其實是個好色貪淫的小人！」

楊君平咬緊牙關，卻似中了蠱似地，傾聽青衫人一個字一個字往下說：

「偏偏你又不知憐香惜玉，只為了她性子剛烈，不願遂你荒淫無恥之心，你就變盡了法子，百般折磨於她。仗著你家產豐厚，左娶一房小，右置一房妾，為的只是要逼她低頭就範，楊嘯天啊楊嘯天，你算得什麼英雄豪傑，算得什麼天下第一高手？……」

楊君平渾身顫抖，從咬得緊緊的牙關，吐出幾個字來：

「你……你究竟是誰？」

而他眼中所見不是那尖酸刻薄的青衫人，而是烽火連天的慘烈，但穿梭往來於那大混亂之中的又都是熟悉的影子。令人心暖又心疼的是姨娘柔軟的胸脯，一抬頭就是姨娘慈愛溫柔的笑，露著白玉般整齊的牙齒，姨娘總是用指尖點著自己的腮幫子，把頭垂到自己的額門，輕輕地唱著：「我的平平小心肝……我的平平小心肝……。」另外一雙手，雪白豐腴，指甲鮮紅，從食盒裡拈出一塊甜糕，小指斜斜翹起，把甜糕送進艷紅的嘴裡，一邊咀嚼，一邊支使著小廝丫鬟們……去……去做什麼？怎地嗓門兒那麼大，卻一句也聽不真？……一顆一顆齊齊整整排著的瓜子肉。撒得滿地的瓜子肉，這一腳踩下去不都是肉泥兒了……雪亮一把匕首抵著那雪白的頸脖子……醺醺酒氣，一波跟著一波湧過來……亂鬍渣子……好氣節，倒看你撐得到幾時……恁地甜香，氣都喘不過來了……怎地把窗子一氣兒打開才透氣，才喘得過氣來，去外頭去……去山上……去大悲寺去……大雪飄飄，啥也不見，只有山、山、樹、樹……這才是自由自在……一切即一，一即一切，去來自由，心體無滯……師父從雪堆裡站起來，時機未到……時機未到，什麼時機？啥時候才到？……怎麼都聽不懂了？先前見你日進千里，如今怎地就是笨牛一頭，一如關在黑屋子裡，啥東西也看不見，這腦袋瓜就如塞了一團綿絮，亂糟糟，黑漆漆……不然，不然，先前屋裡的燭光是透亮的，亮如白晝，照得裡頭秋毫可見，照得屋裡的靜悄悄都無所遁形，更不用說那卑鄙無恥的竊笑……飛起來斬掉那些蝙蝠……痛快……毀了那張無恥的嘴臉，便可一舉消滅那無恥小人……痛……快……

於是所有一切一切都轟然一聲擠上來，要奪門而出，要衝出去……

青衫人一個字一個字如千鈞重錘一般敲在楊君平心上：

「你以為你治住了她，誰知她豈是你心中的柔弱之輩，她之狠之毒，全在她一招之間，她這一招一出，直擊你的要害，你全無招架之力！她公然勾搭你的跟班，讓你闔府上下，大大小小，無人不知。她刻意讓你撞破他們的姦情，她固已存心一死，但是你可知道，她其實是要置你於死地！你引劍斬了這兩個手無縛雞之力的男女，以為奇恥已除，但正如孫馨君所料，你是生不如死，到頭來，卻又不敢真正一死。楊嘯天啊楊嘯天，你如此一個貪生惡死的小人，何敢自稱什麼大丈夫，什麼英雄好漢？」

楊君平厲聲說：

「你，你是何方惡賊，氣得我好苦！……」

大叫一聲，仰面便倒。

11

不知道過了有多久，橫躺在屋瓦上的楊君平悠悠醒轉過來。他第一眼就看見數丈之外的青衫人。雖然其時夜黑如墨，但仗著遠處窗口一點微光，以楊君平的眼力，仍可把他看得清清楚楚。楊君平突然從青衫人那裡獲得一種奔逃的印象——眼神的奔逃。這不光是那種膚淺的、眼睛的忽然失蹤，而是尤甚於此的，他目光中有什麼複雜的東西一下子隱晦不見了。

看見此賊，便想及此賊的惡毒語言、險辣居心，以及——此刻他終於回想起來——他自己心中如火山爆發般千軍萬馬的奔騰，然後驀然被攔腰一斬，悉數被阻絕、被窒息，黑暗乃兜頭劈臉地覆蓋下來。

心中一陣翻騰反胃，躺在屋瓦上的楊君平一歪頭，從嘴裡噴出一股穢物，直達丈餘之遠；這一開始，他止不住便大吐特吐起來。這真是驚天動地的嘔心之吐，其聲直動屋瓦。

青衫人遠遠地靜立在數丈之外。他此時不再負手於背，而是雙手下垂，這對於此刻嘔得天昏地暗的楊君平，其意義不只是姿勢的改變，而是從污衊傷人的極致，慢慢下降，一如他雙手的下垂，重落於地面的那種奇異巨大的變易，也因此才讓楊君平從昏暗中感覺到那面的一點明亮。

這一番嘔吐直折騰了有大半柱香時刻，楊君平才慢慢平復下來。他仍躺在屋瓦上，在方圓丈餘的一片狼藉的旁邊，仰面向天，忽然對夜空中的繁星入了神，簡直不知自己身在何處。雖然夜空墨黑，卻因為有諸星的閃爍，而對那暗黑有了不同的瞭解。那是厚而無重的活生生的靜止，是極黑卻是石英般透明的潔淨。

彷彿把非自己的一切都挖出了體外，他輕飄飄地似乎飄浮在雲端。這與施展輕功的御風而動全然不同；施展輕功乃是仗著運起的一股氣，以及無數苦練多年的精巧技藝、借力使力的巧妙方法，那比得上此刻他渾然天成的輕靈，簡直意隨念動，要起便起，要落便落的自由自在。

是這般的透明瑩澈，空如無物。他從自身出發看到夜空的千星萬星，從眾星的繁光折回再看到他自己，乃看見一個通體明淨如夜空的自身，全無一絲雜質，漸漸如入夢幻之境。臥於屋瓦，如臥於虛空，分不出哪是自己，哪是屋瓦。星光閃爍於無聲的不可及高處，卻又似乎伸手便可攀摘，星星便是自己，自己便是星星。

青衫人仍立在原處未動分毫，這都在楊君平的觀照之中，雖然他神遊在太虛，但無物不在他胸臆，因為這時的他已經溶入了萬物，萬物就是他。

楊君平緩緩抬起右手，以手背輕擦嘴角。遠遠站立著的青衫人一語不發，解下他頸項的白巾，以指輕送，那白巾如一片薄雲，向躺著的楊君平斜斜飄來，緩緩飄到楊君平頷下數寸，力道恰好使盡，軟軟地垂落在他胸前。楊君平直等白巾飄落下來，才以兩手捧起，先擦拭嘴唇，然後及於兩頰、前額，把一張臉全都拭抹了一遍。

楊君平拭淨了臉，緩緩地站了起來，向青衫人一揖說：

「此巾已污，不宜璧還！」

青衫人沉著聲慢慢地說：

「此巾得拭你餘污，其責已了，棄之於地便了！」

一對目光在黑暗中凝聚得越來越似兩條光柱子，罩在楊君平身上，不離他左右。

楊君平但覺夜空一清如水，間有異香浮動，不禁把目四望。他的一舉一動，青衫人無不看在眼中。

「我這故友雅愛花卉，在園中遍植各色奇花異草，每於入夜之後，花香盡釋，散漫於滿園，倍增老夫故友之思。」

青衫人微微發出一聲嘆息，一雙眼仍只在楊君平身上。青衫人說的每一句話都從楊君平身上透體而過，如涓流注入於大海，點波不興。

楊君平徐徐問道：

「先時老人家與在下交手時，每每藏招不發；爾後，在下暈倒於屋瓦，老人家又未趁在下無還手之力時，一掌將在下畢命，以絕後患，在下頗不解其中深意。」

青衫人啞然一笑，嘴角露出刻薄之色：

「老夫哪有什麼深意！我雖不如你們俠義之士，口口聲聲替天行道，為民除害，但這起碼的為人之道，老夫也還略知一二。不聞君子不趁人之危乎？你方才暈厥在地，直如死去一般，殺一個死人，既無意趣，又污了我一雙手。至於後患之說，年輕人，以你這一點微末道行，老夫還未放在眼內呢！」

說著一雙盯著楊君平的眼，彷彿探幽覓勝似地，向他越看越深。

楊君平毫不以為意，兩眼澄澈如兩泓碧潭，微微一笑說：

「在下學藝不精，見笑於老人家。不過，家父與家師也每有嚴訓，只因在下愚魯，十不得五六；加以與老人家對敵之時，不知因何，時生恍惚，家父恩師所授，十不剩一二，致貽笑方家。」

青衫人點頭說：

「嗯，倒也老實得緊。如此說來，竟不能責怪你師及你父授藝無方了。」

「這原是在下的無能，與家父家師無涉。」

「依你說來，你適才用來與老夫歪纏了半夜的竟不是你父你師的真傳。如今你待如何？」

楊君平正視著青衫人，慢慢說道：

「在下不揣冒昧，願再領教老人家的絕世高招。」

青衫人不答，但一雙眼睛突爆奇光，如烏雲密集的天空亮過一道閃電。一襲青衣無風自動，慢慢鼓脹起來，又慢慢平復下去。

半晌青衫人才說：

「老夫也有此意。」

楊君平說：

「在下仍要以恩師所授『浮雲十八式』向老人家討教。」

青衫人逐漸神情專注，兩眼眨都不眨地凝視著楊君平：

「老夫正要鬥鬥這無念老和尚的絕學！」

楊君平於是不再說話，慢慢掣劍在手。此次不同於前番，楊君平並不作勢，右手隨意輕握劍柄。

青衫人全神貫注在楊君平的雙眼與握劍的右手，然後又移眼到他兩腳所踏的方位，最後乃遍及於他全身。打量了許久，露出極其複雜難解的面情。楊君平看在眼中，但此時的他已如一口古井，一任外邊狂風驟雨，只是不動聲色。

青衫人語聲輕微，自言自語地說：

「好生熟悉的起式，似曾見過，又似從未見過！」

沙啞盡去，如剝去外殼的春筍相似，直觸楊君平的耳膜。楊君平睜眼向青衫人望去，卻只見青衫人神情端肅，一斂夜來倚老賣老的狂態。兩眼光芒閃閃，不放過楊君平的一舉一動。這時話聲又起，仍舊是嘶啞粗豪的嗓子：

「嗯，外離相而內不亂；莫非老夫先前看走了眼？」

一邊說，一邊緩緩左右移動腳步，越移越快，竟然繞著楊君平轉了數圈，楊君平則紋風不動，兩眼向前平視。青衫人數圈之後，停在楊君平正面，兩眼一眨不眨地盯住楊君平眼睛，一聲兒不言語。又停了片刻，右手食指在腰間一勾，寒芒閃動，手裡多出了一柄奇形兵刃——乃是一柄形狀奇特的軟劍，原是扣在青衫人腰間，先前與楊君平過招時，他是以指代劍，因而此劍是首次亮相。

楊君平說道：

「老人家這劍十分奇特，是在下生平首見。」

青衫人微笑道：

「老夫已二十餘年未使用此劍，你才多大年紀？自然不曾得見。今日老夫要以這柄軟劍會會無念大師的『浮雲十八式』。」

楊君平說：

「承蒙老人家抬愛，以寶劍餵招，在下這就要出手了。」

青衫人整個人突然凝結起來，而且是凝結在他的兩柱目光之中，是這樣一種的全神貫注。他徐徐吁了一口氣，說道：

「很好，老夫隨時候教。」

楊君平平平抬起手中長劍，劍尖猶如直指青衫人眉尖，與前次出手看似並無不同：

「這是第一招，『晨曦初露』。」

但是青衫人陡然發現那刺來的豈只是區區一枚劍尖，那是一座山的全部重量；又豈只是點向他的眉尖，而是以整座山的移動，向他壓來——宏大、莊嚴，以極閒適的姿勢、極迅快的速度向他悄無聲息地壓過來。

青衫人避無可避，只得提氣飛身而起，立刻便有一種幻覺：他是在沿著一溜峭壁，攀緣一座峻崖。而此時楊君平的一聲喝彩：

「好俊的輕功，這數千丈峭崖，如何難得倒你老人家！」

則驟然把青衫人的幻覺化為實實在在、他奮其全身之力在做的事；而且，他如不能攀至崖頂，便避不過這巨山的一壓。青衫人以十成功力終得攀至峰頂，他終於避過了這第一招「晨曦初露」。

青衫人調勻了一口氣，良久才說道：

「這才是『浮雲十八式』！好個無念老和尚！」

楊君平全然不曾聽見青衫人的話。這是從修習這套劍法以來，從未有過的體驗，一如青衫人由實境至幻境，再把幻境實體化的暢快過程，他自己亦如攀登了峰頂，迎風而立，仍在那種宏偉、壯大的氣勢中。他當風一聲長嘯：

「不登峰之巔，何以觀日之出！這是第一招『晨曦初露』！」

於是在「大悲寺」的所有回憶，鉅細靡遺，不分先後，統統一整片浮了上來——恩師的慈顏、恩師的教誨……等等，猶如滿地珍寶，俯拾即是；而自己飽滿盈實，充塞在宇宙之間。

青衫人整一整衣襟，一振手中軟劍，發出嗡然一聲金鳴，歷久不絕，眼注楊君平說：

「你這『晨曦初露』雖然一眼即知源出『浮雲十八式』，不過以我所知，卻又不同於原式，此是何故？」

楊君平抱劍敬謹地說：

「家師武學博大精深，嘗訓示在下：這『浮雲十八式』之內另有洞天，入得此門，繁花異景，一片錦繡，故每一式均廣留餘地，以便發揮。在下不過秉承師訓，舉一反三而已。『迷時師度，悟了自度』。」

青衫人搖頭道：

「好個『迷時師度，悟了自度』！說得倒是容易，這『舉一反三』豈尋常人能夠？」

楊君平說道：

「家嚴訓誡之功不在我師之下。他老人家常言，武學之道應反其道而行，以己之長攻己之短，不囿於成規，方能成一家言。」

青衫人沙沙大笑兩聲說：

「如此說來，令尊也是通人！」

「我師與家嚴學養俱佳，在僧俗兩界，赫赫有名，其胸懷尤非常人可及，在下從未聽見兩位老人家有刻意鄙薄他人的言語。」

青衫人默然。過了一會，他咳了一聲說：

「比試剛起了個頭兒，倒說起這麼些無稽之談來。這行與不行且在劍上見高下。你便有一百個彬彬君子，不敵我八尺劍芒，又有何用？你這第二招呢，第二招又有什麼新花樣？」

楊君平緩緩舉起手中長劍說道：

「第二招『苔乾露盡』。」

青衫人詫異道：

「其名何其太俗？所指者何？」

楊君平說：

「這也是實景實寫。暖陽既出，霞光普照，隔夜的苔痕露跡，擋者披靡，想要不乾不盡也難。」

「不意這無念老和尚竟也是性喜詼諧的人！」

「我師從不道貌岸然，檻內檻外，從容進出，故能有念而無念，著相而離相，洞察內外。」

青衫人長吸一口氣，凝神靜氣，目注楊君平：

「既如此，你不妨就施展開來，瞧瞧咱們這苔露之輩如何在大師的日炙下自處。」

於是楊君平乃說：

「老人家就請留神了，這是第二招『苔乾露盡』。」

青衫人挺劍在手，一襲青衫這時又鼓脹起來，隨即一柄軟劍又垂了下來，似乎忽然覺得有劍無劍都無關緊要了，因為就在這一刻，楊君平立身之處驀地蓬起一團紅光。先是一小撮火苗，精光四射，一眨眼之間，便生長成一簇遍體紅光的龐然巨物，向青衫人滾滾而來，這就是他何以忽地有束手無策的無奈。電光石火的念頭一個一個閃過：何處才是楊君平劍尖舞動的所在？以劍還擊，應擊向何處？要迎擊攻勢，應向何處招架？

這猶不是關鍵所在。青衫人突然又陷入幻境。那湧來的龐然巨物，焰火熊熊，竟然一下子變成瀰天蓋地，是眼中唯一所見之物，而波波熱氣，初時也只覺微暖而已，可只要一動念與之碰觸，那熱便蓬然而至，灼膚生痛；這還只是皮相，青衫人真正在幻境中所見，是無數令人眼花撩亂，轉動如飛輪的劍尖。青衫人大喝一聲，挺劍一揮，意欲以這雷霆一劍，破除眼中幻覺，誰知這一劍揮去如入泥海，而奇熱沿著劍身、劍柄直透掌心，因來勢全然不可測，青衫人被燙得幾乎讓劍脫手飛去。論理，以青衫人的精純內力，赤手入火也應無所懼，何至於就窘得如此？這謎底尚未解開，接踵而至的事，越發讓青衫人迷離恍惚，不知所以。在他心頭猛然一震，極力把住劍柄的一瞬，那一道奇熱竟從掌心順著手臂向他內腑一路延燒進去，其速如電。青衫人大吃一驚，不管是幻是真，護心要緊，一提真氣，收劍拔身而起，這次乃用上了十二成功力，向後倒飛，從屋瓦至屋簷，落於園內草坪之上，這一騰空飛躍，已在二十餘丈開外。

耳中響起楊君平一聲清澈的輕喝：

「老人家，請接我第三招『策馬雲翼』！」

楊君平一抬足便至雲端，卻又似緊貼地面。滿眼繽紛，盡是珠寶。身隨念動，無不可至的極境；念隨意生，無不可入的微密；點石便成金，觸枝便成劍。

不為形役，更無界分。你即我，我即你；青衫人即我，我即青衫人。宇宙世界完成於一個念頭之間，無數念頭便是無數個宇宙世界，織密圓融，一個接一個，通向無限。

到達這個境界，楊君平不必刻意發招運劍，而劍式綿綿滾滾，竟似劍已通靈，所有招式都是自生自發，這與「以意馭劍」之境，高出何止一層。

一波一波，如海濤擊岸，無休無止，億萬年不變。這永不止歇的壓力，青衫人一開始便自頭至踵，全身上下，無處不在承受。這永恆的力量從他的每一個毛孔，自外而內，不斷壓榨，終至於形成某種他自身的道德力量，猶如一種自省、一種良心的告誡，使他避無可避。

而這也是青衫人幻覺的一部分。幻覺一個接一個，一個繡球綴一個繡球，一叢花連一叢花。他這時已不知楊君平身在何處？除了他極清楚、極敬謹、極虔誠的嗓音，每隔若干時間便報出招式的名稱，而這聲音來自不同方向，尾隨這不同來源的不同聲音，便是一個新世界，彷彿一個新波濤的產生，帶來的則是直攻內心的更大壓力。

青衫人在身處壓力而不是攻擊的尷尬處境下，唯一能做、能自欺的便是舞動軟劍，貫以精純內力，使出他生平最凌厲的劍招，與那辨無從辨、見不能見的無形之力抗衡。他如今是在跟一個念頭掙扎：怎麼得能破除他心中的罪愆感、他良心的責罰、他道德的自譴，他便進而能一舉清除那外在的壓力，以及依它而存在的幻境。

然而，何其不幸，他現今所能感覺到的只是那烏雲四合的力量。他清楚明白地看出了一個道理：只要這力量一收一合，他必被壓得粉碎，他必死無疑。

這烏雲始終伸縮自如，留下一片他能自處的空間，不是暗示他有突圍而出的可能，而是要給他更多反省的機會。

響起楊君平清亮的語聲，這次來自正中央的頭頂：

「這是第九招，『日華正茂』。」

這時已近五更，正是破曉前最暗黑的辰光。但是跟著楊君平的語聲一歇，青衫人頭頂金光披洒，滿眼生輝，正疑惑又是一個幻覺，金光之下，假山巨怪，池水粼粼，一一在光中顯現，與他以內力所視全無二致，那因受陡來亮光驚動，躍出水面，扭動身軀的錦鯉，又怎會是假？

然而又怎地只有自己眼睛所到之處，才有亮光，眼睛不及之處又是暗黑如漆，生像那金光是由自己眼睛射出投照於物事之上，這不是幻覺又是什麼？

這真真假假的問題在青衫人心中爭執不已，手中一枝軟劍越發瘋了似地舞得團團轉，因為那永恆的壓力在他心中業已生根不去，既是莫名所以的自責，又是一種暗藏殺著的威脅。

青衫人突然聽見自己在說話，而且突然發現自己十分驚恐，因為他聽見自己聲音中的怒氣，以及聲音中的喘息。

他聽見自己在說：

「那無念老和尚究竟弄什麼玄虛？一會兒真，一會兒假，裝神弄鬼，這是佛門中人當為的麼？」

話聲剛落，兜頭金光大盛，熾熱透體；青衫人舞起一團劍影護身，無暇再說話。

倒是四面八方響起了楊君平清涼如水，明亮如鏡的聲音，聽在耳裡，如炎暑中清風徐來：

「你但記經言『世界虛空，能含萬物色相：日月星宿，山河大地，泉源溪澗，草木叢林，惡人善人，惡法善法，天堂地獄，一切大海，須彌諸山，總在空中』。真真假假，視之無物，此心乃能虛大。我師豈是裝神弄鬼之人！」

「兩軍對陣，以虛為實，以實為虛，虛實不分之間，暗藏伏兵，一舉而破敵，這是兵法上的技倆。無念老和尚花了老大功夫，在這雕蟲小技上頭作文章，不怕人恥笑麼？」

青衫人一邊飛舞軟劍，一邊吃力地說著；自己這一再力圖掩飾而終不能成的喘息，變成他心頭另一個痛，與他心中隱隱約約的某種自責自譴，相互呼應，復與外來之力形成內外夾擊的態勢。

楊君平輕聲一笑說：

「老人家也太小覷家師了。孫吳實用之學何能窺宇宙的大密？須知萬物皆空，在虛空之中翻雲覆雨，終也成空。然家師亦從未執著於此空念，乃進出於真真假假，空無一念，而胸懷億萬，洞察千秋。」

青衫人喘吁吁地說：

「依此理，則你師的『浮雲十八式』乃老和尚對這大千世界的實錄，其意在……」

青衫人一口氣幾乎喘不上來，楊君平接下他的話說：

「遍歷眾生真假相後，在見性，在成佛，在得證涅槃常樂。」

青衫人無言以對，只是不住喘氣。就在這一剎那間，光華盡去，又歸於黑暗，青衫人只覺外間壓力也突然浮起，被托於空中，不再下壓，有無比的莊嚴宏大，橫亙燦爛星空，令人謙卑而敬畏。青衫人不由得低下頭，忽然發覺啃噬他內腑的急劇喘息，不知何時平復了下來。

楊君平同樣被那宏偉肅穆的感覺高高浮托著，倒極類似許久前那次潔淨透明的心靈返照。

奇特的是，那次經歷的真實滋味，是在以後才慢慢從他自己的極內部釋放出來，彷彿有人急投給嘴裡一丸糖球，他囫圇吞進肚中，許久許久，糖球溶化，甘味才絲絲盪漾開來，而在事情發生的那一刻，他被怔住，被懍懍怔住——被天上的師父、地面的自己，這天壤之別怔住。

那是與飛雲峰相對的那一日。師父滿身都是暗示與期望，置他自己與楊君平在雪崖之上，趺坐岩面以面對飛雲峰，師父從無數大問，終於到無問，一任高山冷雪在四周撒落，埋住他自己，埋住楊君平。最後，慈祥的師父才不得不以「時機未到」作結。是這樣一丸巨大糖球投進到他嘴裡，逼他一口嚥下，直到如今，他才嚐味到那潔淨透明的甘甜之味。

「第十招，『在峰之巔』……」

這第十招是一個轉折。十招以前，旭日挺升，拉拔著一切勁揚而上，熠熠金華，蒸蒸日炙，每一招無不充滿惕勵奮發，力求精進的綿密細緻，猶如天羅地網一般，沒有一線空隙可尋。

到得第十招，銳氣似乎已經出盡，光華鮮麗已不僅是眼前的繁華，而是放眼望去，佈滿於千山萬水，五湖四海的璀璨，呈現出至善至美的極境。

然後不知由何處起，許是從某一處射出的一線金華，其晶瑩圓潤，突然不勝其過於飽滿的狀態而凝住，彷彿枝上熟透的一粒果實。於是經由這一滴熟透的光華的啟發，無處不在的絢爛都因這孤獨一滴應聲而飽滿、而凝結，形成集體的瞬間停頓，彷彿含羞草因一觸而全枝驟暗。

青衫人本來在那飽滿之中，揮舞軟劍，盲目游離，忽地無端趨於一定，幾乎五臟六腑都為之易位。他收劍使一個千斤墜，雙足緊釘地面，欲待止住氣血的翻騰，但不知怎地，隔著靴底傳來園中草地的柔軟，瞬間，他為避開驅苔除露的炙熱，由屋瓦倒飛至草皮的羞恥，被攪動的內臟一絲兒不漏，栩栩如生地帶了上來，不是帶到他腦中，而是直上他眼睛，讓他把自己的醜態如看實景般看得一清二楚。

但是，跟先前各招各式的玄妙相互呼應的是，這啟開他眼睛，收諸於他目光中的，不止羞恥這一端。他立時看見，全心感應到的，是先時在那無處不在的壓力下，產生的自責。此時在他的羞恥的召喚下，他的自責變成了他身上的全數重量，取代了來自於外的壓力。

這時他心中興起的疑問是：舉劍還是不舉劍？舉劍又是為何？

而他更大的疑惑是他在此之後持續不斷，或眼見或感覺到的一種莫名所以的荒唐，即：原先織密如天羅地網的壓力，何以竟有了破漏，而且是一個接一個的漏洞，他簡直可以隨意一躍便脫網而去。他被這太容易所難倒，不住問自己：這是虛是實？是真是假？

如果這無視真假之分，盡棄虛實之別，就是無念老和尚引領的第一步，然則，自己是要就此棄劍束手，還是挺劍奮力一擊呢？

他還是把劍舞了起來，這一舞動，那些個洞洞越發無量數倍增起來。不是盲目雜亂的增加，而是在慈祥摯愛的安排下，溫柔祥和地規則增加，終於連綴成搖搖曳曳，一波一波的拂面春風。在先前咄咄逼人的炙熱之後，這突然的藹藹溫情，使青衫人毫無防備地受到感動。

和煦的春馨，一如隨風潛來的細雨，潤物無聲。青衫人在空山之中，兀自猛舞著手中一枝劍；他如面對銅鏡，睹見了自己的尷尬與諸種不合時宜。青衫人只覺羞慚無地，內熱蒸逼，汗流浹背。他大叫道：

「無念老和尚，你待要怎地？」

清亮的嗓音自四面八方回應著：

「老人家，你已入至難之境，請善守自性。遁逃之路，無所不在；要遁要守，端在一念之間。」

「遁如何？守又如何？」

「遁則又回眾生輪迴；守則終能得證涅槃常樂。」

「哼哼，你不過是要我死而已，偏要說得這般好聽！要殺我卻也沒那麼容易。直到如今老夫也還不曾見你的真招，要玩兒真的，便露出真面目來！躲躲藏藏作什麼！」

「如此執著於形，念念於相，如何能見這『浮雲十八式』的真面目！」

青衫人在春風徐來下，汗出如漿，似是全不曾聽見楊君平的話語，運起十二成功力，舞著劍四處游走。

於是只聽見清亮的嗓音不疾不徐地唸著：

「……嵐生霧起……」

過了一陣，又唸：

「……風招雲喚……」

這一聲起，便如慈母遙遠的呼喚，發自冥冥中孩提的回憶。青衫人悚然游目四顧，只見靄霧低垂，哀矜而憐憫，陰陰沉沉，含有無量重悲。青衫人胸中起伏，幾乎要發聲而痛哭；心中大驚，厲聲喝道：

「無念老和尚！弄這些個玄虛！我知你的殺著盡藏於虛擬假相之中，但我豈能被你所騙！」說著，振劍飛身而起，劍芒暴長，氣勢比前越發凌厲。沉沉霧氣，慈祥哀憫如舊，似乎還壓得更低，隱隱地要向青衫人的劍式迎去。

「來得好！咱們敞開來鬥鬥！」青衫人縱躍如飛，彷彿只須蛛絲馬跡一現，他便要傾力一擊。

「……胡不歸去……」

娓娓的規勸，只在左近迴響。青衫人隨口應道：

「老夫倒是要回去，被你夾纏了一夜，這如今是白天還是黑夜都弄他不清了，事兒猶未了斷，只怕到時你又來耍賴使性，老夫哪有那多功夫陪你玩兒！」

手中劍精光四射，幻成一團光影，青衫人的身形剎那不見。這時青衫人才算盡展所學。似乎他不願在「逃遁」一念上屈服；而「守身」則猶如投劍認輸，顯然唯有仗他的功力突圍而去，則縱不算贏，也不算輸了。

光影首尾相連成一團光環，如一枚火球，徑圍暴長成三丈餘，或飛起，或四周滾動，但總像是籠中的困獸。

這感覺只有青衫人自己清楚。他此刻其實已將功力展至極限，以他數十年與人交手經驗，他只需一手摸到對手的邊際，兩招之內，不是取他性命，便是要他稱臣。像此時這樣雙手漫遊於無極，如探綿絮，不知對手何在的情形，是他平生僅遇。於是那光球的突跳滾動，越來越見焦躁。

「……雲迎霧送……」

一片劍氣騰於足底，概無殺氣，倒更像一聲無奈的長嘆，把青衫人滾成的光球輕輕托了起來。突然一種自慚形穢的感覺劇長到無法忍受，而近於恐慌，生怕辜負了嚴父慈母的期待那種恐慌，與先前長壓於心底的自譴合併而為一股龐大力量，強迫他立即做出決定：是自此成為徹底的順民，還是反出家門，做一個永不回頭的逆子……

*　*　*

「……暮靄入岫……」

青衫人振劍大喝一聲：

「無念老和尚，我為這一役苦候甚久，如今已到這最後一招，你託這孺子之口，聲聲都是什麼涅槃之樂，我倒要看看你有什麼無上妙法，叫人頓時悟斷這二邊三際的無盡糾纏！」

楊君平衣襟飄飄，現身在青衫人正前方不及三丈之處。這是自第一招之後，他頭一次面目完整地從劍招之中走出來。手中長劍，劍尖垂指向地，顯然他已收式停招。突然之間，青衫人看清了周遭一切。其時已過五更，雖然天光黝暗，第一線曙光隨時可能從天角冒出來。

楊君平以一貫的清亮，徐徐說道：

「家師嘗謂，自他老人家手創這『浮雲十八式』以來，尚無人能走完十招；總在十招之前，對手便知難而退，家師從未乘勝追擊，故這套劍法至今未見過血光。」

青衫人壓力盡去，點頭說：

「這老夫倒也曾耳聞。」

楊君平說：

「老人家能在十七招之後，猶毫髮無傷，足見老人家功力業已超凡入聖！」

「不要盡撿好聽的說。你忽地收劍停招，必有原因，你倒把原因說給我聽聽。」

這正是楊君平面臨的極大難處。他疑問叢叢，心中卻是覓無答案，如何能說給青衫人聽？

譬如，他方才所說，與「浮雲十八式」對敵的人甚難走完十招，依師父的說法是，他「從未乘勝追擊」，但在他手中，這每一招其實都是未完之招，使不到盡處。在緊要關頭，依照對敵常例，那是要下殺手之際，在這「浮雲十八式」，卻有奇特的轉折，讓過程突轉徐緩，彷彿原本趨於稀薄銳利的，突而變為濃密厚重；原本著著攫取的，變為步步退讓，進而作散花式的不盡給予。這是大違常規的，也大大扭曲了楊君平意氣風發的進取之心，但是極為怪異的是，他絲毫不能扭轉那種濃密厚重。

他總是在那重要的轉折之處，恍惚若有所見地，感覺到恩師的慈顏，雙目垂愛，似乎有滿腹的言語要說給他。但他總是聽不見，總是在某一處錯失了恩師要緊的話，回頭去尋思，卻總是覓不著頭緒。

這是楊君平的至大難題。他的恐懼是：如果不能捕捉到恩師要緊的言語，大災難頃刻便至！這沒頭沒腦的話，他焉能說給青衫人聽？

楊君平說：

「家師的訓示盡在劍式之中，在下的能耐尚不足以將家師的玄機形諸於語言！」

青衫人點點頭，但不知怎地，楊君平從青衫人無甚表情的臉上，似乎意會到一抹迅如閃電的若有所失。

青衫人以臉向外，說道：

「原就如此。子美沉鬱，義山隱晦，怎能以拙辭愚意去概括其形？咱們習武的人，原該就招論招。這以舌論劍，要麼，是神仙輩至高無上的境界；要麼，便是至愚至騃的欺世之談。咱們這泛泛中資，還是劍招上見高下吧。你收劍停招的原因，老夫已了無興緻去明白，我這裡專候你出招呢，年輕人！」

這「年輕人」幾個字，不知怎地，直接擊中了楊君平內心極深之處。這「年輕人」是青衫人一直用來稱呼楊君平的，何以這會兒一下子竟具有轟雷掣電的震撼力？楊君平不及細想，青衫人開口緩緩地又說：

「老夫倒是迫不及待地要接無念老和尚這壓箱一招，看是我來日當面嘲笑於他，還是就此在陰曹地府候他再論高下！……哼哈，如此也甚好，年輕人，這不就遂了你報母之仇，雪父之恥的宿願了？」

說到後來，沙啞盡去，語聲清冷。楊君平如在夢中被驚醒，睜大了雙瞳，游目四顧，早失去了青衫人身影，只見五丈開外，霍霍一團劍影。此時東邊天角，已隱隱透出微微一絲淡白。就憑這些許微光，那一團劍影已是無比輝煌燦爛，如在夜空中炸開的一蓬煙火。

楊君平不再遐想，一抬手中長劍，高聲說道：

「老人家，這是第十八招『暮靄入岫』，請留神了！」

話語未畢，一如青衫人，楊君平頓時失去了蹤影。園內自青青草坪，沿水池、假山，這時都不約而同貼著地面細細密密向上游出一片深褐，正是夕陽已西，殘陽餘暉的顏色，把園中景緻映得細緻分明，而且自這顏色一出，便宛如自地表生出一層透明的琥珀，那琥珀越長越厚，隔著那濃郁環視周遭，如入夢幻。

也就在這時，青衫人不克自主生出如歸故園的怯怯之情。

青衫人心神一震，奮力振作，大聲說道：

「似真如幻，如幻似真，都是發自這臭皮囊的瞬息變化，誑我不得！老和尚你要我見證本性，不為這生相滅相所迷，便不要儘在這上頭作文章！」

青衫人自以為在力爭上游，大聲疾呼，實則只是喃喃自語，離唇即滅。

同樣的情形也發生在楊君平身上。他劍式一動，所有心情、一切回憶都迅即飄動，向一個處所集中——即那日大雪封山的「飛雲峰」。雲騰霧起，他趺坐在巨岩之上，與大問之後，沉默如山的恩師對坐無語，一任雪花飄落，先埋盡了盤膝的雙腿，慢慢及臀、及腰、及肩。猶記得恩師先前連串疾問，把他一步一步推入一堆旺火，儘管他在雪堆中，卻被內熱逼出一身熱汗，他知道一切答案均在那全無眉目，不見峰頂，不見山腳，無頭無尾，渾然一堆的「飛雲峰」。飛雲峰？此名不過是個瘋癲老僧伽的隨口一呼，此豈是它的真名？

它究竟是何物？

此時，他只覺那渾然一堆的龐然巨物，是一個龐大的沉默，向他慢慢壓近，帶著逼問的姿態，那逼問既像是發自於它的巨軀，因而正氣浩然，不能逼視；又似被外在慫恿，有一種被推擠的拙笨。

楊君平忽然覺得它逼問的內涵——它自發的，或外來的——都無關緊要，要緊的，是他該如何處置它的發問。一旦體會到這一點，他就覺得退無可退，有一種奇冷的孤獨，而衣襟裡面，全身上下，汗涔涔而下。

褐色雲靄漸聚漸濃，漸昇漸高，像是不斷有新雲匯入，一入來就肅然恭立一旁，變成大沉默的一部分。

他竟是再也不能推延一刻，從雪中長身站起，就在這同一時間，恩師也從另一端的雪堆隆然立了起來，原就是白眉白鬚，這時越發滿額積雪成堆，慈顏增添了一抹悲憫，嘴唇掀動，卻一聲兒也聽不明白恩師在說什麼，急得楊君平探身傾耳，依舊是只見唇動，不聞其聲。他與恩師在那一瞬是近在咫尺，卻如遠隔天涯。

緊逼而來的，是轉折之處那一層濃密厚實。先時，總有下一招來承接這晦密難解的蠻荒所在，而此時卻再無下一招可以召喚。他執意一沉，從那厚實濃密處應聲而生的一道軟綿綿的抗力，立刻讓他如墜萬丈深淵般恐慌；心中懷著痛切的懷疑：是否他犯了難以挽救的瀰天大錯……

只聽得錚然一聲，銀光四射，一切歸於五更如墨的黑暗。

* * *

一切歸於黑暗。不，不盡然。東方天角乍然透出了一點瑩潔的淡青；就這一點微光把草坪方圓數丈內撒得滿地的銀粉映得銀光閃閃。青衫人那柄軟劍已被震得粉碎。

楊君平倒提長劍，陷入苦思。從他的下墜到他心中尖銳的懷疑，他困於一個不解的難題：恩師悲憫滿臉，嘴唇掀動，究竟有什麼話要說給他？他與恩師之間突然湧現的這道不能跨越的如海深渠，究竟意有何指？

他怔怔地站立著，一如置身在一個不可置信的化外之地，絲毫無感於那一滴一滴自他倒垂的劍尖滴向草地的鮮血。

一聲長喘發自於身側不遠。楊君平霍然而醒，右指一扣，倒垂的劍身翩然彈起，數滴鮮血，餘溫猶存，飛灑向他嘴角，以他的功力，竟是避無可避，直入嘴內，腥鹹不分，自舌尖順流入喉，直吞入腹中。他只覺沉痛哀傷，不可遏制。

青衫人歪躺在地，左肘柱著草坪，兩目炯炯有神，神色奇異地只是凝目在楊君平臉上。長喘正是發自老人之口。

楊君平邁前一步，關切焦灼溢於言表：

「老人家，你……」

青衫人胸脯上下劇烈起伏，左胸口染濕了一大片鮮血：

「好……好一招『暮靄入岫』！不過……不……過，老夫有……有一事不……不解，何以這『浮……雲十八式』與……與老夫所知大……大是不同？難道……難道這也是『悟了自度』？」

一語又把楊君平擲入迷惘，竟忘了看視青衫人何以青衫染血。他低頭沉思，不知如何作答。

青衫人劇喘一口，又說：

「這一十八式……一……一路施展過來……招……招不……不同，而這……這收……收尾之招……固……固然凌……凌厲到……到了極……極致……可是老……夫總覺……總覺……」

青衫人連連喘氣，說不下去。楊君平急急問道：

「老人家有何所覺？」

青衫人搖頭說道：

「老夫一時也……也說不上來……」

略頓一頓，雙眼從楊君平臉上移開投入墨青的天空，曙色這時又多添了幾分。

「就『暮靄入岫』單……單一的這一招而……而論，理……理應不……不似方才你……你施展的那……那般詰屈難……難解，……理應更……更白……白易坦……坦蕩，……然……然這也……也是至……至難……至難之處。老夫以為……以為……無念老和尚……在此，必……必……必然有所見……可……可惜呵……此老……此老不在……不在！」

楊君平大叫道：

「老人家神目如電！在下就在此招上，與家師恍若擦肩而過。只覺我恩師有千言萬語，在下卻一句也不曾聽得，隔一紙如隔萬重山！」

「是了，是了，我明白了……」

青衫人氣息越發微弱，沙啞盡去。楊君平心中驟然狂跳起來。彎腰扶起青衫人，只見胸口血水如噴泉一般湧出，連忙隔空點了他的穴道，將血流止住。

青衫人悽然一笑，搖頭弱聲說：

「只怕……只怕……無濟於事了……」

楊君平聽得越發六神無主，慌了手腳，大聲問：

「老人家，老人家，你究竟是誰，究竟是……」

說到這裡，無緣無故地泣不成聲，話也說不下去了。

青衫人吃力地露出微笑，氣若游絲地說：

「孩子……」

輕輕把楊君平扶著的手推開，然後探指到頸脖貼胸的地方，慢慢撕起一層薄如蟬翼的皮膜，帶著一部長鬚，順咽喉、下頷、面頰、額門一路撕上去，不一會膜去臉露，只見滿頷短髭，一臉清癯，只是更見慘白，兩目光芒漸失。

楊君平大叫一聲，幾乎暈厥在地；青衫人胸口大起大伏，眼內噴出如被火灼的焦急，緊緊盯住楊君平，卻是一絲兒氣力也使不出來。半晌，楊君平才痛哭出聲，斷斷續續地說道：

「爹……爹……怎會是您老人家……您……您這是……這是……何苦……」

青衫人劇喘著，臉上卻是祥和的微笑：

「平兒……好……好孩子，是……是爹……」

楊嘯天喘了好一會，見兒子只是痛哭，不由伸出手來，憐愛地撫著他的額頭：

「平兒……不……不必傷心……爹為……為此事……曾苦……苦思多……多時，這……乃……乃是破斧沉舟的一步棋……爹也……也曾與你師徹……徹夜商量……你師宅……宅心仁厚，雖大不……不以此法的……的凶厲為然……但衡諸……衡諸爹……爹當時……當時生……生不如死的心……心境，也……也是無奈……」

長嘆一口氣，似乎是無力再說下去。

楊君平淚如雨下，抽抽搭搭像個孩兒似地：

「可是……娘……娘……」

楊嘯天蒼白的臉上一陣抽搐，別過頭去，一味喘氣。

「平兒……這是爹心……心中的至痛，不過……不過……爹這……這幾年……幾年……潛心思……思過……頗……頗有所悟……深感造化……造化弄……弄人，爹與……與你娘此生之……之緣，原該如此……也未……也未可知……今……今日之……之局，乃一步一步走……走來，必不可……可免……唉，奈何呵……奈何！……」

楊君平一邊哭，一邊說：

「可是……娘……爹說的事都……都是假的……都是假的！……」

楊嘯天慘然一笑，說：

「事……事實俱在……爹……爹親眼所……所見……不……不容否……否認……」

楊嘯天忽然半坐起身，才一坐起，到底不支，又倒了下去，但神色急切又堅決，竟是一口氣說下來：

「平兒，爹與你娘糾纏這一生，誰是誰非，上天自有裁斷。你不可記恨你娘，切記切記！」

楊嘯天強撐一口氣把話說完，人已經昏了過去。楊君平一探手抵住父親胸口，運功將一股真氣直逼進父親內腑。楊嘯天又悠悠醒轉過來，臉色卻越見慘淡。

「平兒……如……如今你體內百穢已除，玉潔冰清，纖塵不染……」

嘴一張吐出一口血；歇了好一會，才一句一喘地繼續往下說：

「……自由……自……在，通……通行無……無滯。唯你與……你師之隔……是……是你爾後……爾後……好……好好……參悟之處。你當知……當知三身之中的『清淨法身』，爹……

爹以為……你宜……宜從這裡發願修……修行，或……或能瞬……瞬間……聽聞到你師……你師的……千言萬……萬語……」

楊君平霍然站起身，一聲大叫：

「平兒懂了，平兒懂了，平兒若能一開頭即能遵爹所說，則最後這一招斷然不是這般用法，爹也不致……不致於……」

說罷，雙膝跪倒，放聲大哭。楊嘯天撫著楊君平的頭，藹聲說：

「平兒，你……你有此……此頓……頓悟，已……已是大……大不易！要……要知，『頓悟』如果……如果便……便是『即行』，你師……又何……何必……有那……那千言萬語……」

楊嘯天呼吸漸平，臉色安祥，眼注於天，慢慢地說：

「爹能死於你手，心中甚安。你為母報了大仇，了卻爹心中大願，爹死而無憾！再則，」

忽然滿臉喜色：

「再則，平兒，爹此刻似已目睹你一步踏入登峰造極之境，心中快慰，無可言喻！」

楊君平啜泣道：

「爹，爹，這算得什麼！這算得什麼！……可是，你老人家又為何要扮成孩兒的面貌呵？」

楊嘯天色如金紙的臉上，閃過一絲異彩：

「這是爹……得意的神……神來之筆！不扮成你……你自己……平兒你，你如何能……如何能除……除此天……天下第一大敵……你如何能天下無敵！呵，呵，天下無敵……我兒自此……

自此無敵天下了……哈……哈……」

一陣劇咳，氣息漸弱，一抹笑得一半的大笑就此凝固在微微張開的嘴角，形成一個永遠不完全的笑容。

此時旭陽已出，一縷金光從屋角投射過來，照出遍地碧草如茵，也照出兩個不動的人影，一躺一跪。人影之側，滿地銀粉，一柄森森長劍，一灘血跡。滿園青青，映得那一灘血跡越發鮮紅奪目。

釀文學21　PG0536

無敵天下・上卷

作　　者	賴維仁
責任編輯	林泰宏
圖文排版	蔡瑋中
封面設計	蕭玉蘋

出版策劃	釀出版
製作發行	秀威資訊科技股份有限公司
	114 台北市內湖區瑞光路76巷65號1樓
	電話：+886-2-2796-3638　傳真：+886-2-2796-1377
	服務信箱：service@showwe.com.tw
	http://www.showwe.com.tw
郵政劃撥	19563868　戶名：秀威資訊科技股份有限公司
展售門市	國家書店【松江門市】
	104 台北市中山區松江路209號1樓
	電話：+886-2-2518-0207　傳真：+886-2-2518-0778
網路訂購	秀威網路書店：http://www.bodbooks.com.tw
	國家網路書店：http://www.govbooks.com.tw
法律顧問	毛國樑　律師
總 經 銷	聯合發行股份有限公司
	231新北市新店區寶橋路235巷6弄6號4F
	電話：+886-2-2917-8022　傳真：+886-2-2915-6275

出版日期	2011年6月　BOD一版
定　　價	400元

國家圖書館出版品預行編目

無敵天下 / 賴維仁著. -- 一版. -- 臺北市：釀出版,
2011.06
冊； 公分. --（釀文學；PG0536）
BOD版
ISBN 978-986-6095-26-9（上卷：平裝）

857.7 100010050

讀者回函卡

感謝您購買本書，為提升服務品質，請填妥以下資料，將讀者回函卡直接寄回或傳真本公司，收到您的寶貴意見後，我們會收藏記錄及檢討，謝謝！如您需要了解本公司最新出版書目、購書優惠或企劃活動，歡迎您上網查詢或下載相關資料：http:// www.showwe.com.tw

您購買的書名：＿＿＿＿＿＿＿＿＿＿＿＿＿＿＿＿＿＿＿＿

出生日期：＿＿＿＿年＿＿＿＿月＿＿＿＿日

學歷：□高中（含）以下　□大專　□研究所（含）以上

職業：□製造業　□金融業　□資訊業　□軍警　□傳播業　□自由業

□服務業　□公務員　□教職　□學生　□家管　□其它＿＿＿

購書地點：□網路書店　□實體書店　□書展　□郵購　□贈閱　□其他

您從何得知本書的消息？

□網路書店　□實體書店　□網路搜尋　□電子報　□書訊　□雜誌

□傳播媒體　□親友推薦　□網站推薦　□部落格　□其他＿＿＿＿＿

您對本書的評價：（請填代號　1.非常滿意　2.滿意　3.尚可　4.再改進）

封面設計＿＿　版面編排＿＿　內容＿＿　文／譯筆＿＿　價格＿＿

讀完書後您覺得：

□很有收穫　□有收穫　□收穫不多　□沒收穫

對我們的建議：＿＿＿＿＿＿＿＿＿＿＿＿＿＿＿＿＿＿＿＿

＿＿＿＿＿＿＿＿＿＿＿＿＿＿＿＿＿＿＿＿＿＿＿＿

＿＿＿＿＿＿＿＿＿＿＿＿＿＿＿＿＿＿＿＿＿＿＿＿

＿＿＿＿＿＿＿＿＿＿＿＿＿＿＿＿＿＿＿＿＿＿＿＿

請貼
郵票

11466
台北市內湖區瑞光路 76 巷 65 號 1 樓
秀威資訊科技股份有限公司 收
BOD 數位出版事業部

（請沿線對折寄回，謝謝！）

姓　　名：＿＿＿＿＿＿＿＿　年齡：＿＿＿＿　性別：□女　□男

郵遞區號：□□□□□

地　　址：＿＿＿＿＿＿＿＿＿＿＿＿＿＿＿＿＿＿

聯絡電話：(日) ＿＿＿＿＿＿＿＿＿ (夜) ＿＿＿＿＿＿＿＿＿

E-mail：＿＿＿＿＿＿＿＿＿＿＿＿＿＿＿＿＿＿